# 센고쿠戰國 시대의 군웅할거도

에이로쿠永祿 3년 (1560)경

난부 하루마사

오노데라 데루미치

무쓰

데와
무토 요시우지

가사이 하루노부

오사키 요시나오

사도

혼마 야스타카

아사쿠라 요시카게

다테 하루무네

노토

하타케야마 요시쿠니

우에스기 겐신

에치고

가가

진보 나가모토

엣추

이와키 시게타카

도가시 야스토시

히다

고즈케

시모쓰케

시나노

나가오 노리카게

사노 마사쓰나

오가사와라 나가토키

젠

나리타 나가야스

사타케 요시아키

나 나가마사

사이토 도산

히타치

미노

기소 요시마사

가이

오다 노부나가

다케다 신겐

오다 우지하루

오와리

다케다 노부토라

아니카가 요시우지

마쓰다이라 모토야스
(도쿠가와 이에야스)

무사시

미카와

스루가

사가미

시모우사

이마가와 요시모토

호조 우지야스

도토미

가즈사

아와

사토미 요시히로

마쓰다이라 히로타다

마

이즈

기라 요시야스

롯카쿠 사다요리

롯카쿠 요시카타

타바타케 도모노리

● 에이로쿠永祿 3년경 센고쿠 다이묘의 판도

| | | |
|---|---|---|
| 우에스기 | | 오다 |
| 호조 | | 조소카베 |
| 다케다 | | 모리 |
| 이마가와 | | 오토모 |

인명 에이로쿠 3년(1560)경의 주요 센고쿠 다이묘

織田信長 효웅 梟雄의 죽음 ②

# 오다 노부나가

야마오카 소하치 장편소설

이길진 옮김

織田信長

효웅梟雄의 죽음

2

오다 노부나가

솔

『오다 노부나가』를 바로 읽기 위해

1. 본문 중 ˚ 표시를 한 용어는 책 뒤에 풀이를 실었다.
2. 인명과 지명은 외래어 표기법에 따랐고, 장음은 생략하였다. 단, 킷포시(오다 노부나가)는
   원음에 가깝게 표기하였다. 인·지명 및 고유명사는 처음 나올 때 원어 병기를 원칙으로
   하였고 강과 산, 고개, 골짜기 등과 같은 지명 역시 현지 음대로 카와(가와), 야마(잔, 산),
   사카(자카), 타니(다니) 등으로 표기하였다.
3. 성과 이름 중간에 나오는 것은 대부분 그 관직명을 나타내는 것인데, 그 당시의 관습에
   따라 이름 대신 쓰이는 경우도 있다.
   보기) 히라테 나카쓰카사노타유 마사히데 → 원 이름: 히라테 마사히데 + 나카쓰카사노타유(나
       카쓰카사의 장관)
4. 시간과 도량형은 센고쿠 시대에 쓰던 것을 그대로 따랐으며, 역시 부록에서 설명하였다.

**천하포무** 天下佈武
오다 노부나가가 사용한 도장

# 차례

# 몽상에 이끌려

기요스의 성주인 오다 히코고로 노부토모가 말을 타고 가로家老°인 사카이 다이젠을 비롯하여 사카이 오이노스케大炊助, 사카이 진스케甚介, 가와지리 사마河尻左馬, 후루자와 시치베에古澤七兵衛, 사이가 슈리雜賀修理 등의 중신을 거느리고 자기 성의 넓은 경내를 돌아 남쪽 성곽으로 향한 시간은 이날 오후 여덟 점 반(3시) 무렵이었다.

초가을의 해는 아직 높이 떠 있다. 만발한 싸리꽃에 섞여 이삭여뀌, 닭의장풀 등이 무더웠던 여름의 기억을 되살리게 한다. 잡초가 우거진 길로 말을 몰면서 히코고로는 이따금 다이젠을 돌아보며 웃었다.

"드디어 노부나가도 성이 없는 신세가 되겠군……"

다이젠은 대답 대신 의미 있는 시선으로 히코고로를 바라보았다.

이미 히코고로는 후루와타리 성을 빼앗은 줄 알고 있는 모양이다.

어쩌면 후루와타리 성의 내전에 들어가 집념을 불태우던 이와무로 부인을 껴안는 몽상을 하고 있는지도 모른다.

"생각해보면 노부나가도 불쌍한 녀석이야. 일족 모두에게 소외당하고 더구나 이마가와 군이라는 대적을 만났으니까…… 어쨌든 서둘러야겠어."

"네."

"가능한 한 오늘 밤 안으로 노부미쓰에게 결단을 내리게 하여 내일 새벽에 후루와타리 성을 손에 넣고 즉시 이마가와 사이토 쌍방에 사자를 보내야 해."

"알겠습니다."

"이마가와 쪽에서는 기뻐할 테고, 사이토 도산 또한 자기 딸이 인질로 잡혔으니 큰소리치지는 못할 거야. 안 그런가, 다이젠?"

"옳으신 말씀입니다."

"나는 후루와타리 성으로 옮길 생각이야. 그대는 기요스에 머물면서 노히메를 데려다가 그대의 책임하에 엄히 감시하는 것이 좋겠어."

"과연 그렇게 하는 것이 좋겠습니다."

"그리고 이와무로 부인 말인데, 절대로 잘못되지 않도록 모두에게 잘 일러두게."

"잘못…… 이라니요?"

"여자란 때로는 격앙하기 마련이야. 자결을 할지도 모른다는 말일세."

그러면서 아주 기분 좋은 모습으로 남쪽 성곽의 문으로 들어섰다. 언제나 그렇듯이 현관까지 자갈이 깔린 문 안은 석양을 받으면서 쥐 죽은 듯이 조용하기만 하다.

히코고로는 문득 부에 님인 시바 요시무네를 죽이러 갔던 날의 일을 떠올렸다.

그때는 초여름이었으나 따뜻한 햇살은 오늘과 비슷했다. 아무것도 모르고 낮잠을 자던 요시무네는 칼을 들이대자 어린아이처럼 당황하며 천장 위에 숨었다가 거기서 난도질을 당해 죽어갔는데……

근시가 자갈을 밟으며 현관으로 달려가 큰 소리로 히코고로의 도착을 고했다.

가미시모° 차림의 무사 두 사람이 현관에 나와 두 손을 짚는 것을 보면서 일행은 말에서 내려 고삐를 각각 고쇼小姓°에게 건넸다.

바로 그 순간이었다. 정면의 문이 확 열리는 동시에 일행의 뒤에 있는 문은 얼른 닫혀버렸다.

"아……"

히코고로는 안색을 바꾸고 문 저쪽에 버티고 선 갑옷 차림의 무사를 꾸짖었다.

"태도가 무엄하다! 그대는 가로인 야지마 시로자에몬矢島四郎左衛門이 아니냐?"

"그렇소."

상대는 이렇게 대답하고 유유히 창을 훑어보았다.

"이것이 기요스의 성주를 비롯한 중신 일동의 내방에 대한 오다 마고사부로 노부미쓰의 마중이오."

"뭣이, 마중이라고……?"

이번에는 다이젠이 말했다.

"주군의 신변을 우려한 경호냐, 이것이?"

"핫핫하……"

야지마 시로자에몬 옆에 있던 무사가 입을 크게 벌리고 웃었다. 아까 낮에 사자로 다이젠을 찾아왔던 가도다 이와미였다.

"후루와타리의 노부나가 님 명령이오. 일족의 결속을 어지럽히는 무엄한 자, 기요스 성주에게 할 말이 있다고 하시니 허둥대어 웃음거리가 되지 마시오."

"아뿔싸!"

기요스 제일의 지혜주머니인 사카이 다이젠은 이미 사태를 직감한 모양이다. 그러나 히코고로는 아직 알아차리지 못한 듯 소리쳤다.

"노부나가의 명령이라고…… 이 히코고로가 바로 성의 주인인데 노부나가의 명령이라니 무슨 소리냐. 무례한 짓을 하면 용서치 않겠다."

히코고로는 칼자루에 손을 대면서 무섭게 상대를 노려본다.

"아, 잠깐……"

무사의 뒤에서 당사자인 노부미쓰가 불쑥 모습을 나타냈다. 그 역시 이미 붉은 가죽끈으로 누빈 갑옷을 입은 한 치의 허점도 없는 무사의 복장이었다.

# 손에 피는 묻히지 않는다

"이게 무슨 일이오, 마고사부로 님? 이대로 당장 후루와타리 성에 쳐들어가려고 그런 무장을 했소?"

히코고로는 다급하게 질문했다.

"자결을 부탁드리겠소."

노부미쓰는 싸늘한 목소리로 나직하게 내뱉었다.

"일족의 결속을 어지럽히는 기요스 성주님, 노부나가 님의 명으로 포위하기는 했으나 칼을 대지는 않겠소. 자, 무사답게 자결하시오."

"뭣이, 계략을 꾸몄구나!"

"그렇지 않으면 그쪽에서 계략을 썼을 것이오. 원인은 자신에게 있음을 깨닫고 체념하시오."

"자…… 자…… 잠깐. 좋아, 이렇게 된 이상 문을 부수고 본성으로 철수하겠다. 돌아가서 일전을 벌일 테다. 어서 혈로血路를 열어라!"

이 고함은 히코고로가 오기를 기다렸던 모리야마 쪽에 불을 지르는 결과가 되었다.

"설명을 해서 알아들을 사람이 아니다, 쳐라!"

하고 가도다 이와미가 소리치자,

"실례."

야지마 시로자에몬이 별안간 히코고로에게 창을 들이댔다.

"이놈, 은혜를 원수로 갚느냐, 모반자야!"

사카이 오이노스케가 히코고로를 감싸면서 얼른 칼을 빼어들었다.

"모반자라니 가소롭다. 기요스 성주야말로 후루와타리의 모반자. 사카이는 이 가도다가 맡겠으니 야지마 님은 기요스 성주를……"

창끝이 석양을 받아 빛나고 와아, 하는 함성이 터져 나왔다.

오늘을 위해 일부러 모리야마 성에서 쫓겨난 척하고 기요스 성에 들어온 오다 마고사부로 노부미쓰였다. 히코고로 주종을 남쪽 성곽으로 쉽사리 유인했을 때, 밖에 있던 아카가와 사부로에몬赤河三郎右衛門이 거느린 다른 일대가 이미 본성을 공격하기 시작했다.

이 별동대의 함성을 듣고 기요스 쪽은 사색이 되었다.

한쪽은 빈틈없이 무장을 하고 있는데 다른 한쪽은 꽃구경에 초대되어 온 가미시모 차림이었던 것이다.

맨 먼저 후루자와 시치베에가 죽고, 이어서 가와지리 사마가 아수라처럼 날뛰다가 오세 산자에몬小瀬三右衛門의 창에 쓰러졌다.

사이가 슈리는 삿사 마고스케와 쫓고 쫓기면서 문 쪽으로 가기 위해 안간힘을 쓰고, 기요스 제일의 맹장이라 일컬어지는 사카이 오이노스케는 히코고로를 감싸면서 가도다 이와미와 싸워 이미 몇 군데 상처를 입었다.

바깥의 함성이 다시 주위를 압도하며 들려왔다. 아마도 별동대가 기습에 성공하여 본성을 점령한 모양이다.

이때 사이가 슈리가 마침내 문에 도달하여 그곳에 있던 병졸 둘을 죽이고 얼른 문을 열었다.

"자, 어서 밖으로……"

이때까지 칼을 겨눈 채 틈을 엿보고 있던 기요스 제일의 지혜주머니 사카이 다이젠이 맨 먼저 밖으로 달려나갔다. 이어서 히코고로 노부토모가 나가려 할 때, 삿사 마고스케가 별안간 사이가 슈리의 왼쪽 어깨를 비스듬히 힘껏 내리쳤다.

다이젠과 히코고로를 도망치게 했을 뿐 당사자인 슈리는 피를 뿜으며 쓰러졌다.

"다이젠, 비겁하구나."

"기요스 성주, 기다려라."

이미 남쪽 성곽 안에 기요스 편은 없었다. 두 사람을 뒤쫓아 모리야마의 무사들이 문 밖으로 쏟아져 나왔다.

"아, 저쪽으로 도망쳤다."

"저 풀숲에 다이젠이 있다."

"놓치지 마라. 다이젠보다도 성주를 추격하라! 기요스 성주를 잡아라."

그 무렵부터 해가 지기 시작하여 무성하게 자란 풀에 어스레히 어둠이 깔렸다.

"밤이 되면 안 된다. 풀뿌리까지 뒤져서라도 반드시 찾아내어 기요스 성주를 할복시켜야 한다."

노부미쓰도 드디어 말을 끌어오게 하여 문 밖으로 나와, 이마에 손을 얹고 해자 너머로 정문 쪽을 바라보았다.

틀림없이 노부나가도 이 부근에 와서 싸우는 모습을 보고 있으리라 생각했기 때문이다.

노부미쓰의 생각은 적중했다.

노부나가는 고조가와의 동쪽 둑에 서서 삿갓 밑으로 뚫어지게 성을 바라보고 있었다.

멀리 말을 달리거나 매사냥을 하고 돌아가는 듯 보이는 태연한 모습에, 따르는 자도 마에다 이누치요를 비롯하여 네다섯 명뿐이었다.

사람들이 싸우는 모습은 물론 보이지 않는다. 그러나 성을 뒤덮고 있는 살기와 그 살기가 차차 사라져감을 노부나가는 잘 알 수 있었다.

"이누치요, 이제 기요스 성은 내 손에 들어온 것 같다."

"이미 승부는 결정이 난 듯합니다."

"멍청한 것, 승부는 무슨 승부란 말이냐. 처음부터 이긴 싸움이야."

"죄송합니다."

"자, 그만 슬슬 돌아가자. 모리 산자에몬에게 신호를 보내라."

이 말을 듣고 이누치요는 고쇼의 손에서 긴 창을 받아들었다. 그러고는 끝에 하얀 헝겊을 묶어 천천히 두서너 번 허공을 향해 흔들고 나서 다시 고쇼에게 창을 건넸다.

아마도 모리 산자에몬을 어딘가에 매복시켜놓았던 모양이다. 신호가 끝나자 노부나가는 어느 틈에 유유히 후루와타리 성을 향해 말을 달리고 있었다.

# 기요스 성의 함락

사카이 다이젠의 모습은 끝내 발견하지 못했으나, 히코고로 노부
토모는 두번째 함성과 함께 정문에서 성곽 안으로 들어온 모리 산자
에몬 일대에게 뜻밖의 곳에서 발견되어 결국 할복할 수밖에 없었다.

히코고로가 남쪽 성곽을 벗어나 겨우 본성에 이르렀을 때, 벌써 본
성은 겹겹으로 쌓인 시체의 성으로 변해버려, 방도 정원도 모두 피로
얼룩져 있었다.

히코고로는 새삼스럽게 노부나가의 가공함에 전율했다.

'오와리에서 첫째가는 멍청이……'

이렇게 믿고 경멸해왔으나, 멍청이기는커녕 히코고로 따위는 손도
대지 않고 처리해버리는 기략을 가지고 있었던 것이다.

생각하면 할수록 자신이 비참하고 분했다. 어렵지 않게 자기 편으
로 끌어들인 줄 알았던 마고사부로 노부미쓰가 노부나가의 밀령을
받고 들어와 자신을 치다니……

게다가 이 사실을 알아차리기는 고사하고, 당장이라도 후루와타리 성이 자기 것이 되는 줄로 믿고 조금 전까지도 이와무로 부인의 부드러운 살갗을 연상하며 혼자 황홀해하고 있었던 것이다.

차차 어두워지기 시작한 실내에서 히코고로는 시체 한 구에 발이 걸려 비틀거렸다.

바로 그 순간이었다.

"누구냐!"

느닷없이 복도 저쪽에서 달려와 창을 겨누는 자가 있었다.

아무리 패전한 히코고로지만 이러한 허를 찔리지 않았더라도 자기 운명이 정해졌다는 것을 깨닫지 못할 리 없었다.

깨달았다면 웃음거리가 되지 않고 자결할 정도의 분별은 가졌을 테지만, 아무도 없다고 생각한 것이 실수여서 깜짝 놀라는 순간 자기도 모르게 얼른 돌아서서 도망치기 시작했다.

"앗, 기요스 성주다! 여러분, 기요스 성주를 발견했소."

그 소리가 더욱 히코고로를 놀라게 만들어, 본성의 망루에 올랐다가 또다시 쫓겨 천장을 통해 지붕으로 뛰어올라갔다.

어째서 그런 곳으로 도망쳤는지 자기 자신도 알 수 없었다.

본성의 지붕에 올라갔다가 출구가 막히면 뛰어내릴 수도, 맞아 싸울 수도 없어 '떠내려온 토막에 매달려 탁류에 휩쓸리는 들쥐와 같은 신세가 된다'는 것을 알고 있었다면 물론 그런 곳으로 뛰어올라가지는 않았을 것이다.

"기요스 성주, 보기 흉하군요."

히코고로는 집요한 추격을 받은 끝에 떨면서 칼을 겨누었다.

"그…… 그…… 그렇게 말하는 너는 누구냐!"

"노부나가 님의 명으로 모리 산자에몬이 목을 받으러 왔습니다."

"뭣이, 산자에몬?"

"진정하시고 자결하시기 바랍니다. 가이샤쿠介錯°는 이 산자에몬이 하겠습니다."

"사…… 사…… 산자에몬."

"하실 말씀이 계시다면 듣겠습니다. 그 뒤에 자결을."

"산…… 산자에몬, 눈감아주게."

"예? 무어라 하셨습니까?"

"부…… 부…… 부탁일세. 이렇게 빌겠어. 언젠가 반드시 보답할 때가 있을 거야. 눈감아주게."

하늘에서는 별이 반짝거리기 시작했다. 그 희미한 빛 아래서 칼을 내리고 비틀거리며 상대에게 애원하는 히코고로의 모습에 그만 산자에몬은 고개를 돌렸다.

"이, 이대로 죽는 것은 너무 비참해. 나도 살아 있으면 다시 꽃필 날이 있을 거야. 노부나가 님도 같은 오다 일족이 아닌가. 이번만은…… 이번만은…… 평생 이 은혜는 잊지 않겠네. 산자에몬!"

이것이 과연 조금 전까지만 해도 어떻게 하면 노부나가를 죽일 수 있을까, 하고 획책하던 인간의 말로란 말인가. 아니, 히코고로는 지금 산자에몬에게 빌고 있는 바로 그 손으로 주군이었던 시바 요시무네를 죽인 사나이다.

"성주님! 너무도 보기 흉합니다."

"그렇다면 눈감아줄 수 없다는 말인가?"

"설령 이 산자에몬이 눈감아드린다 해도 어떻게 성 밖으로 나가실 수 있겠습니까. 각오를 하십시오."

"그럼, 무슨 일이 있어도……"

이렇게 말하는 동시에 재빨리 칼로 찌른 것이 잘못이었다. 이미 마

음의 평정을 잃어 다리도 허리도 후들거리는 히코고로가 기를 쓰고 칼을 내밀었기 때문에,

"앗!"

하고 외치는 동시에 기왓장을 밟아 주르르 미끄러져 내려갔다. 곧 그의 비참한 모습은 사라지고 땅에서 둔탁한 소리가 났다.

이럭저럭 서른 자쯤 되는 높은 지붕이었다.

산자에몬은 얼른 밖으로 나와 황급히 안아 일으켰으나 목이 부러진 히코고로는 이미 입에서 검붉은 피를 흘린 채 숨져 있었다.

산자에몬은 혀를 차고는 허리에 찬 작은 칼을 시체의 손에 쥐어주고 힘껏 배를 찔렀다.

"오다 히코고로 님이 자결, 모리 산자에몬이 가이샤쿠했다."

이 말을 듣고 마고사부로 노부미쓰가 달려왔을 때 이미 히코고로는 산자에몬에 의해 목이 떨어져 있었다.

이윽고 달이 동쪽 하늘을 은빛으로 물들이며 떠올랐다.

# 사랑의 노예

사카이 마고하치로는 아까부터 가리하 부인의 침소 마루 밑에 숨어들어가 추위를 참고 있었다.

기요스 성 사건이 있던 해의 11월 26일, 서리가 내리는 한밤중이었다.

그 사건 이후로 노부나가는 기요스 성으로 거처를 옮겼고, 숙부인 노부미쓰는 약속대로 가토의 두 군을 받아 지금은 나고야 성의 성주로 있다.

만약 사카이 다이젠의 야망이 이루어졌다면 마고하치로도 지금쯤은 가리하를 아내로 삼고 어딘가의 다이묘大名˚가 되었을 테지만, 운명은 여전히 마고하치로를 노부미쓰의 측근으로 묶어두고 있었다.

지금도 결코 안심할 수 있는 상태가 아니다. 주군의 눈을 속여가며 가리하와 밀회를 계속하고, 끊임없이 질투하며 보이지 않는 그림자에 겁을 먹고 있다.

왜냐하면 두 사람의 불의를 노부미쓰가 어렴풋이 눈치챈 것 같기도 했고, 더구나 죽은 줄로 알았던 사카이 다이젠으로부터 느닷없이 무서운 밀서가 도착했기 때문이기도 했다.

노부미쓰가 기요스 성을 빼앗았을 때 유일하게 행방불명으로 알려진 사카이 다이젠. 그가 거지 차림으로 오와리에서 탈출하여 슨푸의 이마가와 가문에 의탁하고는, 아직도 간주로 노부유키를 이용해서 노부나가를 쓰러뜨리려 획책하고 있다. 밀서를 통해 다이젠의 의도를 확실히 알 수 있었다.

'이쪽에서 오와리에 들여보낸 첩자의 보고에 따르면 그대의 신변이 위태롭다고 한다. 일이 탄로나 위험에 처하게 되느니 그대가 먼저 노부미쓰를 찌르고 도주하라.'

이러한 밀서를 받고 마고하치로는 벌벌 떨었다. 마고하치로에게는 차라리 다이젠이 죽은 편이 나았다.

다이젠이 죽었더라면 마고하치로의 고민은 '사랑' 뿐이지만, 살아 있다면 '야망'이란 고민이 덧붙여진다.

두 가지 짐을 감당하기에는 마고하치로의 통이 너무 작았다. 그렇다고 다이젠의 명을 어긴다면 이 지혜주머니가 언제 모든 진상을 노부미쓰에게 폭로하여 노부미쓰의 손에 처형될지 알 수 없었다.

마고하치로는 아까부터 추운 마루 밑에 숨어 욕정을 불태우면서 가리하와 노부미쓰가 잠자리에서 나누는 속삭임에 귀를 기울이고 있었다.

'만약 노부미쓰가 두 사람의 불의를 눈치채고 있다면……'

그때는 다이젠의 말처럼 과감하게 노부미쓰를 죽이고 스루가로 도주하는 수밖에 없다. 그러나 노부미쓰가 아무것도 모르고 있다면 좀 더 오래 사랑의 달콤한 꿈에 취하고 싶은 것이 본심이었다. 그런 의미에서 가리하는 마고하치로에게 있어서 불가사의한 사랑의 수단을 지닌 마녀였다.

"만약 우리 두 사람의 관계가 주군에게 알려지면 양쪽 모두 살아남지 못합니다. 지금 곧 결심해주십시오. 이 마고하치로는 비록 가난하지만 언제까지라도 부인과 함께 하며, 반드시 행복한 내일을 기약하겠습니다."

두 사람이 남몰래 만나 모든 것을 잊고 포옹한 뒤에 마고하치로는 늘 함께 도망가자고 재촉했다.

그러면 가리하도 마고하치로의 얼굴을 두 손으로 감싸고 눈물을 글썽거리며 속삭였다.

"사랑하는 마고하치로, 잠시만 더 기다려. 주군은 머지않아 나고야 성으로 옮길 거야. 나고야로 옮기면, 그 성은 아주 넓을 뿐만 아니라 새로 쌓았기 때문에 틀림없이 도망칠 기회를 잡을 수 있어. 지금 성급하게 도망가려다 주군에게 발각되면 사랑하는 그대의 생명도 마지막이야."

이야기를 듣고보니 과연 그러했다.

그래서 할 수 없이 나고야로 옮겨와 계속 밀회를 거듭했는데, 가리하는 여전히 도주에 대해서는 전혀 말을 하지 않았다.

"부인, 주군은 내일 노부나가 님과 함께 매사냥을 가십니다. 저는 도중에 도망칠 터이니, 부인은 아쓰타의 친정에 가신다고 하고 선착장으로 나와주십시오."

열심히 꾀었을 때 가리하는 젖가슴으로 마고하치로의 입을 덮듯이 껴안았다.

"걱정할 것 없어, 마고하치로. 혹시 주군이 깨닫는다고 해도 내가 이 입으로 얼버무릴 수 있어. 가토 두 군의 성주가 있는 이 나고야 성은 우리 두 사람을 위해 마련된 사랑의 궁전이라 생각하면 돼."

마고하치로는 깜짝 놀랐다.

"원 이런, 그러면 약속이 달라집니다. 만약 고쇼나 시녀의 눈에 띄기라도 한다면 아무리 부인의 언변이 능하시더라도 벗어날 길이 없습니다. 이 마고하치로를 사랑하신다면 당장이라도 결심해주십시오."

피부 전체가 빨려들어가는 듯한 가리하의 몸을 떼밀고 온몸으로 애소하자 가리하는 '호호호……' 하고 소리 내어 웃었다.

"마고하치로, 왜 이렇게 겁이 많을까. 설령 누가 고자질한다고 해도 주군 한 사람을 구슬릴 자신이 있다는데도. 주군은 이 가리하에게 정신을 잃고 있어."

"부인, 그런 말씀은 이 마고하치로에게 하지 마십시오. 목숨을 걸고 연모하는 이 마고하치로에게 그 말씀은 너무 매정합니다."

"그러기에 이 성에 있는 것이 가장 안전하다는 거야."

"무서운 말씀을 하시는군요. 저는 싫습니다. 부인이 다른 남자의 품에 안긴다…… 생각만 해도 견딜 수 없습니다. 그런데 저더러 앞으로도 계속 이런 일을 참고 있으라는 말씀입니까?"

"마고하치로."

"예…… 예."

"왜 그런 어린아이 같은 말을 하는지 모르겠어. 그러면서도 용케 나한테 왔군. 마음을 가라앉히고 잘 생각해봐. 그토록 나에게 집착해 있는 주군이 우리가 도주했다는 사실을 알면 그냥 내버려둘 것 같아? 풀뿌리를 뒤져서라도 찾아내어 우리를 죽일 것은 뻔한 일이야. 아니, 우리뿐만이 아니라 아쓰타의 부모와 형제까지도 무사할 수 없어. 그보다는 여기서 이대로 잠시…… 알겠지?"

마고하치로는 이때 드디어 결심했다.

가리하는 마고하치로를 사랑하는 것 이상으로 노부미쓰를 사랑하고 있는 게 아닌가.

죄 많은 여자라고 늘 입버릇처럼 말하는 가리하의 술회는 육체가 두 사나이에게 이끌리고 있다는 요사스런 여심女心의 고백이 아니겠는가.

'좋아, 그렇다면 가리하의 본심을 확인해야겠다. 확인한 결과 만약 가리하가 자기 이상으로 노부미쓰를 사랑한다면 가리하도 함께 죽이고 도망치겠다……'

이런 결심을 하고 두 사람의 침소 마루 밑으로 숨어들었으나 곧 크게 후회했다.

왜냐하면, 노부미쓰에게 몸을 던지는 가리하의 모습이, 아양을 떠는 너무나 생생한 그 목소리가 마고하치로의 마음을 미치게 만들기 때문이었다.

# 질투심의 자객

"이봐, 가리하."

노부미쓰는 마고하치로가 마루 밑에 숨어 있는 줄도 모르고 가리하의 품 안에서 말했다.

"나는 비록 소문이 사실이라 해도 그대의 죄는 아니라고 생각해. 원인은 내가 가슴을 앓기 때문에 그대를 계속 멀리한 데에 있으니까."

"주군은, 또 그런 당치도 않은 말씀을 하시는군요. 저는 몸도 마음도 모두 이처럼 애절하게 주군을 의지하고 있는데."

"알고 있어. 알고 있기에 나도 괴로운 거야."

"괴롭다니 무슨 말씀입니까. 가리하는 슬퍼집니다. 이렇게 다정하신 주군을 모시고 있으면서 어찌 마고하치로 따위와 밀통을…… 주군, 만일 의심하신다면 마고하치로를 이 성에서 쫓아내십시오."

"그럴 수는 없어."

"어머, 그것은 또 어째서입니까?"

"마고하치로를 쫓아내면 소문이 사실이었다고 세상에 알리는 꼴이 되니까. 그렇게 되면 그대와도 헤어지는 것이 도리가 아니겠나."

"싫어요!"

가리하는 전신을 노부미쓰에게 던져 안기는 모양이었다.

"헤어지다니…… 만약 그렇게 된다면 이 가리하는 당장 죽겠어요."

이럴 때 가리하가 하는 버릇을 잘 알고 있는 만큼 마루 밑의 마고하치로는 대번에 머리가 뜨겁게 달아올랐다.

잠시 말이 끊겼다. 가리하는 어떻게 해서든지 몸으로 노부미쓰의 입을 막으려들 것이다. 이것 또한 마고하치로에게는 미칠 듯한 침묵으로 받아들여졌다.

"가리하."

"예."

"다시 한 번 묻겠어. 그대는 마고하치로와 정말 아무 일도 없었나?"

"어머, 또 주군은 그런……"

"아니, 있었다 해도 괜찮아. 있는 그대로 말해. 그러면 해결할 방법을 내가 잘 생각할 테니까."

"싫어요! 왜 오늘 밤엔 그런 짓궂은 말씀만…… 제가 주군의 심기를 상하게 한 일이라도 있나요?"

아양을 떨며 매달리는 바람에 노부미쓰는 잠시 망설이다가 속내를 이야기했다.

"가리하, 실은 어제 사냥터에서 노부나가한테 심한 책망을 들었어."

"어머, 노부나가 님이?"

"숙부님에게는 무장으로서의 흠이 단 하나 있습니다…… 라고."

"주군에게 흠…… 주군에게 결점이?"

"그래. 독수리처럼 날카로운 그 눈으로 노려보며 말했을 때는 몸이 움츠러드는 듯했어. 그래서 나도 똑같이 노려보면서 물었는데……"

"무어라고 물으셨나요?"

"이 노부미쓰도 무장, 무장이 무장으로서의 흠이 있다는 비판을 듣고는 그대로 있을 수 없다. 그 흠이 무엇이냐고 따졌어."

"그러셨을 거예요, 주군의 성격으로는."

"그러자 노부나가는 언제나 그렇듯이 큰 소리로 웃고, 가리하에게 물으시오, 라는 한마디민 내뱉고 주먹에 매를 앉히고는 그대로 가려고 하더군."

"어머나!"

"나는 기다리라고 소리치면서 뒤쫓아갔어. 가리하에게 물으라니 그럼 마고하치로와의 소문에 대한 것이냐고 거듭 묻자 노부나가는 다시 나를 노려보면서 이렇게 말하더군…… 과연 숙부님답다, 기요스 성을 빼앗기 위해 가리하의 소행을 눈감아주고 있음에 마음으로부터 감탄했다. 하지만 그 뒤에도 전혀 조치를 강구하지 않고 있다. 이대로 두면 가신들한테 조롱을 받는다. 여자에게 약한 것이 무장의 흠이 되는 줄 모르느냐…… 이렇게 내뱉고 얼른 사라지고 말았어."

"어머, 그 난폭한 노부나가 님이 그런 가증스런 말을."

"아니, 나의 조카여서 감싸는 것은 아니지만 노부나가는 결코 단순한 난폭자나 멍청이는 아니야. 가리하, 그러니 진실을 말해줬으면 좋겠어. 언젠가 내가 한밤중에 창고에 갔을 때 마고하치로의 낯빛이

예사롭지 않았던 것 같아."

마루 밑에서 마고하치로는 전신에 소름이 끼침을 깨달았다.

아마도 귀신 같은 노부나가가 두 사람의 관계를 간파하고 자기 입으로 처벌하기를 촉구하고 있는 모양이었다.

'도대체 가리하는 이 위기를 무슨 말로 벗어나려는 걸까?'

질투와 공포, 기대와 불안으로 뒤섞인 감정을 꾹 누르며 듣고 있으려니, 가리하가 다시 온갖 교태를 부리며 노부미쓰에게 매달리고 있음을 알 수 있었다.

"주군…… 그럼 주군은 노부나가 님의 말씀에 따라 이 가리하를 곁에서 멀리하실 생각인가요? 싫어요, 싫습니다!"

"그렇다면, 정말 아무 일도 없었다는 말이지?"

"당연한 일이에요. 다만 그때 마고하치로가……"

"마고하치로가 무어라고 했나?"

"주군 곁에 가면 안 된다고 무리하게 제지하면서……"

"으음, 무리하게 제지하면서?"

"저를 쓰러뜨렸어요. 그래요, 난폭하게 저를 쓰러뜨렸어요. 주군, 만약 노부나가 님이 두 사람을 반드시 조치해야 한다고 하시면, 마고하치로 녀석이 흥분하여 저를 쓰러뜨린 무례를 범했으니 마고하치로를 처단해주세요. 그 일로 인해 소문이 났을 뿐…… 저는…… 저는 주군 곁에서 떠나야 할 일을 저지른 기억이 없어요."

이 말을 들은 순간이었다.

마루 밑의 마고하치로가 이성을 잃고 손에 들었던 칼을 다다미 위로 깊이 찔러 올린 것이……

# 음부淫婦의 싸움

위에서 '으음' 하는 비명이 들렸다.

사카이 마고하치로는 여자의 목소리를 겨냥하고,

"이 음탕한 년!"

하며 거의 무의식적으로 가리하를 찌른 셈이었는데, 위에서 허공을 붙잡고 비틀거린 사람은 가리하가 아니라 노부미쓰였다.

두 사람은 뒤얽히듯이 껴안고 있었기에 마고하치로가 마루 틈으로 새어 들어오는 말소리의 굴절로 두 사람의 위치를 잘못 판단했던 것이다.

가리하는 자기 목에 한 팔을 감고 있던 노부미쓰가 별안간 허공을 붙잡고 신음하기에 벌떡 일어나 몸을 피했다.

흰 칼날이 등잔의 불빛을 받아 번쩍 빛났다가 사라지고, 이어서 푹하는 소리와 함께 다시 번뜩였다.

가리하는 비명조차 지를 수 없었다.

'누가 노부미쓰를 암살하려고 한다……'

이 사실을 직감하기는 했으나 자기의 생명을 노린 것이라는 데까지는 생각이 미치지 못했다.

"으…… 음, 누…… 누…… 누구냐?"

노부미쓰는 잠자리에서 기어 나왔으나 이번에는 열 손가락을 다다미에 세우고 푹 앞으로 고꾸라졌다.

우연히도 최초의 일격에 심장이 찔리고 두번째는 다다미 위로 기어 나왔을 때 배를 찔렸던 것이다.

잠자리의 속삭임을 못 듣게 하려고 근시들을 옆방으로 보낸 것도 실수인데다가 막 잠들기 시작할 시간이라서, 노부미쓰가 기절했는데도 그들에게는 전혀 소리가 들리지 않았다.

가리하는 비틀거리며 일어서다가 다시 털썩 주저앉고 말았다.

옷이 흐트러진 정도가 아니었다. 허연 허벅지가 모두 드러나고, 가슴도 어깨도 등잔 불빛을 받아 희멀겋게 물결치고 있었다.

입술이 부들부들 떨릴 뿐 소리는 나오지 않고, 일어서려 했으나 무릎에도 허리에도 힘이 주어지지 않았다.

가리하가 드디어 자기 앞에 선 그림자를 몽롱하게 깨닫고, 그 사람이 반쯤 넋이 나간 모습의 사카이 마고하치로라는 것을 알았을 때, 마고하치로는 칼끝으로 가리하를 겨누고 다가오려 하고 있었다.

"아…… 마고하치로."

비로소 말이 나왔다.

"그대는…… 그대는 어찌 이런 분별없는 짓을."

마고하치로는 이 말에는 대답하지 않고 칼끝을 들이댔다.

"음탕한 계집!"

"누…… 누…… 누가?"

"음탕한 계집! 그 주둥아리로 용케도…… 용케도 이 마고하치로를 처단하라고 하다니."

"잠깐! 잠깐, 마고하치로."

"시끄러워. 나는 처음에 너를 찌를 생각이었어. 허나, 잘못하여 주군이 먼저 찔렸어."

"잠깐! 처단하라고 한 것은 당신과 같이 도망칠 각오로 한 말이에요. 진정하세요…… 마고하치로!"

가리하는 자기가 무슨 말을 하는지도 잘 몰랐다. 다만 질투로 미쳐 날뛰는 마고하치로의 흉기에 자기 목숨이 위험에 처했다는 것만은 본능적으로 알 수 있었다.

"칼을 버리세요, 칼은 싫어요. 그토록 이 가리하가 밉다면 당신 손으로 꼭 껴안고 목 졸라 죽여주세요. 자, 어서. 당신을 위해 거짓말을 하고 당신을 위해 죄업을 거듭한 이 가리하를 당신의 팔로……"

가리하는 이렇게 말하고 갑자기 마고하치로의 다리를 낚아챘다.

"아……"

마고하치로는 희미하게 소리 지르며 잠자리 위로 쓰러졌다. 그 위를 허연 살덩이가 덮어씌우듯이 기어올랐다.

이것은 인간끼리의 격투인 동시에 애욕 그 자체의 격투이기도 했다. 양쪽 모두 증오의 대상이 누구인지도 모르고 뒹굴었다.

이윽고 가리하는 비틀어 빼앗은 마고하치로의 칼을 탁, 소리가 나도록 병풍 너머로 내던졌다.

"마로하치로…… 자, 네 마음대로 해."

"부인,"

"그대를 처단하라고 해서 우선 그 자리를 수습해놓고 당장이라도 도망치려 한 이 가리하의 마음이 통하지 않다니. 마고하치로, 주군은 숨을 거두셨어. 이제 가리하는 그대만의 것. 그래도 내가 밉거든 목 졸라 죽여도 좋아.”

가리하의 젖가슴 밑에서 갑자기 마고하치로가 숨을 죽이고 울기 시작했다.

‘그렇다. 이제 가리하는 나 혼자만의 것이 되었다.’

이렇게 생각하자 다시 새로운 집착이 소리를 내며 타오르는 마고 하치로였다.

“부인……”

“마고하치로……”

“부인!”

“마고하치로……”

# 딸의 아버지

노부나가는 전과 다름없이 잿빛 돈점박이 애마에 채찍을 가해 기소가와 강변의 찬바람을 가르며 멀리 말을 달렸다. 이것은 노부나가의 일과였다.

어느 정도 말을 달린 뒤 성으로 돌아가자고 할 줄 알았는데,

"너무 느리다, 이누치요."

마에다 마타자에몬 도시이에前田又左衛門利家로 불리게 된 이누치요를 꾸짖고, 이번에는 나고야 쪽으로 말 머리를 돌렸다.

노부나가가 자만하는 애마도 이미 땀에 젖어 있는데 다시 어디로 가려는 모양이다.

"주군, 오늘은 성에서 철포를 점검하는 날입니다마는."

"멍청한 것, 철포는 무엇 때문에 점검하는 줄 아느냐?"

"예, 전투 준비 때문입니다."

"그런 줄 안다면 잠자코 따라와. 너희들은 미노의 풍운이 수상하

게 움직인다는 것도 모르느냐?"

"미노의 풍운? 미노라면 방향이 다릅니다. 이쪽으로 가면 나고야에서 아쓰타…… 그리고 그 앞은 바다입니다."

"알고 있어. 미노에서 살무사 부자가 서로 물어뜯을 분위기여서 우리는 철포보다 먼저 점검해야 할 일이 생겼어."

이렇게 내뱉고 다시 말에 채찍을 가했기 때문에 이누치요를 비롯한 일고여덟 명의 근시는 땀을 닦을 겨를도 없이 뒤를 따랐다.

그러고 보면 요즘에 미노에서 오와리, 오와리에서 미노로 첩자처럼 보이는 상인들의 출입이 부쩍 잦아졌다.

미노의 사이토 도산은 적자인 요시타쓰를 별로 문제시하지 않는 듯했으나, 요시타쓰 쪽에서는 아버지를 도키 가문의 원수라 믿고, 자기는 도키의 씨라고 확신하여 더욱더 반감이 깊어지는 모양이었다.

그러나저러나 미노의 풍운이 급박하다고 하여 반대 방향으로 달려가, 철포보다 먼저 점검해야 할 일이 있다니 도대체 무슨 일일까?

'나고야 성으로 가서 노부미쓰를 방문하려는 것일까?'

이렇게 생각했으나 나고야 성에도 들르지 않고 노부나가는 대번에 아쓰타의 숲 속으로 모습을 감추고 말았다.

'지금은 마쓰다이라 다케치요도 없는데 대관절 누구를 찾아가는 것일까?'

근시들도 노부나가의 뒤를 따라 모밀잣밤나무 고목이 즐비한 가도를 지나 아쓰타로 들어갔으나 그때 이미 노부나가의 모습은 어디에도 없었다.

설마 이와무로 부인의 친정에 갔을 리는 없고, 가토 즈쇼노스케의 집으로 간 기색도 없다.

언제나 노부나가는 말을 빨리 달렸기 때문에 이런 일이 종종 있었는데 그럴 때는 큰길 어귀에서 기다리곤 했다.

"도저히 모르겠어. 평소대로 길목에서 기다리기로 하세."

"설마 신사 참배는 아닐 테지. 정말 주군은 너무 위험한 일을 하신다니까."

이미 기요스 성에 들어가 오와리 일대를 장악한 다이묘와 다름없는 노부나가였다.

그런데도 여전히 혼자서 행방불명이 될 때가 종종 있어 애를 먹이는 다이묘라고 평할 수밖에 없었다.

일행이 큰길 어귀로 돌아와 말에서 내려 모밀잣밤나무 그늘에서 싸늘한 바람에 땀을 식히고 있을 무렵, 당사자인 노부나가는 혼자 말고삐를 쥐고 가리하의 친정인 다지마 히젠의 집 정원으로 성큼성큼 들어서고 있었다.

"히젠, 히젠!"

"예. 원 이런, 기요스의 성주님이 오셨군요."

가리하의 아버지인 다지마 히젠田島肥前은 깜짝 놀라 툇마루에 무릎을 꿇고, 안에 대고 소리쳤다.

"게 누구 없느냐? 기요스의 성주님이 오셨다. 차를 가져오너라."

"차는 필요 없소."

노부나가는 냉정하게 고개를 가로젓고 말을 이었다.

"가리하가 말이오."

"예? 무어라고 말씀하셨습니까?"

"숙부의 내실인 가리하 말이오."

"아니, 제 딸 가리하가 무슨?"

"아직 모르는 것 같군. 무엄한 계집이오."

히젠은 노부나가의 말을 알아듣지 못하고 두 손을 짚은 채 대꾸했다.

"무엄하다니, 자세히 말씀해주십시오."

아쓰타의 신관 중에서는 가토, 이와무로와 함께 명문으로 손꼽히는 집안의 주인인 만큼 쉰 살이 가까운 히젠의 관록은 장중 그 자체였다.

"간통을 하고 있소."

"그 아이가?"

"그렇소. 물론 가리하가 나쁘다고만은 할 수 없소. 숙부도 얼이 빠졌기 때문이오. 그러나 얼이 빠졌다고 그대로 두면 나고야의 군사가 쓸모없게 되오."

"옳으신 말씀입니다."

"따라서 즉시 수단을 강구해야 하오. 그러므로 히젠, 만약 숙부가 가리하를 처단한다고 해도 놀라지 마시오."

"그야 물론…… 그런 불의를 저지른 딸이라면 제가 먼저 처단하고 싶은 심정입니다."

"히젠!"

"예."

"지금 그 말이 거짓은 아니겠죠?"

"저로서는 아직 진위를 알 수 없으나, 성주님이 그런 말씀을 하시는 딸의 아비라는 것…… 다만 그것만으로도 부끄러워 몸둘 바를 모르겠습니다."

"알겠소. 그럼 돌아가겠소."

"아, 잠깐만 기요스 성주님!"

"아직 용무가 남았소?"

"딸의 불의에 확실한 증거는 있겠지요?"

"무슨 소리를 하는 거요!"

노부나가는 다시 말을 끌고 걷기 시작했다.

"이 노부나가는 헛소리나 하고 있을 틈이 없소. 우물쭈물하다가는 가리하가 사나이를 데리고 도망쳐 올 것이오. 명심하시오."

이렇게만 말하고 얼른 밖으로 나와, 어느 틈에 요란한 말발굽 소리를 주위에 울리며 사라져가는 노부나가.

노부미쓰가 마고하치로에게 살해된 날의 한낮에 있었던 일이다.

# 적중한 악몽



아무리 온후하고 침착한 사람이라도 나고야 성주의 아내가 된 자기 딸이 불의를 저질렀으므로 처단을 받아도 놀라지 말라고 다짐을 할 때는 놀라지 않을 수 없다.

그것도 사위인 노부미쓰가 말했다면 혹시 질투라 생각할 수도 있으나, 일부러 이 말을 하기 위해 찾아온 사람은 기요스 성에 들어간 일족의 총대장 노부나가다.

노부나가가 돌아가자, 다지마 히젠은 고개를 갸웃하고 생각에 잠겼다.

"참으로 이상한 말이야. 증거도 제시하지 않고, 우물쭈물하다가는 딸이 사내를 데리고 도망쳐 올지도 모른다니……"

전처럼 노부나가가 '천하의 멍청이'라고는 생각지 않았다. 노부나가는 유례없는 효웅이라고 자타가 공인하는 미노의 살무사를 쉽게 방패로 삼았을 정도의 사나이다.

숙부인 노부미쓰와 손을 잡고 기요스 성을 손에 넣은 수법도 놀랍 거니와 그 뒤로 노부미쓰와 노부나가의 관계가 소원해졌다는 말도 듣지 못했다.

　　소원해지기는커녕 최근의 노부나가는 미노의 뉴도 도산과 그 아들 요시타쓰의 불화를 우려하여 한층 더 친밀하게 일족의 결속을 다지 고 있다는 소문이었다.

　　'그러한 노부나가가…… 내 딸을 처단해도 놀라지 말라고 하다 니.'

　　"무슨 생각을 하고 계십니까? 감기 드시겠어요. 어서 화로 곁으 로."

라는 부인의 말에,

　　"아니, 아무것도……"

　　히젠은 태연한 체 거실로 들어갔으나, 이날 밤은 이상하게도 가슴 이 두근거려 잠자리에 든 뒤에도 몇 번이나 악몽에 시달렸다.

　　기소 골짜기에서 불어오는 겨울바람은 이날도 윙윙 소리를 내며 지붕을 울리고 소나무를 흔들었는데, 때때로 그 바람 소리에 문 두드 리는 소리가 섞여 들려왔다.

　　'만약 노부나가 말대로 내 딸이 간통한 것이 사실이라면 어떻게 할 것인가?'

　　다이묘의 아내가 간통한다는 것은 보기 드문 일이므로 어떻게 처 리해야 할지 판단을 내리지 못하다가 이윽고 가물가물 잠이 들었다.

　　그리고 눈을 떴을 때는 벌써 창이 훤하게 밝아지기 시작하여 새벽 이 다가오고 바람도 멎어 있었다.

　　"아니?"

　　다시 누군가 문을 두드리고 있다는 생각이 들어 히젠이 베개에서 머리를 들었을 때 이미 깨어 있던 아내가 귓전에 속삭였다.

"가리하의 목소리 같아요. 문지기가 문을 열어 들어오게 했어요."

그 순간 다지마 히젠은 전신의 피가 얼어붙는 것 같았다.

꿈이 아니다. 수수께끼 같은 노부나가의 예언대로, 바람이 멎은 새벽 정원에서 서리를 밟고 급히 달려오는 발소리는 한 사람이 아니라 두 사람인 듯했다.

"저어 아버지, 어머니, 이것을…… 덧문을 열어주세요."

"아, 역시 가리하……"

하며 일어나는 아내를 히젠이 제지했다.

"일어나지 마시오, 내가 응대할 테니까. 그대는 자는 체하고 듣기만 하시오."

단단히 이른 뒤 머리맡의 칼을 집어들었다. 그러나 다지마 히젠은 목소리만은 부드럽게 내면서 덧문 밖을 향해 물었다.

"누구냐? 이런 시각에 요란하게 발소리를 내다니 무슨 일이냐?"

"예, 가리하입니다. 나고야 성에서 도망쳐 왔어요. 이 문을 열고 숨겨주세요."

"뭣이, 가리하라고…… 웃기지 마라. 가리하가 내 딸이기는 하나 적어도 오다 마고사부로 노부미쓰 님의 부인, 그런 부인이 어찌 이런 밤중에 온다는 말이냐?"

"예, 거기에는 사정이 있어요. 곧 추격자가 이리로…… 이유는 안에 들어가 말씀드리겠어요. 어서 문을 열어주세요."

"안 돼!"

히젠은 목소리에 힘을 주었다.

"비록 가리하라 해도 사정을 알기 전에는 문을 열지 못하겠다. 밖에는 너 혼자가 아니구나. 사헤이佐平도 거기 있군. 사헤이, 너는 문을 굳게 잠그거라."

"예. 사헤이가 어르신께 말씀드립니다. 여기 오신 분은 확실히 나고야의 마님이십니다."

"알겠다. 사헤이, 너는 물러가라……"

히젠은 이렇게 말하고 문지기가 사라지는 발소리를 확인한 뒤, 가리하에게 물었다.

"가리하, 또 한 사람이 있는 모양인데 그분은?"

"예, 주군의 측근인 사카이 마고하치로입니다."

"사카이 마고하치로?"

그 이름을 되뇌면서 히젠은 그만 숨을 죽였다.

노부나가의 말이 너무도 정확하게 적중했기 때문이다.

'둘이 도망쳐 올지도 모른다고 했는데……'

"가리하!"

"예. 빨리 열어주세요. 추격자에게 발각되면 부모님께도 화가 미칩니다."

"그렇게 당황하는 것을 보니 나고야 성에 무슨 일이 생겼구나?"

"예…… 예. 주군이…… 주군이…… 세상을 떠나셨습니다."

"뭣이, 주군이!"

히젠도 그만 뜻하지 못한 딸의 말에 천지가 빙빙 도는 듯한 현기증을 느끼고 저도 모르게 온몸을 기둥에 기대었다.

# 눈물겨운 처단

"주군이…… 주군이…… 어찌하여 돌아가셨느냐?"

히젠이 무섭게 질문하자 이번에는 사카이 마고하치로가 대답했다.

"이 마고하치로가 그만 실수로 찔렀습니다."

"아니, 그대가 주군을 시해했다고?"

"예. 모든 일이 부인을 사랑한 나머지 저지른 과오입니다."

"그런가…… 그럼, 사실이었군."

"무슨 방법으로든 사죄드리겠습니다. 우선 이 문을 열어주십시오."

"그렇구나, 역시 사실이었구나."

"부탁입니다, 아버지. 오늘 하루만 숨겨주시면 내일은 여기 오지 않았던 것처럼 하고 바다를 통해 멀리 떠나겠습니다. 절대로 부모님께는 폐를 끼치지 않겠습니다."

다지마 히젠은 여기에는 대답하지 않고 혼자 중얼거렸다.

"간통을 했을 뿐 아니라 주군까지 시해했군……"

온몸에서 힘이 빠져 그 자리에 털썩 주저앉았다.

"무서운 일이 벌어졌어. 그런데 내가 문을 열지 않는다면 어떻게 하겠느냐?"

"그런 말씀은 거두시고…… 부탁입니다. 마고하치로는 다른 곳으로 피신하자고 했으나 제가 일부러 여기로 데려왔습니다."

"뭐, 다른 곳으로 피신하자고 했다니…… 어디 숨을 곳이라도 있느냐?"

"예. 마고사부로는 후루와타리에 있는 하야시 사도 님 댁이나 스에모리의 시바타 곤로쿠 님에게 가면 노부나가 님의 손이 미치지 못할 것이라고 했습니다. 하지만 저는 그렇게 하면 부모님의 일이 불안하므로 우선 부모님께 부탁드려 여기서 하루를 보내고 나서 배를 타고 이마가와의 영지에 피신하기로 했어요."

그 말을 듣는 동안 히젠도 점점 냉정을 되찾았다.

설마 마고하치로가 마루 밑에 숨었다가 주군을 죽인 것까지는 눈치 채지 못했으나, 두 사람의 간통 현장이 노부미쓰에게 발각되어 소란이 벌어졌음이 분명하고, 더구나 두 사람은 그 엄청난 불의를 뉘우치지 않고 부모의 정에 기대어 살아남으려고 안간힘을 쓰고 있는 모양이다.

히젠은 냉정을 되찾자 결심을 하고 자기 손으로 덧문 한 짝을 열었다.

"그럼, 우선 들어오너라. 아직 물어보고 싶은 게 많이 있다."

두 사람은 덧문 틈으로 미끄러지듯 들어갔다.

양쪽 모두 얼굴에 핏기가 없고 머리에는 허옇게 서리가 내려 있었다.

"남이 들을지 모르니 여기서는 말하기가 곤란하다. 따라오너라."

히젠은 등불을 들고 앞장서서 점점 훤해지기 시작하는 아침이 꺼려지는 듯한 기분으로 두 사람을 객실로 안내했다.

"아까 너는 하야시 사도나 시바타 님의 집으로 피신하면 노부나가 님의 손이 닿지 못할 거라고 했지?"

"예. 그것은 마고하치로의 생각입니다."

"마고하치로, 그 이유는?"

질문을 받은 마고하치로는 긴장한 얼굴로 자리에 앉았다.

"예, 분명히 그런 말을 했습니다. 왜냐하면, 요즘 미노의 정세가 변하여 가문이 흔들리고 있기 때문입니다."

"미노의 정세가 변하다니?"

"뉴도 도산은 이미 늙었고, 그와 사이가 나쁜 아들 요시타쓰 님이 곧 도산을 대신하여 미노의 주인이 될 모양입니다. 요시타쓰 님은 노부나가 님의 이복형인 노부히로 님과 같은 배에서 태어난 여동생의 남편입니다. 따라서 요시타쓰 님과 손을 잡고 뉴도 도산의 사위인 노부나가 님을 제거하여 노부유키 님을 오와리의 주인으로 삼으려는 계획이……"

"하야시 님과 시바타 님이 그런 계획을 추진하고 있으니 두 사람이 피신하면 도와줄 것이라는 말인가?"

"예. 저는 노부유키 님 편이 되기로 결심하고, 부인과 상의하여 나고야 성주를 살해하고 왔다며 보호를 청함이 가장 상책이라고 말씀드렸습니다마는……"

히젠은 가만히 고개를 끄덕이고 눈을 감았다.

모든 것이 일그러지고 잘못되었다. 간통뿐이라면 정상적인 행동은 아니지만 남녀 간의 자연스러운 현상이므로 동정할 여지가 없는 것은 아니다.

그러나 실수로 주군을 시해하고, 그 반대 세력을 찾아가 가리하와 상의하여 주군을 살해했다고 공이라도 세운 듯이 말하겠다는 속셈은 아무리 난세라 해도 지나치게 야비하다.

"그런가. 그랬는데 내 딸이 억지로 여기 데려왔다는 말이로군⋯⋯ 그래서 믿고 찾아왔다면 아비로서 도울 수밖에 없겠지."

"아버지, 허락해주시겠습니까?"

"염려 마라. 오늘 하루는 우리 집에서 아쓰타 신궁의 본당으로 통하는 지하의 비밀 통로에 숨어 있거라. 그 동안에 아비가 배를 마련해주겠다."

"아버지! 정말 감사합니다."

"그래. 유사시에 신체神體를 운반하는 지하 통로는 너도 알고 있을 테니 남의 눈에 띄기 전에 어서 가거라."

"예⋯⋯ 예."

"등불을 들고 네가 앞장서서 마고하치로를 안내하거라."

"예. 비밀 통로에 숨으면 아무도 찾지 못할 거예요. 자, 마고하치로⋯⋯"

재촉을 받은 마고하치로는 가리하를 뒤따르고, 히젠은 남의 눈을 꺼리듯 주위를 살펴보면서 맨 나중에 복도로 나갔다.

이 비밀 통로는 화재나 폭도의 난입 등 불의의 사고가 있을 때 아쓰타 신궁에 봉안된 신검神劍을 신속히 본당으로부터 옮기기 위해 만든 것으로, 가토와 이와무로, 다지마 가문과도 통하도록 되어 있으나 집안 사람 말고는 아무도 몰랐다.

비밀 통로에 숨겨주겠다는 말에 마고하치로의 발걸음도 경쾌해졌다.

이미 바깥은 아침, 어디선가 새 우는 소리가 들리고 머지않아 사람들도 일어나 밖으로 나올 것이다.

"자, 이리로."

가리하가 맨 앞에 서서 낯익은 친정 집의 오래된 툇마루를 오른쪽으로 돌았을 때였다.

"얏!"

뒤에서 히젠의 날카로운 기합 소리가 들렸다. 동시에 장지문에 피가 튀었다.

"아, 아버지께서…… 마고하치로를!"

깜짝 놀라 돌아본 가리하 앞에는 푹 고꾸라진 마고하치로의 목 없는 시체가 놓여 있었다.

뒤에서 번개처럼 내려친 히젠의 한칼에 마고하치로의 목이 가리하의 어깨 너머로 멀리 날아간 것이다.

"아악!"

가리하는 비명을 지르고 뛰기 시작했다. 아니, 뛰려다가 마고하치로의 목에 걸려 비틀거렸을 때, 가리하 역시 뒤에서 내려친 한칼에 등잔을 떨어뜨리고 허공을 붙잡으며 툇마루에 쓰러졌다.

"아버지…… 너무 합니다……"

히젠은 대답 대신 다시 한 번 칼을 휘둘렀다.

가리하의 목이 히젠의 발 밑에 대굴대굴 굴러 떨어졌다.

히젠은 망연히 선 채로 있었다.

아내가 달려왔다.

추격자가 도착한 듯 부서져라 하고 문 두드리는 소리가 들렸다.

그러나 히젠은 세상이 캄캄해진 듯한 기분으로 잠시 동안 피 묻은 칼을 닦는 것도 잊고 있었다.

# 나고야 성주

노부나가는 목 두 개를 나란히 놓고 더듬더듬 말하는 다지마 히젠의 이야기를 듣기보다 히젠의 희고 큰 얼굴을 바라보고 있었다.

성실 그 자체인 히젠에게 어떻게 가리하처럼 대담한 음부가 태어난 것일까?

"저는 신을 모시는 몸. 어찌 그런 음탕한 남녀를 신전으로 통하는 신성한 비밀 통로로 안내할 수 있겠습니까……"

이러한 술회를 들으면서 노부나가는 절실하게 생각했다.

'신도 장난을 좋아하는군.'

"아무튼 미노의 사정이 변했고, 또 가문의 소요를 획책하는 자도 있는 모양이라는 것이 마고하치로의 마지막 말이므로 부디 주의하십시오."

"알고 있소."

노부나가는 그런 말에는 거의 귀를 기울일 필요가 없다는 어조로 말했다.

"침통한 심정은 충분히 이해할 수 있소. 이미 처단은 끝났으니 시체는 직접 묻어주도록 하시오."

"감사합니다."

노부나가는 히젠이 물러가자 니와 만치요를 불러 두 사람의 목을 치우게 하고 나서 깊은 생각에 잠겼다.

결국 숙부인 노부미쓰는 여자 때문에 목숨을 잃었다. 단지 목숨을 잃었을 뿐만 아니라, 비로소 가문에 새로운 질서를 확립하려던 노부나가의 사업이 좌절되었음을 의미하기 때문에 그 타격은 매우 컸다.

다지마 히젠의 말을 빌릴 것까지도 없이, 미노의 사정이 변했다는 사실은 진작부터 노부나가의 마음에 큰 그림자를 드리웠다.

뉴도 도산이 차차 나이가 드는 데 비해, 자신이 도키 씨의 핏줄이라 확신하고 있는 사기야마 성의 요시타쓰는 서서히 도산을 반대하는 세력을 끌어들여 그 반란은 이미 시간문제가 되었다.

따라서 도산을 방패로 삼고 가문 중에서는 노부미쓰를 옹립하여 일족을 결속하려던 노부나가의 정책은 내외를 막론하고 큰 파탄에 직면하게 된 것이다.

사기야마 성의 요시타쓰는 아버지인 도산에게 적의를 품었을 뿐만 아니라, 도미타의 쇼토쿠 사 사건이 있은 뒤부터 노부나가에게도 강한 증오심을 품고 있다.

"두고 보라, 머지않아 내 아들은 노부나가 앞에 말을 매게 될 것이다."

도산이 이런 말을 했다는 것을 들은 요시타쓰는 '그까짓 오와리의 멍청이 따위에게' 하고 때가 오면 일거에 짓밟아버리겠다며 벼르고 있었다. 그 요시타쓰와 기회만 있으면 간주로 노부유키를 내세우려는 시바타와 하야시 형제 등의 노부나가 반대파가 동맹을 맺는다면 노부미쓰를 잃은 노부나가는 다시 전과 같은 사면초가의 궁지로 되돌아갈 수밖에 없다.

"어쨌든 이대로 둘 수는 없다."

아무튼 가토의 두 군을 맡았던 노부미쓰가 살해되었다. 이대로 나고야 성을 내버려둘 수는 없다. 그렇다면 누구를 들여보내야 훌륭히 다스릴 수 있을 것인가.

노부유키를 제외한 동생들은 아직 어리고, 믿을 만한 가신은 젊은 이들뿐이어서 권위가 없다.

잠시 생각하다가 노부나가는 불쑥 일어났다.

뒤에서 만치요와 아이치 주아미가 황급히 따라오려 했다.

"오지 마라."

노부나가는 평소와 다름없는 어조로 단 한마디만 던지고 그대로 내실로 통하는 문으로 걸어갔다.

'이럴 때는 살무사의 딸을 희롱하는 것이 상책이야……'

"이봐, 오노."

노히메는 지난 이삼 일 동안 감기 기운이 있다면서 누워 있었으나 노부나가의 발소리를 듣자 얼른 자리에서 일어났다.

"아직 감기가 낫지 않았나?"

"예. 어쩌면 폐병으로 이대로 죽을지도 몰라요."

"뭐, 폐병? 살무사가 그런 병을 앓다니 어디 쓰겠나."

"어쩌면 그런 말씀을 하세요, 죽을지도 모른다고 하는데."

"사람은 누구나 죽기 마련이야. 어때, 많이 아픈가?"

이렇게 말하고 노부나가는 느닷없이 깔아놓은 노히메의 이불을 베개로 삼아 벌렁 드러누웠다.

노히메가 '호호호' 웃으며 노부나가의 이마에 손을 올려놓았다. 손에 약간 열이 있고, 하얀 잠옷에 귀밑머리가 살짝 흘러내린 여윈 얼굴이 이상하게도 요염함을 더해주는 듯 했다.

"심각한 얼굴을 하고도 장난을 치시는군요. 또 걱정거리가 생긴 모양이죠?"

"주제넘은 소리를 하는군. 나는 아프냐고 물었어."

"아뇨, 주군을 대하자 깨끗이……"

"오노…… 노부미쓰가 살해당했어."

"어머…… 역시 가리하 부인에게……"

"응, 직접 손을 댄 놈은 마고하치로지만 원흉은 가리하야. 이제 그대의 아버지인 살무사 님까지 살해당하면 나는 다시 외톨이가 돼."

"호호호호, 주군답지 않아요. 살무사 님도 오래지 않아 살해당하실 텐데."

"뭣이, 살무사 님이 살해당한다고?"

"예. 인간은 누구나 일단 살해당하기 마련이에요. 사람의 손이 아니면 신불神佛의 손으로."

"약아빠졌어, 되받아치는군. 하하하."

벌렁 누운 채 노부나가는 찢어지는 듯한 소리로 웃었다. 그리고 웃음이 멎자 갑자기 무섭게 눈을 빛내며 몸을 돌려 엎드렸다.

"오노! 손톱을 깎아줘."

"어머, 죽어가는 병자에게 손톱을 깎으라고 하시다니. 너무 거친 분이에요."

그러면서 노히메는 시녀에게 가위를 가져오게 하여 노부나가의 오른손을 무릎 위에 올려놓았다.

"어서 깎아."

"움직이지 마세요, 손가락을 자르면 어떻게 해요?"

"어서! 빨리 깎아."

말하는 동안에도 눈을 별처럼 빛내며 허공을 바라본다.

궁지에 몰려 어떻게 하면 좋을지 생각할 때 노부나가가 늘 하는 광태였다.

노히메는 이 사실을 알고 있기에 일부러 즐기듯이 천천히 가위를 놀린다.

"자, 이제 끝났어요."

"그럼, 다음에는 귀지!"

"어머, 대단한 문병이군요, 죽어가는 병자에게."

"귀가 끝나면 이번에는 코털을. 이제야 정신이 드는군."

"정신이 들다니요……?"

노히메가 오른쪽 귀를 채 후비기도 전에 노부나가는 갑자기 몸을 일으켜 노히메의 목을 껴안았다.

"결심했어!"

"아야, 목이 부러지겠어요."

"결심했어, 오노."

"이것 놓으세요, 숨이 막혀 말도 못하겠어요."

"오노! 히코고로가 죽은 뒤 오다 일족의 결속을 해치는 원흉은 누구라고 생각하나?"

"스에모리의 노부유키 님."

"노부유키를 제외하면?"

"시바타 곤로쿠 님…… 이 아니라 역시 하야시 사도 님일 것 같아요."

"어째서?"

"가문의 신망은 시바타 님보다도 사도 님이 더 받고 있어요. 그리고 사도 님한테는 음모를 좋아하는 미마사카노카미라는 동생도 있기 때문에."

"핫핫하……"

노부나가는 별안간 노히메의 목을 놓아주고,

"자, 이쪽 귀를…… 이제 결정했어."

"무엇을 결정하셨나요?"

"모르겠나, 나고야 성에 누구를 들여놓을지 말이야. 숙부는 이미 죽었어."

"아…… 그 일이었군요."

"오노! 그대는 미노의 살무사 님이 머지않아 살해당할 거라고 했지?"

"예. 이미 연로하시니까요."

"그 살무사 님이 어떻게 숨을 거두느냐에 따라서 나도 미노까지 출병하지 않으면 안 돼. 그렇게 되면 더욱 나고야의 방비가 중요해."

"살무사 님이 기뻐하시겠어요. 지금 살무사 님은 오와리의 멍청이에게 완전히 매료되었으니."

"쓸데없는 소리는 하는 게 아니야."

노부나가는 꾸짖듯이 말하고 이번에는 별안간 목을 움츠리고 어린아이처럼 홋홋홋, 웃기 시작했다.

자신의 결심이 여간 마음에 들지 않았던 모양이다.

"그래서 그 중요한 나고야 성은 누구에게 맡기실 건가요?"

"하야시 사도를 훌륭하게 제압할 수 있는 인물."

"하야시 사도 님을 제압할 수 있는 인물? 과연 가문에서 사도 님을 제압할 수 있는 인물이……"

"없다고 생각하나? 꼭 한 사람 있어."

"그 사람은?"

"오노! 사도를 제압할 수 있는 자는 바로 사도 자신, 나는 사도를 나고야 성주로 결정했어."

노부나가는 이렇게 말하고 다시 목을 움츠리며 큰 소리로 웃었다.

# 쌓이는 걱정

남의 의표를 찌르는 노부나가의 버릇은 어제오늘에 시작된 것이 아니다.

지금 미노의 뉴도 도산의 그림자는 흐려져간다. 게다가 숙부인 노부미쓰가 죽음을 당해 절체절명의 입장에 몰리려는 찰나에, 노부나가 반대파의 우두머리라 할 수 있는 하야시 사도노카미 미치카쓰를 나고야 성주로 앉히겠다고 하므로 아무리 살무사의 딸인 노히메라 해도 눈이 휘둥그레질 수밖에 없었다.

아니, 노히메만이 아니다. 통고를 받고 가장 놀란 사람은 바로 하야시 사도였고, 스에모리 성의 간주로 노부유키였으며, 시바타 곤로쿠였다.

'대관절 이게 어떻게 된 일일까?'

노부나가가 앞에 불려나와 눈을 깜박거리고 있는 사도에게 노부나가는 예의 퍼붓는 듯한 어조로 말했다.

"사도, 나고야 성은 오와리의 중심을 이루는 곳. 모리야마의 노부쓰구에게도 맡길 수 없고 동생들에게도 맡길 수 없어. 그대가 들어가 굳게 지키도록."

"굳게 지키라고 하시면…… 이 사도에게 성주 대리가 되라는 말씀입니까?"

"성주 대리가 아니라 성주야. 그대는 오다 가문의 수석 가로가 아닌가. 숙부의 가신들은 내가 맡겠어. 그대는 즉시 군사를 데리고 가서 성을 인수하도록."

이렇게 되자 하야시 사도라도 자기 볼을 꼬집어보고 싶어지는 것은 당연한 일이었다.

입으로는 가문을 위해 노부나가를 배척해야 한다면서도 실은 가문을 위해서이기도 하나 자기 자신을 위해서라는 계산을 충분히 하고 있었다.

'노부나가는 내 말을 듣지 않을 테고 마음대로 할 수도 없으니까……'

분명히 이 점을 자각하지 않더라도 그 불만이 사도를 노부유키에게 접근시켰음은 부인할 수 없는 사실이다.

노부나가는 사도의 마음을 꿰뚫어보고, 이 점을 노려 일족 중에서 자기 다음가는 지위와 영지를 주었으므로 사도는 불만을 느낄 여지가 없어졌다.

"주군의 명이시라면 분부대로 하겠습니다."

"부탁하네. 간주로에게는 내가 잘 말해두겠어."

이렇게 되면 스에모리 성의 간주로 노부유키와 시바타 곤로쿠는 당연히 하야시 사도를 의심하지 않을 수 없다.

"뭐, 나고야 성을 고스란히 사도가 떠맡았다고? 그렇다면 사도 녀석은 우리를 배신했구나."

노부나가가 이것을 알고 빙긋이 웃은 것은 말할 나위도 없다. 이일로 당분간 그들의 음모는 진행 속도가 느려질 것이다.

그동안에 노부나가는 더욱 군비를 강화하여 미노의 내란에 대비해야 한다는 점을 직감했다.

뉴도 도산과 요시타쓰 부자가 싸워 도산이 이긴다면 다행한 일이다. 그러나 만일에 요시타쓰가 이기면 형세는 역전된다.

요시타쓰와 손잡은 노부유키 일파가 미노의 대군을 장악하면 노부나가가 비참한 패배자의 위치에 몰릴 것은 뻔한 일이다.

"자, 철포다. 뚝뚝 빗방울이 떨어지듯이 쏘아대서는 도움이 되지 않는다. 한 사람이 계속 몇십 발, 몇백 발이라도 쏠 수 있게 화약과 탄환을 허리에 차고 훈련해야 한다."

사람들은 지금에 이르러서야 비로소 오와리의 큰 멍청이가 부싯돌 주머니를 마구 허리에 차고 다닌 의미를 깨달았다.

"그 큰 멍청이의 동냥주머니."

이런 비웃음을 들으면서도 주렁주렁 허리에 차고 다니던 주머니가 실은 화약과 탄환을 휴대하기 위한 장래의 구상이었던 것이다.

"대부분의 전투는 아시가루°로도 충분하다. 철포를 가진 아시가루가 백발백중의 탄환으로 상대를 교란한 뒤 기마대가 공격하면 돼. 기마대가 선두에 나서는 전투를 해서는 안 돼."

이러한 전술을 연마하고 사기를 높이기 위해 전력을 기울이고 있는 노부나가였으나, 그에게 덮친 두번째 시련은 마치 노부나가에게 도전해 오는 듯 격렬한 것이었다.

첫번째 사건은 노부나가의 친동생, 즉 스에모리 성의 간주로 노부유키의 바로 밑의 동생인 기로쿠로 히데타카喜六郎秀孝가 실수로 모리야마 성주인 마고주로 노부쓰구에게 살해당한 사건이었다.

때는 한여름인 6월, 이날 모리야마 성의 마고주로 노부쓰구는 류센지가와의 마쓰가와松川 나루터 부근에서 천렵을 하고 있었다.

당연히 부근의 둑은 통행이 금지되어 있었으나 천렵에 열중하여 감시를 게을리 하던 병졸이 문득 깨닫고 보니 말을 탄 젊은이 하나가 삿갓을 쓴 채 금지 구역 안으로 유유히 말을 달리고 있었다.

"꼼짝 마라!"

"말에서 내려, 내리지 못하겠느냐!"

"모리야마 성주 노부쓰구 님이 천렵을 하고 계신다. 내리지 않으면 용서치 않겠다."

맨발을 구르며 고래고래 소리쳤으나, 듣지 못했는지 아니면 듣고도 말에서 내리지 않는 건지 말은 그대로 뙤약볕 밑을 달려 노부쓰구에게 접근해 왔다.

"괴한이다!"

원래가 성급하기 마련인 난세의 무사, 노부쓰구의 부하인 스가 사이조洲賀才藏라는 젊은 무사가 별안간 옆에 있는 활을 집어 상대의 어깨를 노리고 화살을 날렸다.

정확히 어깨에 명중하면 고삐를 마음대로 다룰 수 없어 낙마한다. 그렇게 되면 붙잡고 심문할 요량으로 활을 쏜 것인데, 말이 동요하는 바람에 그만 젊은이의 관자놀이에 꽂혔다.

"앗······"

화살을 쏜 쪽이 깜짝 놀랐다. 말 위의 사내는 소리도 지르지 못하고 말에서 떨어져 즉사했다.

"보아라, 다메토모爲朝° 이래의 강궁强弓을 이제 알겠느냐."

사이조는 활을 던지고 다가가 시체를 들여다보는 순간 그만 자리에 주저앉고 말았다.

즉사한 사람은 노부나가, 노부유키와 한배에서 태어난 정실의 아들로 여자처럼 아름다운 얼굴을 한 열여섯 살의 기로쿠로 히데타카였다.

"큰일났습니다. 스가 사이조가 기로쿠로 님을 사살했습니다."

보고를 받고 노부쓰구는 급히 강물에 뛰어들어 시체를 확인하고 나서 황망히 옷을 걸치고 말 옆으로 달려갔다.

"모두 듣거라. 너희들은 성에 남아 노부나가 님의 지시를 기다려라. 자, 그럼."

노부나가가 무척이나 사랑하는 친동생을 그가 죽인 것이나 다름없었다. 노부쓰구는 질풍처럼 말을 달렸다.

"아, 주군이 어딘가로……"

모두가 당황하여 둑으로 달리는 사이 노부쓰구는 바람처럼 하류 쪽으로 도망쳐버렸다.

몇 안 되는 노부나가의 한편이었던 마고주로 노부쓰구가 사라짐으로써 모리야마 성은 눈 깜짝할 사이에 주인 없는 성이 되고 말았다.

더구나 기로쿠로가 실수로 죽었다는 사실을 알고 격노한 사람은 스에모리 성의 간주로 노부유키였다.

노부나가도 기로쿠로를 사랑하였으나 노부유키도 기로쿠로를 무척 아꼈다.

"이 일은 형인 노부나가의 지시임에 틀림없다. 형은 기로쿠로가 내 편을 들까 두려워 노부쓰구에게 죽이라고 한 뒤 노부쓰구를 어딘가에 숨긴 것이다…… 그렇다, 이렇게 된 이상 나도 마음을 정하고 형의 동정을 살필 테다."

간주로 노부유키는 이날 중으로 심복인 젊은 무사들을 데리고 모리야마에 쳐들어가 성만을 남기고 모두 태워버렸다.

이번에는 노부나가가 노했다.

그러나 지금 노하여 군사를 일으키면 점점 더 적의 먹이가 되기 쉽다.

노부나가는 분노를 억제하고 누구를 새로운 모리야마 성주로 삼을지 하야시 사도, 미마사카 형제와 사쿠마 우에몬, 사쿠마 다이가쿠 등 중신 네 명과 상의했다.

하야시 사도는 아무 말도 안 했으나 동생인 미마사카가 즉석에서 대답했다.

"당연히 사부로고로 노부히로 님입니다."

노부히로와 친남매인 여동생이 사이토 요시타쓰에게 노히메와 교환으로 출가해 있다.

'아, 미마사카 녀석, 아직도 요시타쓰와 내통하고 있구나.'

노부나가는 이렇게 생각하며 사쿠마 우에몬에게 물었다.

"그대는 누가 적당하다고 생각하나?"

"저는 기조喜藏 님에게 관례冠禮를 올리게 한 후 성을 맡기시는 것이 순서라고 생각합니다."

기조는 노부나가와는 어머니가 달랐으나, 이번에 죽은 기로쿠로의 바로 아래 동생이었다.

"이상한 말씀을 하시는군요. 사부로고로 님은 주군의 서형庶兄인데 이분을 제외하고 어린 기조 님을 추천하시다니 순서가 틀립니다."

"아니, 그렇지 않습니다."

이번에는 사쿠마 다이가쿠가 입을 열었다.

처음에는 두 사쿠마도 하야시 형제나 시바타 곤로쿠와 같이 노부나가를 배척했으나 최근에는 노부나가를 조금씩 다시 보고 있었다.

아니, 노부나가를 다시 보는 것이 아니라 하야시 형제나 시바타와 맞서기 위해서일지도 모른다.

'저쪽에서 동생을 업고 나오면 이쪽에서는 형을……'

"허어, 맏형을 제치고 어린 동생을 세우다니, 그래도 순서가 틀리지 않는다면 그 이유를 알고 싶소"

"말하리다. 사부로고로 노부히로 님은 돌아가신 노부히데 님이 생존하셨을 때 이미 성을 맡으셨던 분이오. 그리고 그 성을 이마가와에게 빼앗긴 분이 아닙니까?"

노부히로가 아버지에게 받았다가 이마가와 요시모토에게 빼앗긴 성이란 미카와의 안조 성을 가리키는데, 이 말을 듣자 그만 하야시 미마사카도 되돌릴 말이 없었다.

기량이 부족한 사부로고로 노부히로는 그때 적의 포로가 되었다가 아쓰타에 있던 마쓰다이라 다케치요와 인질 교환으로 생명을 건진 과거가 있다.

"으음, 그럼 모리야마 성은 기조에게 맡기기로 하지."

그리하여 노부나가는 열세 살인 기조에게 관례를 올려주고 아와노카미 노부토키安房守信時라는 이름으로 모리야마 성을 맡겼는데, 이 일 또한 요시타쓰와 내통하는 간주로 일파에게 심한 반감을 샀다. 게다가 드디어 노부나가가 가장 두려워하던 미노의 살무사 부자 간에 소요가 발생했던 것이다.

"아룁니다. 사기야마 성의 요시타쓰 님이 마침내 모반하여 뉴도 도산 님은 이나바야마 성에서 나와 이를 섬멸하려고 부심하고 있습니다."

때는 고지弘治° 원년(1555) 11월 말.

노부나가는 거실에서 저도 모르게 팔걸이를 두드리며 웃었다.

"앗핫핫하, 단지 그것뿐이냐. 더 이상의 골칫거리는 없느냐! 모처럼 이 노부나가가 폭풍이여 불어라, 하고 기원하고 있었는데 겨우 그것뿐이란 말이냐! 왓핫핫하."

# 센조다이의 귀신

　사이토 뉴도 도산은 해마다 겨울이 되면 이나바야마 산꼭대기에
쌓은 난공불락을 자랑하는 성채에서 내려와 산기슭에 있는 센조다이
의 집에서 지냈다.

　산꼭대기의 성보다 여기가 훨씬 더 따뜻했다.

　이미 예순둘이라 보통 사람 같으면 지금쯤 노망이 들 나이인데도
과연 살무사란 별명답게 도산은 오늘도 사기야마 성에서 온 나가이
하야토노쇼를 맞이하여 여전히 신랄하기 짝이 없는 독설을 퍼붓고
있다.

　"그래, 껵다리의 병세는?"

　껵다리란 말할 나위도 없이 요시타쓰를 가리키는 것으로, 요시타
쓰는 이때 문둥병이 도져 앞으로 여생이 얼마 남지 않았을 것이라고
들 했다.

　"별로 신통치 않은 모양이야."

나가이 하야토노쇼는 뉴도 도산의 친형이었으나 도산과는 딴판으로 성실 그 자체인 고지식한 사람이었다.

"신통치 않다면 여간해서는 죽지 않을 것이란 말이군. 아무리 내가 놈에게는 희망이 없다고 했기로서니 내 앞에서 신통치 않다고 하다니 말이 좀 지나치군."

"아니, 신통치 않다고 한 말은, 다시 말해서 좀처럼 회복되지 않는다는 뜻이지."

"거짓말. 예부터 문둥병이 도진 자 중에서 회복된 예가 어디 있던가. 모두 요시타쓰가 죽기만을 기다리고 있을 테지."

그러면서 도산은 빈정거리듯 얼굴을 일그러뜨렸다.

"사실 이렇게 말하는 나도 그때를 기다리고 있지만."
하며 싸늘하게 웃었다.

"사람이란 참으로 묘해서, 칼이건 그림이건 뛰어난 명품을 보면 지금까지 지녔던 것은 보기 싫어지게 마련이지. 꺽다리도 바로 그런 부류야. 오와리의 사위를 만나기 전까지는 좀더 공을 들여 단련시키려던 생각이 없었던 것은 아니지만, 사위를 대하고 나서부터 완전히 놈이 싫어졌어. 질적으로 전혀 다르거든."

"그럼, 노부나가는 천하의 다시없는 재목이란 말인가?"

"그래. 사위라는 황금을 보고부터는 조카인 주베에 미쓰히데十兵衛光秀도 꺽다리도, 또 기헤이지喜平次도 마고시로孫四郎도 싫어졌어. 녀석들은 황금은커녕 구리도 되지 못해."

기헤이지 다쓰모토龍元와 마고시로 다쓰유키龍之는 노히메와 한배에서 태어난 남매였다.

"잘 이해가 되지 않는군. 전에는 주베에 미쓰히데가 세상에서 가장 장래성이 있다고 했는데."

"그래서 질적으로 다르다고 한 거야. 주베에는 노력에 노력을 거듭하여 훌륭해지는 자, 그러나 오와리의 사위는 툭 하고 이 세상에 떨어졌을 때부터 비범해. 이것으로는 승부가 되지 않아."

"점점 더 모르겠군. 구슬도 갈지 않으면 빛이 나지 않는다는 말이 있어. 그럼, 이것은 괜한 소리인가?"

"암, 괜한 소리. 형만 해도 갈면 갈수록 닳기만 하니까."

"원 이런, 그런 험담을 하다니……"

"눈을 그렇게 삼각형으로 뜨니 마치 깨진 질주전자 같군. 그건 그렇고, 오늘은 또 웬일로?"

"아 참, 이 길로 산성으로 올라가 기헤이지와 마고시로를 사기야마로 데려오라고 하기에……"

"아니, 그 껑다리가 기헤이지와 마고시로를?"

도산은 커다란 눈을 부라리고는 정원의 따스한 양지로 시선을 보냈다.

"으음, 두 사람이 가겠다고 하면 데려가도 좋겠지."

하고 순순히 고개를 끄덕였다.

"아무튼 요시타쓰는 자리에 누운 지 벌써 한 달 이상이나 되고 날로 몸이 쇠약해지는 형편이니 며칠이나 더 버틸 수 있을지, 그러니 더욱 형제가 보고 싶을 테지. 두 사람을 불러 작별 인사를 하겠다고 하더군."

"형."

도산은 팔걸이 너머로 두 손을 내밀어 턱을 괴었다.

"같은 형제라도 형은 행복하겠어."

"어…… 어찌 그런 말을. 나는 형이지만 아우님의 부하……"

"아니, 행복해요. 형에 비해 이 도산은 악당이지."

"또 그런 이상한 말을……"

"하하하…… 어쨌든 좋아요. 두 녀석이 가겠다면 데리고 가시오. 그러나 조심해야 합니다, 녀석들이 살해당하지 않도록."

"아니, 죽이다니! 그 병자인 요시타쓰가……"

"괜찮소. 꺽다리에게 살해당할 정도의 녀석이라면 어차피 제대로 살아 남을 놈이 못 되니까. 어서 데려가시오."

나가이 하야토노쇼는 살무사가 하는 말뜻을 이해하지 못하고 연신 고개를 갸웃거리다가 이윽고 센조다이의 집을 나와 산성으로 향했다.

그 무렵까지도 뉴도 도산의 예리한 두뇌는 날카로운 속도로 온갖 사태를 받아들이고 있었다.

"이봐 오카쓰お勝, 그 얼간이의 얼굴을 바라보고 있었더니 기분이 나빠지는군. 기분 전환하게 술이나 한잔 가져오도록."

부인은 산성에 남기고 왔으므로 여기서는 애첩인 오카쓰가 온갖 시중을 들고 있었다.

"알겠어요."

아직 스물대여섯밖에 되지 않은 한창 나이의 오카쓰는 시녀를 불러 곧 술과 안주를 가져오게 하고 자신은 술병을 들어 뉴도의 잔에 따라주었다.

"오카쓰, 오늘은 날씨가 좋아 술이 맛있군."

"그렇다면 다행이군요."

"그런데 나는 악당에 걸맞지 않게 한 가지 실수를 한 것 같아."

"주군에게 실수가?"

"있어, 있어. 미처 죽이지 못한 자가 하나 있어. 죽여야 할 자는 가차 없이 모두 죽였는데, 단 한 녀석만 미처 죽이지 못했어. 내 목을 자를 놈이 있다면 바로 그 놈인데도 말이야."

"어머…… 그게 도대체 누구인가요?"

"하하하…… 바로 꺽다리야. 그 바보는 아비인 나를 죽이면 미노가 고스란히 노부나가에게 돌아간다는 것도 모르고 있어. 안타까운 노릇이야."

오카쓰는 엉뚱한 소리를 잘 하는 도산의 말에 익숙해 있었으나, 이때만은 등골이 오싹했다.

자기 자식을 죽이지 못했다고 후회하는 아버지. 그런 아버지가 이 세상에 있다는 생각만 해도 소름이 끼쳤다.

"오카쓰."

"예…… 예."

"그 바보가 자기보다 더 멍청한 바보를 시켜 기헤이지와 마고시로를 맞이하러 보냈어. 기헤이지와 마고시로도 멍청이니까 어쩌면 어정어정 문병을 갈지도 몰라. 가거든 정신을 차리고 있어야 해. 꺽다리가 멋지게 두 녀석을 죽일지, 아니면 두 녀석이 꺽다리를 죽이고 올지…… 멍청이들이 하는 일이라 대수로울 건 없지만……"

도산은 여기서 또 맛있게 술잔을 비웠다.

"마음대로 되는 일이 없어. 오노가 남자였다면 어떻게든 미노를 지킬 수 있을 텐데…… 아니, 이것으로 좋아. 오노는 일본에서 제일 가는 남편을 만났으니까."

도산은 이처럼 날이 저물 때까지 애첩을 상대로 이런저런 세상 이야기를 나누다가 해가 지기 전에 잠자리에 들었다.

그리고 한잠 자고 났을 때 집 앞이 별안간 시끄러워지기 시작했다.

# 하나의 오산

"아룁니다."

근시가 침소 입구에서 고했을 때 도산은 벌써 일어나 있었다.

"뭐냐, 누가 찾아오기라도 했느냐?"

"예, 다케이 히고노카미武井肥後守 님이 급히 뵙겠다며 군사를 데리고 왔습니다."

"뭐, 다케이 히고노카미가? 좋아, 사랑방으로 안내하라. 그리고 도쿠道空에게는 경비를 엄히 하라고 일러라."

침착하게 말하고 옷 갈아입는 시중을 드는 오카쓰를 돌아보며,

"멍청이가 드디어 일을 저질렀군."

하고 코웃음을 쳤다.

다케이 히고노카미 스케나오助直는 처음부터 도키 가문의 가신이 아니었다. 원래 신슈信州 사람으로 다케다武田 씨에게 쫓겨 미노에 온 뉴도 도산이 포섭한, 말하자면 도산의 심복 가운데 한 사람이다.

그런 만큼 도산은 유유히 사랑방에 나타나, 격의 없는 태도로 마주 앉았다.

"이런 시각에 웬일이냐? 무장까지 갖추고."

"주군, 큰일났습니다."

"허어, 큰일이라니 아사이淺井와 아사쿠라朝倉의 연합군이 식량을 약탈하러 오기라도 했느냐?"

"황송합니다마는, 그런 일이라면 큰일이라고 아뢰지도 않았을 겁니다."

이렇게 말하는 히고노카미의 얼굴은 긴장으로 창백하고, 눈은 묘한 감정을 드러내며 빛나고 있었다.

"그럼, 사기야마 성에 무슨 일이 생겼느냐?"

"무슨 일이 생긴 정도가 아닙니다. 나가이 하야토노쇼가 이 성에서 사기야마로……"

말하기 시작하자 도산은 눈을 크게 부릅뜨고 손을 내저었다.

"큰일이 아니야, 그런 것 따위는."

"아니…… 그럼 주군은 이미?"

"물론 알고 있어. 기헤이지와 마고시로가 꺽다리에게 죽었다는 말일 테지."

"그렇습니다."

다케이 히고는 이렇게 대답하고 두 손을 짚고는 잠시 어깨를 떨고 있었다.

"역시 그렇게 됐구나."

"주군의 심중을 이해할 수 있습니다."

"아니, 심중 따위는 이해할 필요도 없어. 단 한 놈을 미처 죽이지 못한 보답이야. 그 멍청이는 언제부터인지 나를 아비로 생각하지 않았어. 우스운 일이야."

"나가이 님은 요시타쓰 님의 계략이란 것도 모르고 두 분을 모시고 병실에 들어갔는데, 이제 여명이 얼마 남지 않았으므로 이별의 잔을 나누자는 요시타쓰 님의 말을 듣고 각자 술잔을 들었을 때……"

"요시타쓰가 직접 죽였느냐?"

"아닙니다. 삿테보 가네쓰네作手棒兼常란 검술의 달인이 번개처럼 마고시로 님의 목을 치고, 사이도 두지 않고 곧바로 기헤이지 님의 어깨에서 가슴으로 내리쳤다고 합니다."

"으음, 멍청이치고는 제법이군. 그러나저러나 죽은 녀석은 미처 칼도 뽑지 못했을 테니 정말 한심한 놈들이야."

"그러고는 오늘도 아직 두 분이 사기야마에 머물고 계신다고 발표하셨답니다. 주군! 원컨대 저에게 이 성의 수비를 명해주십시오."

"으음."

도산은 잠시 고개를 갸웃하고 생각하다가 단호히 말했다.

"그럴 필요는 없어. 멍청이가 공격해 오면 나는 즉시 산으로 철수하겠어. 산에 올라가면 녀석의 힘으로 쉽게 무너질 성이 아니란 사실을 아무리 멍청한 꺽다리라도 잘 알고 있을 거야. 그동안에 오와리의 사위가 오면…… 그래, 역시 득을 보는 사람은 사위겠군."

살해당한 두 아들 중에서 기헤이지는 이미 도산의 후계자로 결정되어 잇시키 우효에다유一色右兵衛大輔에 임관되어 있었다. 그 형제가 동시에 살해당했는데도 살무사는 눈썹 하나도 까딱하지 않고 있는 것이다.

"주군!"

다시 히고노카미는 고개를 숙였다.

"방심은 금물이라는 말도 있습니다. 부디 이 히고에게 성을 지키도록 해주십시오! 저쪽에서는 두 분이 성에 머무신다고 발표하고는 내일이나 모레쯤 반드시 쳐들어올 것입니다."

"쳐들어오거든 철수하면 그만이야. 걱정할 것 없어."

"아니, 그것은 너무 경솔한 일입니다. 충분히 식량을 확보하고 만약의 경우에는 농성할 수 있도록 어디까지나 대비에 만전을 기할 필요가 있습니다."

"어리석은 소리. 이 세상에 만전이란 것은 없어, 히고노카미."

그러면서도 도산은 문득 마음이 흔들리기 시작했다.

왠지 모르게 살해당한 형제의 어리석음이 안타깝고, 주군의 신변을 걱정하여 성을 지키게 해달라고 간청하는 다케이 히고노카미의 말이 가슴에 와 닿았던 것이다.

'내 아들인 요시타쓰는 아비를 반역하고 동생들을 죽였는데, 타인인 히고노카미는 걱정해주고 있다.'

그러나 이것이 살무사가 늙었다는 증거였다.

여기서 다케이 히고노카미의 도움 따위를 받을 필요는 전혀 없는데……

쳐들어오면 산으로 철수하여, 여기까지 공격할 수 있느냐고 조롱하면 그것으로 끝난다. 그런 점에서는 한치의 빈틈이 없이 견고하게 쌓은 산성이고 도산의 대비책이기도 했다.

"주군, 부디…… 저의 간청을……"

다시 말하자 도산은 쓴웃음을 지었다.

"그토록 나를 염려한다면 성에 들어가 지켜도 좋다. 그러나 군량 같은 것은 일일이 운반할 필요가 없어. 내가 충분히 비축해놓았으니까."

"그럼, 허락해주시는 겁니까?"

"도리가 없지. 그대가 끝까지 물고 늘어지니 내가 양보할 수밖에."

이리하여 다케이 히고노카미가 거느리고 온 삼백 여 군사는 이날 밤 안으로 산꼭대기의 성으로 올라갔다.

뉴도는 다시 잠자리에 들었다.

이미 넉 점 반(밤 11시)이 지나고 바람이 없는 탓으로 사방은 죽은 듯이 고요했다.

"오카쓰, 발을 좀 주물러주지 않겠나."

"알겠어요."

"오늘 낮에 이야기한 기헤이지와 마고시로는 사기야마의 멍청이에게 살해당했어."

"아니, 도련님들이?"

"어리석음에 대한 보답이야. 그러나 아내는 아무것도 모르고 있어. 자연히 알게 될 때까지 그대로 잠자코 있도록."

"예…… 예."

"떨고 있군, 오카쓰."

"예…… 무서워요. 이 세상이 너무나 잔인해서."

"하하하…… 그러기에 죽일 자는 진작에 죽여야 하는 거야. 어차피 이 세상은 악의 아수라장이니까."

그러나 이보다 더한 잔인함이 이 센조다이의 집을 엄습한 것은 그로부터 6각刻(12시간)이 지나서였다.

도산과 베개를 나란히 하고 있던 오카쓰가 오싹 하는 냉기를 느끼고 일어났을 때 도산 역시 잠에서 깨어 물었다.

"오카쓰! 저 소리는?"

"아…… 저것은 군사들의……"

오카쓰가 벌떡 일어나 옷깃을 여미는 순간,

"아뿔싸!"

일대의 효웅 사이토 야마시로 뉴도 도산의 입에서 평생에 단 한 번 뿐인 비통한 회한의 소리가 흘러나왔다.

"방심했어. 보기 좋게 히고 놈에게 당했어…… 오카쓰, 잘 들어 봐. 저것은 밑에서 쳐들어오는 소리가 아니야."

"아니, 그럼 우리 편이!"

"우리 편이 아니야. 다케이 히고에게 쉽사리 성을 빼앗긴 거야!"

이렇게 소리쳤을 때 탕탕탕, 하고 산꼭대기에서 도산의 거처를 향해 철포가 발사되고, 이어서 와아, 하는 함성이 울려 퍼졌다.

밖으로 뛰어나가 보니 산꼭대기는 어느 틈에 횃불이 가득하고 주위는 서서히 밝아오기 시작하였다.

두 자식을 잃은 아케치 부인은 어떻게 되었을까, 여자들과 아이들은?

그러나저러나 도산 정도나 되는 인물이, 다케이 히고노카미가 등을 돌려 요시타쓰에게 가담했다는 사실을 모르고 난공불락의 성에 적병을 불러들이다니……

"도쿠! 도쿠는 없느냐?"

도산은 침소의 중방에서 손에 익은 창 하나를 꺼내들었다.

"무모한 싸움을 하면 안 된다. 도주해라, 도주해라. 이런 때에는 도주하는 것이 이기는 길이다. 나는 피신하겠다. 빨리 내 뒤를 따르라."

이렇게 외치고는 적의 화살이 날아오기 시작하는 어둠 속에서 맨먼저 도주하기 시작한 행동은 과연 살무사인 도산다웠다.

난공불락의 성에 적이 들어오면 만사가 끝난다. 위에서 공격해 내려오고 밑에서 요시타쓰의 군사가 협공하면 꼼짝없이 궤멸한다.

밖으로 나온 도산은 군사를 정비했다. 그리고 공격해 오는 아들 요시타쓰의 주력부대를 피해 조금 전까지 요시타쓰가 있던 오카야마 산정의 사기야마 성으로 얼른 들어가버렸다.

말하자면 성을 바꾼 것이다.

"사이토 도산은 이나바야마의 성을 요시타쓰에게 물려주고 사기야마 성에 은거했다."

지기 싫어하는 기질이어서 이런 소문을 퍼뜨렸으나, 첫 싸움에서 패전한 사실은 숨길 수 없었다. 이 소식을 알리는 파발마가 사위인 노부나가에게 급히 달려갔던 것이다.

# 사나이의 승낙

사이토 요시타쓰가 아버지인 도산을 쫓아내고 이나바야마를 점령했다는 급보는 노부나가뿐만 아니라 노부유키 쪽에게도 당연히 전해졌음이 분명하다.

도산으로부터 파발마가 찬바람을 가르며 기요스에 도착하자, 노부나가는 사자를 일부러 거실로 불러 노히메와 함께 만났다.

도산이 오카야마 산정에 있는 사기야마 성으로 도주해 들어간 날 밤의 일이었다.

사자는 흥분한 표정으로 입술이 파랗게 질려 보고했는데, 그 어조가 자못 도산식이었다.

"저로서는 도산 님의 심중을 헤아릴 수 없습니다. 다만 말씀하신 그대로를 전하겠습니다."

"아, 그게 좋겠어. 살무사의 속셈은 보통 사람으로서는 좀처럼 알기 어려우니까."

노부나가는 화로 가장자리에 한쪽 팔을 올려놓고 전혀 상대를 꺼리지 않는 어투로 말했다.

　　"도산 님은 이번만은 실수를 했다고 먼저 말씀하셨습니다."

　　"분명히 그렇다고 볼 수 있지. 그 다음에는?"

　　"이것은 돌이킬 수 없는 실수다, 도산도 얼굴에 먹칠을 했다고 하셨습니다."

　　"과연 크게 먹칠을 한 셈이지."

　　"예…… 그런 뒤 오와리의 사위도 천하의 멍청이지만, 어떤가 원군을 보내겠는가 아닌가…… 이렇게 여쭈라고 분부하셨습니다."

　　"허어, 나도 천하의 멍청이지만 원군을 보내겠는가 아닌가…… 라고 했다는 말이지?"

　　"예. 그렇게 말하면 멍청이한테는 멍청이 나름의 직감이 있을 테니 잘 알 것이다, 그대의 의견을 말해서 사위의 직감을 어지럽게 만들면 안 된다…… 이렇게 말씀하셨으므로 실례를 무릅쓰고 천하의 멍청이라는 말을 그대로 사용했습니다."

　　"괜찮아, 미안해할 것 없어. 그렇다면 이번에는 그대의 직감으로 대답해도 좋은데, 어떤가, 내가 원군을 거느리고 달려가면 이길 수 있겠나?"

　　"그 일에 대해서도 말씀하셨습니다."

　　"뭐, 이 일에 대해서도?"

　　"예. 틀림없이 사위는 그런 질문을 할 것이다, 그때는 이렇게 대답하라고……"

　　"어서 말하게."

　　"원군을 보내건 보내지 않건, 사위가 달려오건 말건 분명히 싸움에 질 것이라고 하셨습니다."

"으음."

노부나가도 그만 이 말에는 적이 놀란 모양이다. 원군을 청하러 보낸 사자에게 오든 오지 않든 패한다니 이 얼마나 어이없고 심술궂은 말인가.

옆에서 듣고 있던 노히메는 조마조마하여 꺼리듯이 말했다.

"아버지가 그런 말씀을 하셨다면 가셔도 소용없을 거예요."

그런데 잠시 생각하다가 입을 연 노부나가의 대답 또한 뜻밖이었다.

"좋아, 내가 대군을 거느리고 달려가겠다고 전하게."

"아니…… 출진해주시겠습니까?"

"그래. 나는 천하의 멍청이니까 패한다고 해도 아무도 웃는 자가 없겠지."

"주군……"

노히메가 걱정하며 말렸으나 노부나가는 귀도 기울이지 않았다.

"천하의 멍청이에게는 멍청이 나름의 의리가 있어. 반드시 간다고 전하게."

"예. 감사합니다…… 과연 도산 님의 마음에 드신 사위님……"

사자는 감격한 듯이 다다미에 두 손을 짚고 눈물을 뚝뚝 떨어뜨렸다.

"그러나 이 일은 장인 외에는 누구에게도 말하면 안 돼."

"예, 그 일은 절대로……"

"좋아, 즉시 돌아가서 내가 도착하기를 기다리게."

사자가 급히 돌아가자 노부나가는 다시 화로 곁에서 무섭게 천장을 노려보며 코털을 뽑기 시작했다.

# 벌거벗은 은퇴자

"제발 이번 출진만은 중지해주세요. 저는 아까 그 말씀만으로도 감사하고 고마워 마음속으로 합장하고 있었어요."

"바보 같은 것, 내가 생각하고 있을 때는 입을 다물고 있어."

"하지만 아버지는 이미 끝장이라고 스스로 자신의 운명을……"

"말이 많은 여자로군. 그대는 자기를 낳아준 어머니가 살해당했는데도 분하지 않나? 동생이 둘씩이나 죽었는데도 괜찮다는 말인가?"

"아니, 그러기에 주군까지도 변을 당하지 않을까 걱정하고 있어요. 요시타쓰는 이나바야마를 공격하기 전에 틀림없이 노부유키 님이나 이누야마 성에 연락을 취할 거예요. 그러면 주군이 미노에 출진한 틈을 타 오와리의 무리들은 절호의 기회가 왔다고 봉기하여……"

"오노!"

"예"

"그대는 언제부터 나의 군사軍師가 되었나. 그런 쓸데없는 소리는 그만하고 불전에 가서 어머니와 동생들의 명복부터 빌도록 해."

"그럼, 어떤 일이 있어도 출진하겠다는 말씀인가요?"

"끈질긴 여자로군. 나는 천하의 멍청이라고 했잖아. 천하의 멍청이는 보통 사람이 하지 않는 일을 하는 거야."

노히메는 원망하듯 남편을 쳐다보고 입을 다물었다. 그러나 고마웠다. 와아, 하고 울고만 싶을 정도로……

그럴 것이었다. 아버지인 도산조차 구원하러 온다고 해도 패할 거라며, 위험하거든 오지 않아도 좋다고 암암리에 사양하고 있는데도 노부나가는 기어코 가겠다고 한다.

물론 노부나가도 배후를 공격당할 위험이 있다는 사실을 너무나 잘 알고 있다. 그러나 여기서 활로를 찾지 못한다면 앞으로의 인생에 닥칠 수없이 많은 험악한 난관을 어떻게 극복할 것인가, 하고 스스로 자신을 시험하려는 것이 분명했다.

잠시 동안 노부나가는 곁에 있는 노히메를 무시하고 숨이 막힐 정도로 계속 침묵하였다.

오늘 밤도 겨울바람은 매섭다. 바람은 기소 가도에서 불어와 이 평야를 휩쓸고 남쪽으로 흐르고 있다.

지금쯤은 노뷰유키와 그의 도당들도 과연 노부나가가 도산을 도우러 갈지에 대해 이마를 맞대고 밀담을 나누고 있을 것이다.

따라서 이대로 출진한다면 당장 기요스 성이 함락되고 노부나가는 미노와의 접경에서 요시타쓰와 노부유키에게 협공을 당할 것이 분명하다.

"아니, 아직 여기 있었나?"

잠시 후 노부나가는 화로 가장자리를 탁 치고 다시 평소와 같은 천연덕스러운 표정으로 노히메를 돌아보았다.

노히메는 길게 한숨을 쉬었다. 노부나가에게 또 어떤 묘안이 떠올랐음에 틀림없다. 무언가에 홀린 듯했던 조금 전의 눈빛이 대담한 웃음을 되찾은 것이다.

"오노, 마침 여기 있기에 부탁하는데 북쪽 별채에 가서 부에 님을 불러주지 않겠나?"

"간류마루岩龍丸 님을?"

"응. 그리고 그대도 내가 부에 님에게 무슨 말을 하는지 산증인으로 듣고 있어도 좋아."

부에 님이란 앞서 이 성의 남쪽 성곽에서 오다 히코고로가 이와무로 부인을 사랑한 나머지 질투를 느껴 무참히 살해한 시바 요시무네의 아들 간류마루를 가리킨다.

노부나가는 간류마루가 혼자 난을 피해 후루와타리로 자신을 찾아왔을 때 그대로 옆에 두었다가 이 기요스로 데려왔다.

"간류마루 님과 이번 미노의 사건과는 무슨 관계가 있습니까?"

"밀접한 관계가 있어. 어서 데려와."

"예."

노히메는 고개를 갸웃거리며 나갔다가 열여섯 살이 되어 요시카네義銀로 불리는 간류마루를 데리고 돌아왔다.

"그쪽은 추워, 어서 이 화로 옆으로 오너라."

나이는 열여섯이지만 노부나가 앞에 오면 겁을 먹고 제대로 앉지도 못하는 간류마루였으나, 과연 명문의 후예답게 이목구비가 수려하여 서민에게서 찾아볼 수 없는 기품이 있었다.

"예, 분부대로 실례하겠습니다."

간류마루가 조용히 화로 옆으로 와서 다시 절을 하고 앉자 노부나가는 그 특유의 어조로 대뜸 말했다.

"드디어 미노의 살무사 님이 자기 아들에게 먹혔어."

"아들에게 먹혔다고 하시면?"

"요시타쓰에게 이미 목이 잘린 거나 마찬가지야. 이나바야마 성을 빼앗기고 사기야마 성으로 도주했으니까."

"그렇다면…… 무언가 이 요시카네에게……"

간류마루는 노부나가가 밤중에 갑자기 호출하였기에 무언가 불길한 명령이라도 내리는 것이 아닌가 하여 겁먹은 소리로 물었다.

노부나가는 웃지 않았다. 웃는 대신 이마에 깊은 주름을 잡았다.

"그래서 이 노부나가는 은퇴하기로 결심했어. 오늘부터 기요스 성의 주인은 바로 그대야."

"예? 그것은…… 저어, 어째서입니까?"

"묘한 표정 지을 것 없어. 원래 그대는 오와리의 태수 시바 씨의 적손. 따라서 이 성의 주인이 되어 오와리 일대를 지배한다고 해도 전혀 이상할 것이 없는 신분이야."

이 말을 듣고 당사자인 간류마루보다도 노히메가 더 크게 놀랐다.

무언가 깊은 생각이 있을 것이다. 하지만 그렇다 하기로서니 이 얼마나 엉뚱한 제안이란 말인가.

"지금까지 이 노부나가에게는 미노의 살무사라는 방패가 있었기 때문에 어쨌든 오와리는 안전했어. 그러나 살무사가 쓰러졌다면 이미 내게는 오와리를 다스릴 힘이 없어. 힘이 없는 자는 은퇴하지 않으면 안 돼. 알아듣겠나?"

"잠깐 기다려주십시오."

간류마루는 당황하며 눈이 휘둥그레져 몸을 앞으로 내밀었다.

"노부나가 님에게도 없는 힘이 제게…… 어찌 오와리를 다스릴 힘이 있겠습니까?"

"염려할 것 없어. 지금은 없으나 만들고자 하면 생기는 것이 힘이지. 이 노부나가는 은퇴하지만 그대에게 힘이 생기도록 도와주지 않은 채 오와리를 물려주지는 않아."

"그러시면 어떤 계획이?"

"원래 시바 씨와 이마가와 씨, 기라吉良 씨도 모두 아시카가 쇼군°足利將軍으로부터 갈라진 같은 집안. 그 중에서 이마가와 씨만 계속 번영하고 나머지는 쇠퇴했어. 그러나 내가 오와리를 그대에게 물려주어 세 가문이 이전처럼 동맹한다면 이마가와 씨가 방패가 될 걸세. 이마가와 요시모토가 방패가 된다면 미노의 살무사보다 훨씬 더 큰 힘을 가질 수 있게 돼."

"그…… 그…… 그런 일이 가능하겠습니까?"

"이 노부나가는 불가능한 일은 생각하지 않아. 스루가와 엔슈遠州는 이마가와 씨, 미카와는 기라 씨, 오와리는 시바 씨로 옛날처럼 아시카가 일족의 모습으로 되돌리는 거야. 지금 오와리를 그대에게 물려주기 위해 노부나가가 이 일을 주선하겠어…… 여기에 대해 이의는 없겠지?"

"그야 물론……"

하고 대답은 했으나 간류마루는 아직도 여우에게 홀린 듯 눈을 깜박거린다.

그럴 것이다. 아버지 때부터 식객에 불과했던 명문 출신의 고아가 일약 오와리의 태수가 된다는 것이니 이의가 있기는커녕 꿈을 꾸는 심정일 게다.

"이의가 없다면 내일 아침 일찍 이 노부나가가 은퇴를 선언하고 즉시 세 가문의 동맹에 착수하겠어. 그럼, 오늘은 이만 돌아가 쉬도록."

노부나가는 이렇게 말하고 혼잣말처럼 또 중얼거렸다.

"아, 이제 나도 장인과 마찬가지로 오와리의 벌거벗은 은퇴자가 되겠군."

아직도 몸이 굳어진 채로 있는 간류마루 앞에서 노부나가는 유유히 두 팔을 뻗어 목젖까지 드러내 보이며 하품을 했다.

# 봄을 기다리는 마음

이튿날 아침 노부나가는 말로만 한 것이 아니라, 곧장 남쪽 성곽으로 물러가고 기요스 성의 본성에는 시바 요시카네를 들여놓은 뒤 오늘부터 요시카네가 오와리의 태수라고 발표했다.

여하튼 아직 자식도 없는 스물두 살의 청년, 그런 노부나가가 천신만고 끝에 손에 넣은 오와리를 깨끗이 남에게 물려주고 은퇴한다고 했으니 노부유키 일파가 귀를 의심하지 않을 수 없는 것은 당연한 일이었다.

"드디어 천하의 멍청이가 머리가 돌았군."

"그래. 미노의 살무사가 당했기 때문에 실망하여 미친 것이 분명해."

"그러나저러나 묘하게 됐어. 우리가 오다 가문의 후계자 문제를 놓고 다툰 이유가 대체 무엇 때문이란 말인가."

"으음, 그 말을 듣고보니 정말 묘하군. 지금까지 노부나가는 천하의 멍청이기 때문에 오다 가문의 후계자는 노부유키 님이어야 한다고 주장했는데, 앞으로 오와리를 손에 넣기 위해서는 부에 님을 쓰러뜨려야만 하니⋯⋯"

"주군에 해당하는 부에 님을 쓰러뜨리고 오다 가문을 계승한다⋯⋯ 무언가 이치에 닿지 않는 것 같아."

그 사이 노부나가의 밀사는 사방으로 달려갔다.

어쨌든 당시 무장의 문벌門閥로는 첫째가 아시카가 씨, 둘째가 기라 씨, 셋째가 이마가와 씨로 훗날 도쿠가와 시대의 삼대 문벌과 같았다.

아시카가 쇼군에게 자식이 없을 때는 기라 씨가 그 뒤를 계승한다. 만약 기라 씨에게도 적당한 자식이 없으면 이가마와 집안에서 쇼군직에 오른다. 이들 세 집안을 제외하면 일족 중에서 시바 씨가 첫번째 순위가 된다.

따라서 이마가와, 기라, 시바의 세 집안이 서로 손을 잡는다는 것은 명분상으로는 일본에서 제일가는 동맹이었다.

노부나가는 이 소식을 맨 먼저 요시카네의 이름으로 이마가와 씨에게 통보하고 다시 기라 씨에게 알렸다.

물론 이마가와 씨로서는 실력이 없는 기라 씨 따위는 문제시하지 않았다. 미카와의 태수로 앉히고 뒤에서 실권을 쥐고 있으면 그것으로 충분했다.

문제는 오와리였다. 오와리의 오다가 서부 미카와에 침입하는 것을 막기 위해 고심하던 때이므로, 오와리가 일족인 시바 씨를 받들고 명목상의 미카와 태수인 기라 씨와 제휴하겠다는 것이므로 반대할 이유는 전혀 없다.

노부나가는 목적을 정확하게 달성했다.

이마가와 요시모토는 세 집안의 제휴에 기꺼이 찬성했다. 그리하여 미카와의 기라 씨, 오와리의 시바 씨가 오와리에서 회견하여 그 제휴를 양쪽 진영 구석구석까지 알리게 된 때는 그해가 지나고 다시 봄의 기운이 미노와 오와리의 산야를 부드럽게 감싸기 시작할 무렵이었다.

노히메는 이때에 이르러서야 비로소 노부나가의 진의가 무엇인지 깨달았다.

전술이나 전략은 제쳐두고라도 외교적 수완에서는 아직 어리다고 생각했던 노부나가가 스물두 살에 은퇴한다는 것은 아무도 상상 못한 살신殺身의 수단으로, 결국 강대한 이마가와 씨가 오와리의 배후에 있는 것처럼 보이게 하는 데 성공했다.

이렇게 되자 노부유키의 참모들도 깜짝 놀랐다. 사태가 돌변하여 오와리의 주권을 노리는 그들의 적이 노부나가에서 요시카네로 옮겨지면서 사실상 이마가와 요시모토로 바뀐 것이다.

"이게 도대체 어찌 된 일인가. 이마가와 요시모토를 상대로 오다 가문의 후계자는…… 운운한다고 해도 통할 수 없게 됐어."

"물론이야. 이렇게 되면 사이토 요시타쓰도 함부로 오와리에 침입하지 못할 거야. 아무튼 상대는 이마가와 씨니까."

이렇게 해서 오와리의 양상을 일변시킨 오와리의 젊은 은퇴자 오다 노부나가는 싱글벙글 웃으면서 오노에게 말했다.

"어떤가 오노, 요시타쓰와 노부유키의 제휴와 이쪽 제휴와는 어느 쪽이 더 큰가?"

계절은 어느 틈에 2월로 접어들어 붉은빛이 도는 흰색의 매화꽃이 정원에서 피기 시작하는 날의 오후였다.

노히메는 그 후 날마다 일각 남짓하게 불당에 가서 비명으로 쓰러진 어머니와 동생들의 명복을 빌어왔다.

"그럼, 드디어 미노로 출진하십니까?"

노히메가 눈을 빛내며 물었다.

노부나가는 일부러 몸을 구부려 화로를 껴안듯이 하며 대답했다.

"아니, 출진하기에는 아직 추워. 추울 때 나갔다가 감기에 걸리게 하면 안 되니까."

"감기에 걸리다니…… 누가 말인가요?"

"원 이런, 머리가 안 도는 여자로군. 살무사는 동면을 하기 때문에 좀더 따뜻해지지 않으면 구멍에서 나오지 않아. 일찍 나와 감기에 걸리게 할 필요는 없지."

"어머…… 그러면 세 집안의 제휴가 너무 일찍 이루어졌군요."

"그래. 살무사가 구멍에서 기어 나올 무렵, 그러니까 3월 하순이나 4월 초쯤이 되지 않을까 했는데 조금 일찍 마무리되었어. 오노, 무릎을 빌려줘. 나도 살무사 님처럼 이럴 때 낮잠을 좀 자야겠어."

"예…… 예."

"지금 당장 나가면 아무리 머리가 둔한 자들이라도 내가 미노에 출진하기 위해 꾸민 연극인 줄 알아차릴 테니까. 아니, 그보다도 내가 나가면 살무사 님이……"

말하다 말고 노부나가는 말끝을 흐렸다.

"은퇴자는 은퇴자답게…… 알겠나, 오노?"

노히메는 대답하는 대신 놀라운 두뇌를 가진 남편을 위해 둥그스레한 무릎을 가지런히 모았다.

그리고 사양 않고 자신의 무릎 위에 드러눕는 단아한 이마에 손을 얹고 작은 소리로 속삭였다.

"주군…… 저는…… 저는…… 행복해요. 설령 미노의 아버지가 아무리 비참한 최후를 맞으시더라도 저는 울지 않겠어요, 주군······"

　이 살무사의 딸은 노부나가가 미노로 쳐들어갈 때가 아버지인 도산이 죽을 때라는 것을 분명히 아는 모양이었다.

# 늙은 살무사의 속셈

"날씨가 따뜻해졌군."

하고 도산이 말했다.

"이렇게 햇볕이 따뜻해지면 오와리의 사위 녀석은 오금이 쑤셔서 못 견딜 거야."

이곳은 오카야마 산정의 사기야마 성에 있는 도산의 거실이다.

도산 앞에는 이곳 산정에서 함께 농성해 온 도케 마고하치로, 가키미 신로쿠로垣見新六郎와 시바타 가쿠나이紫田角內 등이 더부룩하게 자란 수염에 반쯤 무장을 하고 책상다리를 하고 있다.

도산의 말처럼 비바람을 그대로 맞는 이 산정에도 아지랑이가 피어오르는가 싶을 정도로 따뜻한 봄볕이 꽃을 부르고 꾀꼬리들을 설레게 하며 비치고 있다.

"주군, 노부나가 님 말씀입니다마는, 대관절 언제쯤 오실까요?"

"나도 몰라."

도산은 시치미를 뗐다.

"나는 사위가 아니니까. 그 멍청이가 하는 일이니 행여 실수야 없 겠지."

"그렇기는 하나, 군량도 앞으로 한 달어치밖에 남지 않아서 지금 쯤은 도착하셔야 좋을 텐데요."

가키미 신로쿠로가 노골적으로 불만을 털어놓자 도산은 이 말을 날려버리듯이 웃기 시작했다.

"신로쿠로 그대도 사위에 비하면 태양 앞의 반딧불이군. 너무 작 아, 작다니까."

"섭섭한 말씀을 하시는군요. 그러면, 노부나가 님이 늦게 오시는 데에는 깊은 뜻이 있다고 주군은 생각하십니까?"

"없을 리 없겠지. 사위는 내가 던진 수수께끼를 멋지게 풀었어. 이 미 나는 힘이 되어줄 수 없으니 내부 결속을 단단히 하라, 그렇게 하 지 않고 섣불리 미노에 오면 돌이킬 수 없는 실패를 당한다, 라고 입 으로는 말하지 않았으나, 노부나가는 이 뜻을 정확히 알아차리고 젊 은 나이에 은퇴했으니 놀라운 일이야."

"그렇다면 내부의 결속은 이미 끝났을 터, 그런데도 아직 오시지 않는데 의심이 가지 않으십니까?"

"신로쿠로."

"예."

"그대는 노부나가가 오면 나도 산에서 내려가 싸워야 한다는 것을 잊어버리고 있나?"

"그야 물론 싸우셔야 하겠지요."

"싸우면 내가 어떻게 된다고 생각하나. 나는 이기지 못해. 나는 죽 게 되는 거야. 노부나가 녀석은 그것을 정확히 알고 있어. 그래서 나를 하루라도 더 살게 하려는 거야. 가증스런 녀석이지."

"주군!"

이번에는 가쿠나이가 나섰다.

"왜?"

"그럼, 주군께서는 이번에 전사하시기로 확실히 결심하셨습니까?"

"말도 안 되는 소리는 묻지 마라, 가쿠나이. 이 도산 정도나 되는 악당이 죽을 장소를 잃는다면 세상의 악당들에게 수치를 주게 돼."

"…… 과연 그럴까요?"

"물론이다. 이 성에 있는 동안에는 내가 꺽다리 아들놈에게 대를 물려주고 은퇴한 것으로 통하지만, 일단 산에서 내려가 싸우면 은퇴가 아니라 적과 아군의 관계인 거야. 지금까지 나를 섬긴 부하들을, 이 자는 요시타쓰 편이다 저 자는 뉴도 편이다 하고 갈라놓게 되는데 무슨 낯짝으로 뻔뻔스럽게 살 수 있겠느냐. 내가 이 산으로 철수한 까닭은 아직 노부나가에게 장인으로서 할 일을 못했기 때문이야. 과연 노히메의 아버지, 참으로 훌륭한 살무사였다는 선물을 남기고 죽기 위해서였어."

시바타 가쿠나이는 고개를 갸웃하면서 침묵하고 말았다.

"홋홋후……"

도산은 코를 벌름거리면서 또 웃었다.

"사위는 말이다, 군량이 떨어지기 전에 반드시 온다. 그리고 사위가 왔을 때는 바로 이 도산이 죽을 때야."

"말씀 도중이십니다마는……"

지금까지 묵묵히 앉아 있던 도케 마고하치로가 입을 열었다.

"그렇다면 노부나가 님이 오셔도 헛일이라 생각됩니다마는."

"헛일이 아니야."

도산은 눈을 부라렸다.

"첫째 노부나가는 철벽같은 신의를 가진 사나이가 되는 거야. 일단 장인과의 약속을 지키기 위해 오와리를 헌신짝같이 버리고 이마가와, 기라, 시바의 세 집안을 결속시킨 데다 벌거숭이가 되어 구원하러 왔다면 어떻게 되겠나. 그런 신의를 가진 녀석이 우리 꺽다리의 가신 중에 과연 있겠느냐. 이것만으로도 노부나가는 온 나라에 명성을 떨치게 돼. 이것이 사위에게 주는 나의 첫번째 선물이야."

"으음."

"그러나 이것은 상대가 선물을 받을 만한 기량이 없다면 받을 수 없어. 하지만 노부나가에게는 그 기량이 있어. 두번째는 노부나가가 출진하면 꺽다리는 싫더라도 노부나가를 어딘가에서 맞아 싸우지 않으면 안 돼. 그 승부는 보나마나 뻔해. 노부나가가 승리하여 그 실력이 오와리와 미노에 확실하게 알려질 거야. 그리고 이것은 자기보다 강한 자가 없다고 자부하는 꺽다리에 대한 훈계이기도 해."

"그러시면 사위님에게 주는 선물은 이것뿐입니까?"

"아니, 또 하나 있어. 노부나가가 벌거숭이가 되어 은퇴하면서까지 신의를 지키는데도 나 정도 되는 악당이 멍청한 아들놈과 싸우면서 구차스럽게 살아 있으면 웃기는 일이야. 그리고 노부나가의 군사는 머지않아 일본을 위해 중요한 역할을 할 테니 너무 많은 병력을 잃기 전에 자진하여 전사하겠어. 내가 전사한 뒤에도 미노에서 우물쭈물 싸우고 있을 만큼 노부나가는 어리석지 않아. 재빨리 철수할 테고, 철수하면 오와리는 무사할 수 있어. 사실 이것이 가장 중요한 선물이 될지도 몰라……"

이렇게 말하고 나서 도산은 눈을 가늘게 뜨고 다시 거침없이 껄껄 웃기 시작했다.

"나는 큰 실수를 했어. 나잇살이나 먹었으면서도 실수를 했어. 알겠나, 그대들은 내가 전사하거든 노부나가에게 가도 좋고 꺽다리에게 가도 좋아. 그러나 한 가지 말해둘 것은, 꺽다리는 오래지 않아 노부나가에게 멸망 당하거나 노부나가의 부하가 된다는 사실이야. 이것은 나의 유언이므로 가슴에 잘 새겨두도록."

아마도 도산은 공격할 수도 물러설 수도 없는 산정의 작은 성에서 사위인 노부나가 한 사람에게 자신의 꿈과 희망을 모두 걸고 구멍에서 나올 날을 기다리는 듯했다.

# 행동 개시

노부나가가 행동을 개시한 날은 4월 18일이었다.

"드디어 살무사의 성에 쌀이 바닥을 드러냈다."

지금까지 한가롭게 꽃구경을 하거나 수영을 하던 기요스의 젊은 은퇴자도 행동을 개시하면 그야말로 전광석화였다.

군사를 둘로 나누어 반수를 성에 남기고, 데리고 가는 주력은 철포로 무장한 팔백의 아시가루와 창부대, 활부대 등 노부나가가 자랑하는 보병 약 이천이었다.

17일 저녁에 밀령을 내리고 18일 새벽 이미 군사가 성안의 말터에 집결하여 대낮처럼 밝게 모닥불을 피우기 시작했다.

"오노! 드디어 그대의 아버지를 죽이러 가게 됐어."

노부나가는 전날 밤 노히메한테조차 아무 말도 하지 않고 침소에 들어갔다가 여덟 점 반(오전 3시)에 벌떡 일어나 좁은 거실이 떠나갈 듯한 소리로 외쳤다.

"갑옷! 투구! 칼! 밥! 어서 가져와!"

"예."

측근의 근시들에게는 이미 출진을 알렸기에 일어나자마자 무장을 하고 달려나왔으나, 노부나가는 아무것도 모르는 노히메가 당황하리라고 생각하였다.

그런데 노부나가의 호통이 채 끝나기도 전에 노히메는 출진을 축하하는 밥상을 두 손으로 공손히 받쳐들고 침실에서 나왔다.

노부나가는 흠칫 놀랐다.

"오노! 오늘 아침에 출진한다는 말을 누구에게 들었군."

"예."

노히메는 침착하게 대답하고 노부나가 앞에 밥상을 놓았다. 그리고 뒤로 돌아가 갑옷의 끈을 매기 시작했다.

"어떻게 알았어, 오노?"

"주군이 기소가와 나루터에 배를 준비하라는 명을 내리거든 곧 알려달라고 지시해두었어요."

"가증스런 여자야. 그럼, 어젯밤에는 잠을 자지 못했겠군."

"주군도 무언가 생각하시는 것 같던데요."

"아마 잠을 이루지 못했을 거야······"

하고 말하다가 언성을 높였다.

"내가 가면 살무사 님이 산에서 내려와 전사할 텐데 울면 안 돼."

"이상한 말씀을 하시는군요."

노히메는 태연하게 대답했다.

"살무사 님뿐 아니라 주군까지 전사하실지도 몰라요."

"핫핫핫하. 그건 사실이야, 싸움이니까. 내가 죽거든 그대의 각오는?"

노히메는 미소를 띠고 앞으로 돌아와 갑옷의 토시 끈을 잡고 남편을 쳐다보았다.

"살무사의 딸은 천하의 멍청이의 아내예요."

"그럼, 자결하는 방법은 알고 있나?"

"아니, 몰라요."

"또 이상한 말을 하는군. 만약 내가 출진해 있는 동안 누가 습격한다면 자결하지 않고 어떻게 하겠어?"

"저는 오다 가즈사노스케의 아내, 당당하게 맞서 싸우다 전사하겠어요."

"제법 현명한 소리를 하는군. 왓핫핫하, 자결 말고 그런 방법도 있다는 말이지."

"주군! 자, 준비가 끝났어요. 의자에 앉으세요."

"그럴 필요 없어, 잘 기억해두도록. 출진이 결정되면 오다 가즈사노스케는 물에 밥을 말아서 먹어. 선 채로 훌훌 마시면 이삼 일분의 밥은 먹을 수 있어."

"그럼, 우선 잔을."

"그래, 따르도록."

무장은 감발까지 시동들의 손으로 끝마쳤다. 그리고 이 무렵이 되어서야 하녀들이 달려나왔을 정도로 신속했다.

노부나가는 여전히 선 채로 노히메가 주는 질그릇 잔을 들고 술을 따르기를 기다렸다가 단숨에 들이켠 뒤 마지막 한두 방울을 니와 만치요가 받쳐들고 있는 투구 위에 가볍게 뿌렸다. 그리고 잔을 기둥에 던져 깨뜨리고는 말했다.

"밥!"

"예."

"한 그릇 더!"

"예."

"물."

"예."

밥 위에 볶은 된장을 얹고 그 위에 더운물을 부어 다섯 그릇, 여섯 그릇, 일곱 그릇…… 숨도 쉬지 않고 들이마셨다.

"됐어, 이것으로 만약 잘못된다 해도 이삼 일은 걱정 없어. 오노!"

"예."

"어쩌면 그대에게 좋은 선물을 가져올지도 모르지만……"

"예?"

"아니, 목숨이 붙어 있으면 다시 만나자는 말이야."

"호호호…… 목숨이 끊어져도 다시 만날 수 있어요."

"뭐, 죽더라도 그대는 이 노부나가를 따라다닐 생각인가?"

"예, 연꽃 꽃받침 위 같은 곳에서."

"죽은 뒤에도 따라올 생각이라면 머리를 흐트러뜨리지 말고 웃으면서 오도록. 좋아, 그럼 출진!"

"예."

정원에서 대기하던 마에다 이누치요가 쏜살같이 달려나가자 그 뒤에서 노부나가가 구사즈리草摺° 소리를 내면서 정원으로 나왔다.

부웅, 부웅 하는 소라고둥 소리가 울리고 이어서 망루의 북이 둥둥 둥 울리며 출진을 알렸다.

노히메도 얼른 정원에서 나와 본성 옆의 말터에 이르러 딱 걸음을 멈추고 힘껏 입술을 깨물었다.

아마도 남편은 아버지 도산을 구출해 올 생각인 모양이다. 좋은 선물이라고 한 것은 아버지를 가리키는 것일 테지만 노히메는 그렇게 되기를 바라지 않았다.

　노히메가 생각하기에도 역시 아버지는 아버지답게 지금으로서는
깨끗이 죽을 장소를 얻을 수 있기를 바랐다.

　사람들이 우왕좌왕하는 모닥불 속에 잿빛 돈점박이 애마에 올라탄
남편의 모습이 그림처럼 완연히 떠오르고, 이윽고 남편 앞에 검은 철
포가 숙연하게 정렬했다.

# 산에서 내려오다

"말씀드립니다."

도케 마고하치로가 정원으로 들어서면서 말했다.

"드디어 오다 가즈사노스케의 원군이 오와리를 출발하여 접경 지역에 이르렀다고 첩자가 보고해왔습니다."

"그래, 왔는가. 잘 알고 있었군. 군량이 앞으로 사흘분 정도밖에 남지 않았는데. 좋아, 준비하겠다."

이렇게 말하고 뉴도 도산은 다시 도케를 불러 세웠다.

"잠깐, 미리 말했듯이 나가라가와長良川 강가로 나갈 텐데, 꺽다리의 유혹에 속아 강을 건너 공격해 들어가지 않도록 모두에게 잘 시달하라."

"그 점에 대해서는 철저히 주지시켰습니다."

"그리고 홋타 도쿠에게, 내가 전사하거든 즉시 사위의 본진에 알리라고 전하도록. 방금 도산이 전사했다, 싸움은 끝났…… 이 말만 전하면 돼. 절대로 원통하다느니 유감이라느니 하며 사자의 감정을 말하면 안 되는 거야. 도산은 전사했다, 싸움은 끝났다, 안녕히…… 이것뿐이야. 그리고 또 하나, 도쿠에게 사정 여하를 불문하고 이 도산보다 먼저 전사하면 안 된다고 일러라. 먼저 죽으면 사위에게 전하는 일이 늦어질 거야."

"알겠습니다."

"좋아, 알았으면 물러가라."

도산은 도케 마고하치로가 달려가는 모습을 보고 나서 천천히 일어나 갑옷을 건네주는 시바타 가쿠나이를 향해 히죽 웃었다.

"가쿠나이, 오카쓰는 좋은 여자였어."

"예? 무슨 말씀이신지……"

"이나바야마의 센조다이에서 다케이 히고에게 살해당한 오카쓰 말이야. 모처럼 손에 넣은 매끈하고 포동포동한 살갗이었는데 애처롭게 됐어."

"……"

"오카쓰 덕분에 미노의 대악당 사이토 야마시로 뉴도 도산은 올해 예순셋이나 되었으면서도 장년처럼 꼿꼿한 남근을 가지고 싸움터에 나설 수 있게 되었거든. 어떤가, 가쿠나이?"

"예."

"그대의 물건도 축 늘어져 있나?"

"예…… 그런 것 같습니다."

"알겠다. 감발을 매어라, 단단히 말이다. 기운찬 남근의 기백을 가지고 창만은 일생일대의 힘을 발휘하여 마음껏 휘두르겠다."

이리하여 4월 19일 오카야마 산정에 출진의 북소리가 울려 퍼졌다.

스스로 대악당임을 자처하는 뉴도 도산은 검은 실로 누빈 갑옷 위에 한눈에 알아볼 수 있는 진홍빛 호로母衣°를 걸치고, 붉게 칠한 창을 옆구리에 끼고 주위를 노려보면서 산에서 내려와 그대로 나가라가와 강가에 진을 쳤다.

이나바야마의 요시타쓰는 이날이 오기만을 기다리고 있었기 때문에 그 역시 곧 건너편 기슭에 와서 우선 철포를 마구 쏘아대기 시작했다.

도산이 고심하며 이나바야마에 비축했던 철포였다.

"흐흐흐, 녀석이 나를 부러워하게 만들 속셈이로군. 지금은 한 발도 낭비하지 말고 오와리의 사위와 일전을 벌일 때 써야 할 철포를……"

이날은 도산 쪽도 요시타쓰 쪽도 끝내 움직이지 않고 강 너머로 무모한 철포만 쏘아대다가 밤을 맞이했다.

요시타쓰 쪽으로서는 어떻게 해서든지 도산을 산에서 내려오게 하여 공격할 수밖에 없었으나, 막상 내려와서 정면으로 대진하고보니 전략이 비상하다는 도산인 만큼 여간 마음에 걸리지 않았다.

밤이 되자 도산의 진지에서는 여러 마을에 내보냈던 첩자가 잇따라 노부나가가 진군한다는 정보를 보고해왔다.

"방금 노부나가 님의 선진先陣도 나가라가와 기슭에 도착했습니다."

"그런가."

"보고드립니다. 요시타쓰 님은 노부나가 님과 뉴도 님이 합세하면 큰일이라 하여 노부나가 군을 상류로 유인하고 있습니다."

"그래, 알겠다. 그러면 양군이 모두 밤을 이용하여 계속 움직였군."

"예. 노부나가 님의 오와리 군을 상류로 유인하여 뉴도 님과의 거리를 벌려 그 사이에 쐐기를 박아 각개격파를 꾀하는 듯합니다."

"수고했다. 그것이 바로 내가 바라던 일이야."

도산은 저도 모르게 히죽 웃었다.

"사위가 다행히 유인에 말려들어 조금이라도 더 거리가 벌어졌으면 좋겠는데."

하며 곁에 있는 부장副將인 홋타 도쿠를 돌아보았다.

도쿠도 이미 도산의 마음을 알고 있었다.

"그렇습니다. 떨어지면 떨어질수록 오와리 군의 피해는 적어집니다."

"그래. 일부러 위험을 무릅쓰고 달려왔어. 이것으로 훌륭하게 신의를 지켰어. 너무 심한 타격을 받으면 내가 사위에게 주는 선물이 되지 못하거든. 그러나 걱정할 것 없어. 벌써 노부나가도 내 마음을 꿰뚫어보고 있으니까."

그런데 늦은 달이 떠오른 넉 점 반(밤 11시)경이 되어 뜻하지 않은 보고가 들어왔다.

"아룁니다."

"무슨 일이냐, 왜 그리 당황하느냐?"

"적의 유인에 속아 30마장 가까이 상류로 올라간 노부나가 님의 선진은 미끼였고, 그 본대는 여기서 10마장쯤 되는 곳에서 강을 건너고 있습니다."

"뭣이, 강을 건넜어?"

도산도 그만 안색을 바꾸고 목소리를 떨었다.

"멍청한 녀석! 기어이 그런 짓을 했구나."

대악당인 도산은 신음하듯 말하고 눈을 크게 뜬 채 뚝뚝 눈물을 떨어뜨렸다.

"멍청이 녀석, 멍청이 녀석이…… 이 악당을 정말로 구출할 작정을 했어…… 한심한 멍청이 녀석, 이 도산을 위해 멍청이 녀석이 배수의 진을 치다니…… 도쿠! 나는 또다시 천하의 멍청이에게 당했어."

"참으로 훌륭한, 생사를 초월한 놀라운 신의입니다."

"그렇다고 이대로 줄 수는 없다. 내 죽음을 일각 정도 앞당겨야겠어. 도쿠, 나는 이제부터 자겠다. 그리고 날이 샐 무렵에 이쪽에서 꺽다리의 본진으로 마구 쳐들어가야 해. 만약 여기서 사위를 죽게 만든다면…… 그야말로, 그야말로 이 도산은 단순한 소악당으로 전락하는 거야. 알겠나, 나는 잘 테니 뒷일은 부탁하겠다."

이렇게 말하고 도산은 휘장으로 칸막이한 또 하나의 작은 장막 안 잠자리로 들어가 눈물로 얼룩진 큰 얼굴을 숨기고 말았다.

# 나가라가와의 비극

노부나가는 달빛을 이용하여 밤 사이에 강을 건넜다.

"좋아, 날이 밝을 때까지 쉬도록 하라."

만약의 사태에 대비하기 위해 작은 배 다섯 척을 준비시켰을 뿐 노부나가도 하타모토旗本°에 들어가 잠을 자기 시작했다.

적의 일부가 선발대를 유인하기 위한 아군의 부대에 속아 상류 쪽으로 계속 쫓아가며 이동했을 때 노부나가는 홍, 하고 웃었다.

'이것으로 이겼다! 요시타쓰는 정말로 하찮은 사나이로군.'

노부나가는 그가 한심스럽기만 했다.

날이 밝자 적은 노부나가가 이미 강을 건너 도산의 군사와 합류하려 한다는 것을 깨닫고 당황하여 되돌아올 것이 분명하다. 그렇게 되면 상류로 보낸 유인 부대는 즉시 추격대로 변해, 상대가 일시에 우르르 몰려올 때 노부나가가 자랑하는 철포를 쏘아대면 그만이다.

노부나가의 철포는 몇 번 탕탕, 울리고는 다시 얼마 동안 잠잠해지

108

는 위협 사격용이 아니다. 8백 자루를 네 개 부대로 나누어 2백 자루씩 연달아 불을 뿜어대는 것이다. 제4대가 총구를 나란히 하고 발사를 끝낼 무렵이면 처음의 제1대는 이미 장전을 끝내도록 엄하게 훈련되어 있었다.

유인 부대는 우선 상류 쪽에서 내려오는 요시타쓰의 일대를 흐트러뜨리고 유인 부대는 곧바로 건너편에 있는 요시타쓰의 본대를 향해 돌격하게 한 뒤, 노부나가는 도산의 군대와 합류한다.

그렇게 되면 요시타쓰는 초조한 나머지 분명히 강을 건너올 테고, 이때가 노부나가의 위력을 과시할 기회인 것이다. 먼저 철포대와 활부대가 합세하여 강을 건너는 적을 공격하고, 뭍에 올라온 자가 있으면 세 간짜리 긴 창으로 벽을 쌓은 창부대가 이를 요격한다는 계략이다.

'살무사 노인은 틀림없이 놀랄 것이다.'

노부나가는 처음부터 죽을 각오로 전투에 임한 도산이 자기 때문에 이기게 되어 고개를 갸웃거릴 모습을 상상하면서 이윽고 드르렁 코를 골며 자기 시작했다.

이리하여 하루가 지나고 20일이 되었다.

어디선가 닭이 우는가 싶어 노부나가가 얼른 눈을 떴을 때는 벌써 사방이 훤해지기 시작하였다.

"허어, 날이 밝았군. 그러나 잠깐, 이 부근은 틀림없이 강 때문에 안개가 짙을 것이니 과녁을 잘 살펴야 해. 소중한 탄환을 백발백중시키기 위해서는 안개가 걷힌 다음이 좋겠어."

노부나가는 혼자 중얼거리면서 일어났다.

"조용히, 조용히. 아직 가만히 쉬도록 하라."

하타모토를 한 바퀴 돌면서 모두에게 말했다.

"모처럼 여기까지 왔으니 한 방이라도 낭비하면 안 된다. 적의 이마를 정확히 조준한 뒤 천천히 방아쇠를 당겨야 한다."

바로 이때 멀리 하류 쪽 물 흐르는 소리 너머로 와아, 하고 함성이 들렸다.

노부나가는 코웃음을 쳤다.

"요시타쓰 놈이 강변의 지리가 밝다고 일찍 일어났군. 그냥 내버려둬."

같은 무렵, 뉴도 도산의 바로 건너편 기슭에 있는 사이토 요시타쓰의 본진에서는 그 함성을 듣고 모두 깜짝 놀랐다.

철포도 갖지 않은 도산이 요시타쓰의 바로 건너편에 완강히 진을 친 채 움직이려 하지 않는 것도 기분 나쁜 일인데, 날이 채 밝을까 말까 할 때 도리어 와아, 하는 함성을 지르며 공격하려는 기세를 보였으므로 놀라는 것은 당연한 일이었다.

"설마 도산 님이 실성한 것은 아니겠지요?"

고마키 겐타小眞木源太가 고개를 갸웃하며 꺽다리 요시타쓰에게 말하자 얼굴 전체에 붕대를 감은 요시타쓰는 눈을 부릅뜨고 허공을 노려보았다.

"방심하면 안 돼. 싸움에 능숙한 노인이니까."

"그렇다 해도 저쪽에서 먼저 싸움을 도발해오다니 아무래도 제정신이 아닌 듯합니다."

"아니, 이런 일 정도로 흥분할 노인이 아니야. 무슨 계략이 있을 거야."

이렇게 말하고 다시 깊은 생각에 잠겼던 요시타쓰가 별안간 으음, 하고 크게 신음했다.

"아군 가운데 가장 강 가까이에 진을 친 자가 누구냐? 설마 다케고시 도진竹腰道塵은 아닐 테지."

"아니, 바로 그 다케고시입니다."

"뭐, 다케고시라고? 이제 알겠다. 다케고시 놈은……"

말하다 말고 숨을 죽인 것은 요시타쓰가 거느린 사천 남짓한 군사 중에 혹시 도산에게로 돌아설 자가 있다면 다름 아닌 육백 명을 거느린 다케고시 도진일 거라고 은근히 경계하고 있었기 때문이다.

"좋아, 당장 도진을 불러오너라."

"예."

근시 한 사람이 장막 밖으로 달려나갔다.

"틀림없어……"

요시타쓰는 다시 한 번 혼자 고개를 끄덕였다.

도진과 도산 사이에 어떤 묵계가 이루어져, 강 건너의 도산 군이 강을 건너기 시작하면 이것을 신호로 도진이 등을 돌려 요시타쓰의 본진을 공격할 것이라고 생각했다.

다시 와아, 하고 건너편 강기슭에서 함성이 일어났다.

그 무렵부터 점점 어둠이 사라지고 하늘의 중심이 푸른빛으로 물들며, 수면에서는 흰 안개가 천천히 북쪽으로 흐르기 시작했다.

"아직 도진은 오지 않았느냐?"

"방금 도착했습니다……"

"오, 도진이로군. 아마도 노인은 자포자기하여 안개 속에서 강을 건너려는 것 같다. 그대가 노인보다 먼저 강을 건너 공을 세워라."

"예, 감사합니다."

도진은 대답하고 얼른 요시타쓰로부터 시선을 돌렸다.

아마 순간적으로 요시타쓰의 마음을 읽은 모양이다.

"서둘러라."

"알겠습니다, 그럼."

도진은 힘차게 구사즈리를 두드리고 일어나 더 이상 할 말이 없다는 표정으로 강변의 자기 진지를 향해 달렸다.

"모두 잘 들어라. 이 도진이 뉴도 님과 도쿠 님의 편을 들어 요시타쓰 님을 배신하려는 줄 알고 선봉을 명령받았다. 물론 우리가 전멸한다 해도 원군은 오지 않을 것이다. 나가도 죽고 물러가도 죽는다. 그러니 돌격하여 활로를 찾아야 한다. 알겠느냐? 진격하라!"

이 말을 듣고 어렴풋이 앞일을 짐작하고 있던 도진의 군사는 일제히 물보라를 일으키며 강물로 뛰어들었다.

이것이 요시타쓰 쪽에서 올린 첫번째 함성이다.

그 무렵 이미 주위는 밝아져, 요시타쓰의 별동대도 그들을 추격해 온 자들이 오다 쪽의 유인 부대라는 사실을 깨닫고, 방향을 돌려 하류로 향했다.

"아뿔싸! 후퇴하라, 빨리 후퇴하지 않으면 협공당한다."

유인 부대는 예기했던 일이기에 함성을 지르며 요시타쓰의 별동대를 추격했고, 노부나가의 본대도 또한 강가에 철포를 배치하여 대기하고 있었다.

탕탕탕, 하고 노부나가가 자랑하는 철포가 불을 뿜었다. 와아, 하는 함성과 비명, 비명과 함성이 뒤섞여 마침내 나가라가와의 물줄기는 부자 살육의 무참한 비극을 연출하는 아수라장으로 일변했다.

# 차질을 빚은 첫 싸움

노부나가는 물가에까지 애마를 몰고 나가, 점점 안개가 걷히기 시작한 건너편 기슭을 뚫어지게 노려보고 있었다.

그는 이미 확실하게 생각을 굳혔다.

유인 부대의 미끼에 걸려 뭍으로 올라온 적군이 정면으로 올 때를 기다렸다가 대번에 섬멸하고 나서 즉시 하류에 있는 도산의 본대로 향한다.

여기서 요시타쓰의 군사가 완전히 강을 건너 도산의 본대를 공격할 때 그들을 맞아 치겠다는 계산이었다.

"발사하라."

"발사하라."

아군의 호령이 아침 바람을 가르며 터져나올 때마다 우르르 들이닥치는 적군을 향해 일제히 탄화의 소낙비가 쏟아졌다. 적군은 안개로 젖은 강바닥의 돌 위에 푹푹 쓰러졌다.

"보거라, 이누치요. 바보 같은 적은 도망칠 곳을 잃고 강으로 뛰어들기 시작했어."

"주군! 저들은 도망칠 곳을 잃었기 때문이 아닐까요?"

노부나가와 말 머리를 나란히 한 마에다 이누치요는 적의 일대가 물보라를 일으키며 강물에 뛰어드는 모습을 보고 손에 들었던 창을 꽉 쥐고 그 역시 강물에 뛰어들려고 했다.

"아직 이르다!"

노부나가가 꾸짖었다.

"저것은 말이다, 둑에 있으면 철포의 표적이 되기 때문에 할 수 없이 앞으로 나온 거야."

"그러나……"

하며 이누치요는 듣지 않았다.

"그렇다면 당연히 뒤로 물러나야 할 텐데…… 스무 명 정도가 저렇게 점점 강을 건너오고 있습니다."

"멍청한 것, 서두르지 마라. 저것은 둑 뒤에 독전대督戰隊를 배치했기 때문이다. 물러나면 아군에게 총격을 받게 돼. 요시타쓰 녀석은 얼마 되지도 않는 철포의 총구를 자기 편에 돌리고 있어. 이것으로 우리가 이겼어."

"자기 편에 총구를?"

"그렇다, 두고 보거라. 지금 강물에 뛰어든 일대는 곧 사라져 없어질 것이다."

노부나가의 말이 채 끝나기도 전에 탕탕탕, 하며 아군의 탄환이 강으로 발사되었고, 동시에 맨 앞에 있던 스무 명 남짓한 일대가 앞 다투듯이 푸른 물속으로 사라졌다.

결코 탄환이 모두 명중된 것은 아니다. 그들은 노부나가가 예상한 대로 물러서려야 물러설 수가 없어 강물에 뛰어들어 '잠수 수법'을 쓰기 시작했다.

일대가 사라지면 다시 물보라를 일으키며 다른 일대가 강물에 뛰어든다. 더구나 이번에는 오다 군의 사격이 시작되기 전에 얼른 물속으로 잠수하는 것이 아닌가.

"왓핫핫하……"

매와 같던 노부나가의 얼굴에서 긴장이 풀리고 주위에 호방한 웃음소리가 울려 퍼졌다.

"이누치요, 탄환을 아껴야 한다. 사격을 중지하라."

"쏘지 않고도 이길 수 있습니까, 주군?"

"이미 이겼어. 여기서 가만히 지키기만 해도 적은 계속해서 강물에 뛰어들어 숨는다. 과연 미노의 군사, 나가라가와에서 가마우지 흉내를 내다니."

이누치요는 노부나가의 재촉으로 말 머리를 돌려 철포대 쪽으로 쏜살같이 달려갔다. 와아, 하고 다시 건너편 기슭에서 함성이 터졌다. 아군의 유인 부대가 드디어 적의 퇴로를 차단한 모양이다.

이렇게 되면 적은 제3, 제4, 제5…… 앞다투어 강물로 뛰어들 뿐이다. 총격을 당하기 전에 물에 빠진 것처럼 위장하고 떴다 가라앉았다 하면서 하류로 도망친다. 하류로 도망치는 것만이 유일한 적의 퇴로가 되었다.

"어떠냐. 왓핫핫하, 탄환도 화살도 예상한 것보다 반도 채 쓰지 않은 싸움이다."

노부나가가 다시 한 번 안장을 두드리며 웃고 있을 때였다.

"보고드립니다."

전령이 다급하게 말했다.

"무슨 일이냐?"

"하류에 있던 요시타쓰 군이 강을 건너 뉴도 님의 본진으로 쳐들어간 모양입니다."

"말도 안 되는 소리! 우리 유인 부대가 이제부터 요시타쓰의 본진을 옆에서 찌를 것이다. 그런 위기에 몰렸는데 적이 지금 강을 건널 수 있겠느냐? 다시 한 번 정확히 탐지하고 오너라, 얼빠진 녀석 같으니."

노부나가는 예의 그 어조로 꾸짖었다. 아니, 꾸짖을 수밖에 없었다.

아군의 유인 부대를 뒤쫓던 적의 우익은 지금 노부나가의 눈앞에서 궤멸 직전에 있다. 만약 궤멸되면 요시타쓰는 부득이 병력을 셋으로 나누어 하나는 유인 부대, 또 하나는 도산 그리고 나머지는 노부나가에게 대항하지 않을 수 없게 된다.

따라서 지금부터 강을 건너온다는 무모한 행동은 있을 수 없는 일이다. 그런데 그 있을 수 없는 일이 일어난 데에 이 싸움의 엄청난 비극이 있었다.

# 효웅의 죽음

　노부나가는 어디까지나 이길 생각으로 작전을 폈으나, 뉴도 도산은 노부나가의 오와리 군이 가능한 한 다치지 않도록 일각이라도 빨리 자기가 죽을 장소를 찾으려고 움직였다. 같은 싸움터에 있으면서도 두 사람의 심경은 전혀 달랐다.

　더구나 요시타쓰의 의심을 받은 다케고시 도진의 일대 육백 명이, 의심을 받으니 차라리 공격하다가 죽겠다면서 반쯤 자포자기하여 강물에 뛰어들어 안개가 채 가시기도 전에 강을 건너기 시작했기 때문에 전법과 전술은 처음부터 엉망진창이었다.

　한편 도산은 아군에게 두 차례에 걸쳐 유인하는 함성을 지르게 하고 나서 천천히 의장에서 일어났다.

　마침 노부나가가 오라구치大良口에서 상류에서 내려온 적에게 철포를 쏘기 시작할 무렵이었다. 도산은 자신의 큰 귀에 손을 대고 철포의 소리를 들었다.

"허어, 건너기 시작했군. 선봉은 누구일까?"

도산은 마치 남의 일이기라도 한 듯이 엷은 웃음을 띠고 일어났다.

"알겠느냐, 이 도산이 전사하거든 즉시 노부나가에게 달려가라. 전할 말은 잊지 않았을 테지. 도산이 전사, 싸움은 끝났다…… 이것 말고는 아무 말도 하면 안 돼."

다시 한 번 옆에 있던 홋타 도쿠에게 다짐하고는 유유히 도산이 자랑하는 창을 훑었다.

벌써 주위에 화살이 날아오기 시작하고, 갖가지 함성이 본진 가까이 들려왔다. 멀지 않은 하류 쪽에 적의 선봉이 상륙한 모양이다.

"듣거라, 나는 다케고시 도진 휘하에 있는 유명한 무라야마 산로쿠村山三六, 선봉 중에서도 선두다. 자신 있는 자는 나오너라."

그러나 도산은 미소를 띤 채 아직도 조용히 안개 속의 강가에 서 있었다. 도산은 나서지도 물러서지도 않을 속셈인 모양이다.

기세 있게 도산의 옆으로 달려나가려던 자 하나가 자세를 낮추고,

"누구냐!"

하고 도산을 바라보았다.

아직은 확실하게 호로가 보이지 않아 상대가 도산인 줄 모르는 듯했다.

"누구냐! 갑옷 차림인 것을 보니 이름 있는 대장일 테지. 왜 가만히 있느냐?"

다시 한 걸음 성큼 다가섰을 때,

"하하하…… 나다."

말하자마자 긴 창이 번쩍 빛나고 상대는 그대로 으으으, 신음하며 물가에 쓰러졌다.

도산은 앞으로 당긴 창끝을 유유히 강물에 담가 피를 씻었다.

물가를 택해서 선 것은 아마도 이처럼 창끝을 씻겠다는 계산이기도 한 모양이다.

"누구냐, 너는?"

하면서 또 한 사람이 나타났다.

"나다."

번쩍 창이 빛나고 그 역시 으음, 하면서 허공을 붙잡았다. 과연 기름 장수였을 때부터 단련한 도산이 자랑하는 창 솜씨였다.

"누구냐!"

"나다!"

'나' 라고 대답할 때마다 반드시 상대는 가슴이나 배가 꿰뚫려 있었다. 더러는 당황하며 부하의 부축을 받고 물러가는 자도 있었으나, 즉사한 자가 더 많았다.

물가 근처에 있는 시체는 창의 물미°로 끌어당겨 가볍게 강물에 던져 넣었다. 예순세 살이라고는 생각되지 않는, 젊은이를 능가하는 힘이었다.

"나도 곧 갈 테니 먼저 흘러가라."

그러고는 여전히 딛고 선 발의 위치를 옮기지 않은 채 다가오는 적을 조용히 기다렸다.

"나이가 들면 공연히 움직여서는 안 돼. 우선 교활한 아귀한테 배워야 해."

그 무렵부터 건너편의 요시타쓰는 전군에게 강을 건너도록 명했다.

처음에는 배신이 두려워 선봉을 명했던 다케고시 도진이 뜻밖에도 과감히 진격하여 돌파구를 마련해주었기 때문에 이 기회에 아버지를 대번에 무찌르기로 결심했던 것이다.

이밖에 노부나가의 유인 부대를 본대로 착각한 것도 어쩌면 이 총공격의 원인이 되었는지 모른다.

노부나가의 본대가 자기 쪽에 있다면 이를 피해 대번에 강을 건너 우선 도산의 군사를 제압하고 나서 노부나가와 싸우려는 생각도 충분히 할 수 있는 일이다.

어쨌든 이렇게 해서 나가라가와의 강물은 예정보다 일각 정도 일찍 잇따라 뛰어든 요시타쓰 군에 의해 까맣게 덮이고, 도산의 동작도 더욱 기민해졌다.

"너는 누구냐?"

이번에는 말을 탄 무사였다.

"아, 빨간 호로를 걸쳤군. 그렇다면 대장이로구나."

이렇게 말하는 동시에 긴 창으로 도산의 가슴을 향해 번개처럼 찔렀다.

도산은 몸을 피하는 대신 자기 창으로 상대의 창을 휘말아 허공으로 날렸다.

"앗……"

상대는 무기를 놓치자 재빨리 말에서 뛰어내렸다. 동시에 칼을 뽑고는 외쳤다.

"덤벼라! 아니, 먼저 이름을 말하라."

"너는?"

"오늘의 선봉대장 다케고시 도진!"

말이 채 끝나기도 전에,

"도진이구나, 나다. 얏!"

이번에는 왼손으로 창을 땅에 짚은 채 뉴도 도산의 오른손이 칼에 닿아 있었다.

아니, 닿았다고 보았을 때는 이미 도산의 큰 칼이 회오리를 일으키며 도진의 목을 치고 있었다.

"으앗!"

목이 잘려나간 도진이 소리쳤다. 아니, 소리친 것이 아니라 그것은 피를 내뿜는 소리였다. 목이 없는 시체가 마치 살아 있는 것처럼 몇 걸음 강으로 달려갔을 때 별안간 도산이 왼손에 쥐고 있던 창 자루를 향해 기합을 넣으며 몸을 날리는 자가 있었다.

요시타쓰가 자랑하는 호걸 나가이 주자에몬長井忠左衛門이었다.

"이놈, 창에 덤벼들어 어떻게 하려느냐!"

도산은 창을 놓고 다시 한 번 큰 칼을 휘둘렀다.

창은 가운데에서 두 동강이 나고 주자에몬이 털썩 엉덩방아를 찧었다. 이때 이미 도산의 주위에서는 미친 듯이 날뛰는 불꽃과 불꽃의 난투극이 벌어졌다.

하타모토들에게는 누구 하나도 도산을 지켜줄 여유가 없었다. 저마다 각자 적과 맞붙어 싸우거나 쫓고 쫓기면서 칼을 휘둘렀다.

"그래, 이쯤이 좋겠군."

도산의 얼굴에 다시 대담한 미소가 엷게 떠올랐다.

이때 나가이 주자에몬이 벌떡 일어나 칼을 뽑으면서 외쳤다.

"도산 님인 줄 기억하고 있소. 칼을 받으시오!"

도산은 무섭게 찔러오는 칼날을 오른쪽으로 피했다.

"살무사 도산이 전사할 때가 왔다. 누구 없느냐, 어서 오와리의 사위에게 고하라."

큰 소리로 외치자 이번에는 왼쪽에서,

"고마키 겐타가 목을 받겠소!"

하며 내뻗는 창끝에 도산은 일부러 자기 옆구리를 갖다 대었다.

"하하하…… 너희들이 어찌 이 대악당의 마음을 알 수 있겠느냐. 그러나 좋다, 목을 주겠다. 둘이서 공을 나누어 가지거라."

한 시대의 효웅 사이토 도산은 옆구리를 찌른 창 자루를 쥔 채 목을 길게 뻗어 나가이 주자에몬 쪽으로 내밀었다.

그러자 주자에몬의 칼 밑으로 재빨리 빠져나온 고마키 겐타가 창을 놓고 칼을 뽑는 동시에 힘껏 휘둘렀다. 그리하여 도산의 목은 뭍에, 몸은 강물 속에 물보라를 일으키며 떨어졌다.

# 사위의 결단

오라구치에서 싸우는 노부나가에게 다시 전령이 달려왔다.

"주군, 분명합니다. 적이 이미 속속 강을 건너와 도산 님의 본진이 큰 혼란에 빠졌습니다."

"뭐, 그게 사실이냐?"

"틀림없습니다."

"아아, 살무사 님이 머리를 썼군…… 좋아, 그럼 즉시 하류로 간다. 그러나 철포는 쏘지 마라. 도산 님의 군사와 싸울 우려가 있다."

노부나가는 하타모토들에게 지시하고 나서 곧바로 선두에 섰다.

"대번에 적진을 돌파하여 하류로 나아가라. 그런 다음 얼른 방향을 돌려 결전을 벌인다. 알겠나?"

"예."

"알았거든 내 뒤를 따르라."

이미 예기했던 대로 오라구치의 적에게는 섬멸에 가까운 전과를 올렸다. 노부나가는 주저 하지 않고 말에 채찍을 가했다. 자신이 계산한 것보다 반각半刻(30분) 정도 때가 이르다.

안개가 걷히고 겨우 아침 해가 떠오르자 이제부터 도하 작전을 펼 생각이었으나 적이 이미 강을 건넜다고 하므로 지체할 수가 없다.

늠름하게 선두에 선 노부나가 뒤로 이번에는 창부대가 따르고 있다. 철포대는 화약 냄새를 풍기면서 창부대 뒤에 섰다.

오라구치와 도산의 본진 사이에는 물줄기가 왼쪽으로 크게 구부러져 있어 오른쪽 기슭의 숲이 시야를 가렸다.

강을 건널 때는 구부러진 물줄기가 도움이 되었으나 지금은 거추장스러운 장애물일 뿐이다.

"서둘러라. 그러나 대열을 무너뜨리면 안 된다. 이대로 적진을 돌파하면 적은 반으로 줄어들 것이다."

'숙연한 대열의 행진은 무한한 중량감과 왠지 모르게 기분 나쁜 압박감을 느끼게 한다.'

이리하여 길을 반쯤 지났을 때였다. 다섯 개의 모과가 그려진 노부나가의 하타사시모노旗指物°를 향해 기마 무사 세 사람이 앞쪽 숲에서 쏜살같이 달려오는 것이 아닌가.

철포대의 오른쪽 소대가 총구를 쳐들고 세 사람에게 조준을 맞췄다.

"기다려. 아직 쏘지 마라."

노부나가는 속도를 늦추고 행진하면서, 예의 그 갈라지는 듯한 소리로 외쳤다.

"멈춰라, 누구냐!"

그러자 한 사람이 다급하게 노부나가 앞으로 달려왔다.

"오다 가즈사노스케 노부나가 님께 드릴 말씀이 있습니다. 저는 사이토 도산 님의 가신 훗타 도쿠입니다."

"오오, 도쿠 님인가, 내가 노부나가요."

이 말을 듣고 도쿠는 얼른 말에서 내려 겨우 마르기 시작한 자갈 위에 한쪽 무릎을 꿇었다.

"조금 전에 사이토 야마시로 뉴도 도산 님이 전사, 싸움은 이미 끝났습니다."

"뭐…… 뭣이, 도산 님이 전사를?"

"그렇습니다. 싸움은 끝났습니다."

"으음."

노부나가의 눈이 번쩍 번개처럼 예리하게 빛나고는 바로 푸른 하늘로 향했다.

"그런가, 전사…… 역시……"

잠시 허공을 무섭게 노려보다가,

"창을 댄 자는 누군가?"

하고 물었을 때는 약간 눈이 붉어져 있었다.

"예, 나가이 주자에몬과 고마키 겐타입니다."

"목을 자른 자는?"

"고마키 겐타입니다."

"유해는?"

"나가라가와의 강물에 그대로."

"왓핫핫…… 모두 들었겠지. 노부나가의 장인은 우리에게 폐를 끼치지 않으려고 벌써 장례까지 끝냈어. 정말 우습군, 왓핫핫."

"오와리의 주군께 말씀드립니다. 이미 도산 님이 돌아가셨으니……"

"잠깐. 나는 누구의 지시도 받지 않아. 우리는 복수전을 하러 달려온 것은 아니야."

"알겠습니다."

"모두 방향을 돌려 오라구치로 철수하라. 도우려던 상대가 전사한 이상 싸움은 무의미하다. 도쿠, 언젠가 오와리에서 다시 만나세."

"예."

도쿠는 좀처럼 고개를 들 수 없었다. 모든 것이 도산이 말한 대로다. 이 천하의 명청이는 전사한 도산의 속마음을 손바닥 들여다보듯 훤히 알고 있었다.

니와 만치요가 앞으로 나섰다.

"여기까지 와서 그대로 돌아간다면⋯⋯"

그러자 노부나가가 다시 꾸짖었다.

"바보 같은 것, 요시타쓰가 일부러 뒷정리를 하여 고스란히 우리에게 주었다고 하지 않느냐. 자, 돌아서서 강을 건너라."

출진할 때도 신속했으나 철수 시의 결의도 동작도 그야말로 전광석화였다.

"도쿠, 잘 있게."

말하기가 바쁘게 노부나가는 얼른 말 머리를 돌렸다.

기민하게 지휘하는 모습을 보고 훗타 도쿠는 다시 주르르 눈물을 흘렸다.

"뉴도 님, 주군의 선물은 분명히 노부나가 님에게 전했습니다. 노부나가 님 또한 확실히 받으셨으니 안심하십시오."

# 바늘장수 도키치藤吉

도산의 선견지명과 노부나가의 날카로운 전술적 안목으로 마침내 오와리 군은 아무 상처도 입지 않고 철수하였다.

어떤 싸움을 막론하고 남의 영지에 쳐들어가 곧바로 승자와 맞서는 것처럼 피해가 많은 경우는 없다.

이겼다는 소식을 들으면 그 지방의 토호나 노부시野武士°에서 농부에 이르기까지 우르르 승자에게 몰려와 걷잡을 수 없는 하나의 격류를 이뤄 침입자를 공격하게 된다.

만일 노부나가가 감정에 못 이겨 그대로 머물렀다면 이 격류는 틀림없이 노부나가 군을 휩쓸었을 것이다.

도산은 앞일을 정확히 꿰뚫어보고 일부러 자신의 죽음을 앞당겼던 것이고, 도산의 마음을 읽은 노부나가는 재빨리 군사를 정비하여 강을 건너도록 명했다.

그래도 승리한 기세는 무섭다.

노부나가의 군사가 강을 반쯤 건넜을 때 벌써 요시타쓰 군의 선봉이 그들을 추격하여 오라구치 나루터에는 긴박한 풍운이 감돌았다. '진격할 때는 선두에, 물러날 때는 맨 나중에' 이것이 항상 '인생은 불과 50년'이라고 관조해온 노부나가의 신조였으나, 오라구치에 도착하자 맨 먼저 철포대를 건너편 강기슭으로 보냈다.

이어서 활부대, 다시 창부대 그리고 마지막으로 자신이 준비한 작은 배를 타고 강 한가운데에 이르렀을 때 요시타쓰 군이 일제히 외쳤다.

"노부나가를 놓치지 마라."

"저 멍청이 한 놈만은 강을 건너지 못하게 하라."

약 3백 명의 군사가 강 중류까지 마구 쫓아왔다.

노부나가는 배 위에 서서 싸늘하게 그 모습을 바라보았다. 그리고 추격대와 배의 거리가 서너 간쯤 좁혀졌을 때 먼저 건너보냈던 철포대에게 손을 들어 신호했다. 만약 여기서 노부나가가 철포대의 도강渡江을 뒤로 돌렸다면 아마도 사태는 분명히 '오와리의 통한痛恨'으로 끝났을 것이다.

그러나 이때 벌써 노부나가의 총포대는 총구를 나란히 하고 수신호를 기다리고 있었다. 탕탕탕, 제1대가 발포하고 제2대, 제3대, 제4대가 그 뒤를 이었다. 제4대의 발포가 끝나자 다시 제1대와 제2대가 쉴새없이 계속해서 쏘아댔다. 이리하여 마침내 강 위에 적병의 모습이 한 사람도 보이지 않게 되었을 때 노부나가는 훌쩍 기슭에 내려섰다.

아니, 오라구치뿐만 아니라 뒤이어 기소가와를 건널 때도 노부시의 습격이 있었고, 기요스 아래 거리에서는 '요시타쓰의 승리'라는 소식을 듣기가 무섭게 이와쿠라岩슌 성주 오다 이세노카미의 부하들이 들이닥쳐 부근의 촌락에 불을 지르고 폭행을 자행했다.

틈만 있으면 물어뜯으려는 굶주린 늑대의 소굴과도 같은 난세. 만약 노부나가의 군사가 큰 타격을 입고 돌아왔다면, 패하는 싸움에 원군을 보냈다는 이유만으로도 오와리의 땅조차 밟지 못했을 것이다. 그런 점에서는 도산도 노부나가도 역시 탁월한 전략적 안목을 가지고 있었다.

"오노, 드디어 살무사 노인은 스스로 전사하는 길을 택했어. 도리가 없었어. 나는 당분간 낮잠이나 자야겠어."

노부나가는 피해를 입지 않고 돌아온 군사를 성에 들여놓고는 벌써 이마가와, 기라, 시바의 삼자 동맹 따위는 잊었다는 듯 얼른 기요스 성의 본성으로 옮겨 다시 무언가를 깊이 생각하기 시작했다.

여전히 동생 노부유키와 시바타 곤로쿠 등의 책동은 이어지고 있다.

나고야 성에 하야시 사도를 앉혀놓았기 때문에 실력 행사까지 하지는 않았으나, 그들 또한 노부나가의 미노 출격과 요시타쓰가 승리했다는 보고를 받고 서서히 준동하기 시작하는 낌새가 다분했다.

그렇다고 해서 물론 이들이 반기를 들고 물어뜯지 않는 이상 노부나가 쪽에서 일부러 노부유키 세력을 먼저 칠 생각은 없었다. 말하자면 지금까지 이런저런 수단을 강구한 까닭은 좀더 빨리 이들의 눈을 뜨게 하기 위한 움직임에 지나지 않았다.

"살무사도 일단 죽으면 끝장이니 그대는 열심히 염불이라도 외도록 해. 나는 이 근처를 좀 돌아다니다 오겠어."

미노에서 돌아온 지도 한 달 남짓. 이미 보리 수확을 끝내고 모내기도 마쳤으므로 농부들도 한숨 돌리는 5월 중순이었다.

노부나가는 노히메에게 이렇게 말하고 성에서 나와, 자신의 신변

을 걱정하며 곧 뒤따라 나오려는 마에다 이누치요와 니와 만치요, 모리 신스케 등의 시동들에게,

"떨어져서 걸어라. 오늘은 혼자 걷고 싶다."

라고 말하고는 일부러 멀리 간격을 두고 고조가와를 건너 동쪽으로 향했다. 뜨거운 햇볕을 삿갓으로 차단한, 남의 눈에는 로닌牢人°이 혼자 길을 걷는 듯 보이는 홀가분한 차림이었다. 기요스 성은 고조가와의 서쪽에 있었고, 동쪽에는 성 밑으로 상가와 시장이 점점 더 번창해갔다.

지금은 이미 상점 거리만도 서른 군데가 넘는데, 이것도 노부나가다운 정책이 반영된 번영이었다.

노부나가는 세상이 벽에 부딪히는 이유가 인간의 지혜가 벽에 부딪히기 때문이라고 생각했다. 전술과 전략은 말할 것도 없고 정책이나 도의와 예의 같은 것도 상식 운운하며 한 걸음도 나아가려 하지 않는다. 이 때문에 당연히 진보해야 하는 것도 오래 괴어 썩은 물처럼 손을 댈 수 없을 정도로 악취를 풍기며 정체해버렸다. 노부나가는 남이 오른쪽이라고 하면 왼쪽이라고 했다. 희다고 하면 검다고 했다. 그러나 이것은 결코 그의 성격이 무의미하게 비뚤어졌기 때문이 아니라, 세상을 지금처럼 벽에 부딪게 만든 '낡은 상식'에 대한 반발이고 증오인 것이다.

따라서 노부나가는 다른 무장들이 첩자들의 출입을 꺼려 접경마다 일일이 관문을 설치하여 다른 영지 사람들의 출입을 제한하거나 고액의 통행세를 부과하는 모습을 보고,

"어리석은 짓을 하는군."

하고 크게 비웃었다.

그리고 자신의 영내만은 관문과 통행세를 모두 폐지하여 출입의

130

자유를 포고했다.

끊임없이 싸움이 계속되는 난세에서는 찾아볼 수 없는 대담성이었으나, 이렇게 되자 여러 곳의 상인들이 쉽게 출입하며 자리잡을 수 있었다. 이 때문에 기요스만 해도 눈 깜짝할 사이에 시가가 형성되고 이로 인해 상인과 농부들은 다른 지방에 비해 나날이 부유해졌다.

"아, 번창하는군."

그의 허락으로 개설된 동쪽 시장에 이르자 노부나가는 삿갓 밑으로 사람들의 물결을 바라보며 빙긋이 웃었다.

사람이 모이는 곳에는 우선 돈이 모이고, 백성들이 풍요로워지면 노부나가의 호주머니도 넉넉해진다.

아니, 출입의 자유를 허락하면 또 하나의 큰 이득이 생긴다.

그것은 다른 지방에서는 용납되지 않는 여러 분야의 인재가 모여 자연히 문화가 발달하고, 또 가만히 앉아서도 천하의 사정을 알게 된다.

노부나가는 벌써 이 시장에서 좀처럼 찾기 어려운 인물을 몇 발굴했다.

사카이堺에서 흘러온 철포 기술자, 오다와라小田原에서 왔다는 칼집 만드는 장인과 가이 태생의 도장塗裝 기술자, 남만철로 갑옷을 만드는 기술자 등……

비가 오면 시장은 마구간처럼 나무로 지붕을 이은 가건물에서 열렸으나, 오늘은 날씨가 좋아 시장 주변의 나무 그늘마다 작은 노점들이 연이어 늘어섰다.

노부나가는 노점들을 천천히 둘러본 뒤 이윽고 모밀잣밤나무 그늘에 작은 상자를 엎어놓고 그 위에 바늘과 실을 조금 펴놓은 좌판 앞에서 걸음을 멈추었다.

"바늘 장수, 오랜만에 나왔군."

노부나가는 그 앞에 서서 또 물었다.

"어때, 장사는 잘 되나?"

상대는 홀끗 노부나가를 쳐다보았다.

"별로 신통치 못해요. 그러나 역시 이곳과 슨푸, 오다와라가 괜찮은 편이죠. 그 밖의 고장에는 사람들이 모이지 않으니까 물건도 없고 돈도 없어요."

"으음, 그런데 자네는 어디 태생인가?"

"이 근처요. 하지만 이 부근은 옛날부터 별로 좋은 곳이 아니어서 사방으로 떠돌아다녔죠."

"허어, 그러면 이 고장이 지금은 점점 좋아진다는 말인가?"

"그래요. 사람들은 천하의 멍청이라느니 캥캥 말이니 하며 비웃지만 지금 기요스의 대장인 그 미치광이 말 나리는 제법 괜찮은 사람이에요."

"말 나리란 노부나가를 가리키는 소린가?"

"그래요. 그 말은 보통 말이 아니거든요. 출신이 좋고 안목도 높죠. 우선 센슈泉州의 사카이 쪽에는 사람이 이처럼 많이 모이는 곳이 없어요. 왜냐하면 모두 안목이 낮아 관문만 설치하고 사람만 보면 통행세를 걷기 때문이죠. 그러니 아무도 모이지 않아요. 모이지 않으니까 돈도 떨어지지 않죠. 그런데 이 성의 말 나리는 그것을 알고 우선 사람들을 모아 돈을 벌게 한 뒤 돈을 떨구도록 하는 거예요. 머지않아 일본에서 제일가는 부자가 될 겁니다."

"으음."

노부나가는 신음했다.

노부나가는 지금까지 전술과 전략에서는 남의 칭찬을 받은 적이 있으나 아직 일본에서 제일가는 부자가 된다는 말은 처음 들었다.

"이봐, 자네는 몇 살인가?"

"몇 살로 보입니까?"

"나이가 들어 보이기도 하고 젊은이로도 보이는군. 이 성의 대장은 말인지 모르지만 자네는 원숭이를 약간 닮았군."

"그런 소리 마시오. 나도 어렸을 때는 통통하게 살이 찌고 귀엽게 생겨, 단나데라檀那寺의 스님까지 히요시마루日吉丸, 히요시마루 하며 귀여워했었소. 그러나 고생을 하다보니 주름살이 좀 늘었죠. 그래서 내 얼굴에 신경 쓰고 있다오. 나이는 금년에 스물이오."

"으음, 말을 듣고보니 그렇게 보이는군. 그러나 서른이라고 해도 곧이 듣겠어."

"그런 소리 말아요. 참, 내가 무사 양반의 관상을 보아드릴까?"

"자네는 관상도 보나?"

"그래요. 바늘을 다 팔고 나면 관상뿐만 아니라 위로는 천문天文, 아래로는 지리에 이르기까지 모두 보면서 다니지 않으면, 재워주지도 먹여주지도 않으니까요."

"왓핫핫하, 그런가. 먹고살려면 여러 가지 고생을 해야겠지. 좋아, 내 관상을 좀 보아주게."

그러자 상대는 진지하게 고개를 갸웃하며 말했다.

"으음, 무사 양반은 머지않아 훌륭한 사람을 만날 거요. 이것이 행운의 시작이고 앞으로 계속 출세할지도 몰라요. 성격이 좀 급한 것이 단점이기는 하지만."

"그래? 그렇다면 나도 곧 벼슬을 하게 될까?"

"글쎄, 실직 중이라면 차라리 이 성의 말 양반을 만나보는 것이 어떻겠소? 누구를 섬길 생각이라면 이 근처에서는 그 양반이 좋을 거요, 이 근처에서는."

노부나가는 웃음을 참고 금빛으로 빛나는 이 젊은이의 눈을 바라보았다.

"이 근처가 아니라면 누가 좋을까?"

"전에 나는 슨푸에서 묘한 관상을 가진 사람을 만났지만, 하필 인질로 잡혀 있는 식객의 아들이라더군요. 나 같으면 역시 말 나리를 섬기겠소."

"슨푸에서 만난 묘한 사람이라니 이름은 무어라고 하던가?"

"미카와의 마쓰다이라 기요야스松平淸康의 손자라고 합디다. 관상도 좋고, 싸우는 모습도 마음에 들기에 일부러 신분을 물어보았죠. 참, 부하들은 아직 다케치요라고 부르더군요. 그러나 작년에 관례를 올려 모토노부元信라는 이름을 쓰고, 벌써 부인이 아이를 낳았다고 하지만 아직은 응석받이 어린아이죠."

"여보게!"

노부나가는 품에서 은전 한 닢을 꺼내 바늘 장수에게 주었다.

"자, 이것은 복채일세. 으음, 다케치요도 벌써 관례를 올릴 나이가 되었군."

"기요야스의 손자를 알고 있나요?"

"응, 약 칠팔 년 전에 잠시 오와리에 머문 적이 있지. 이제는 열대여섯……"

"그래요, 그 정도일 거예요. 하지만 부인은 그보다 연상으로 이마가와 성주의 조카이죠. 세키구치 교부쇼關口刑部少輔의 딸이라고 합디다. 아내 역시 관상이 좋기에 출세하리라고 봅니다."

"그런데, 자네 이름은?"

"나 말이오? 나는 기노시타 도키치로木下藤吉郎라 불러요. 무사

양반, 나도 이제부터 연줄을 찾아 무사가 될 텐데, 그렇게 되면 반드시 출세할 테니 잘 기억해두시오."

"으음, 기억해두지. 그런데 역시 자네는 이 성의 대장을 섬길 생각인가?"

이렇게 물은 것은 문득 노부나가가 어떤 흥미를 느꼈기 때문인데, 여기에 대한 도키치로의 대답이 크게 탈선하고 말았다.

"그래요. 이 성의 말 양반을 머지않아 보기 좋게 속여 그 부하로 들어가려고 해요. 인간은 발판을 잘 선택해야 하죠. 묘한 발판을 딛고 있으면 노상 뒤집혀서 그때마다 굴러 떨어지니까. 그 좋은 보기가 미노의 살무사 도산이죠. 그렇게 되면 곤란하거든요. 무사 양반도 말나리를 발판으로 삼는 게 어떻겠소?"

"발판?"

"예, 주군이란 부하의 발판이죠."

노부나가가는 훌쩍 도키치로 앞을 떠났다.

'이 쭈글쭈글한 원숭이 놈이 건방진 소리를 하는군.'

그러나 곧 심각한 얼굴로 돌아와 한숨을 쉬었다.

"그런가, 벌써 다케치요 녀석이 아버지가 되었단 말이지…… "

노부나가가도 이미 스물 셋. 인생을 오십 년으로 잡는다면 그 절반은 순식간에 지나갔다. 그는 무엇을 느꼈는지 다시 눈을 치뜨고 인파를 헤쳤으나, 이윽고 고개를 크게 끄덕이고는 그대로 시장을 벗어나 뒤따르는 고쇼들을 잊기라도 한 듯이 곧장 성으로 돌아왔다.

# 첩 사냥

"오노, 잠시 할 이야기가 있어."

성에 돌아오자 노부나가는 눈이 빨갛게 되어 불당에서 나온 노히메를 불렀다.

"거기 앉아."

그 표정이 몹시 심각했다.

"무슨 심상치 않은 일이라도 있었어요?"

노히메는 노부나가가 시키는 대로 곁에 앉아 남편의 시선을 바라보았다.

"있었어!"

노부나가가 말했다.

"동쪽 시장에 말이지, 나를 발판으로 삼아 출세하려는 이상한 원숭이 한 마리가 있었어."

"어머, 원숭이 한 마리가?"

"아니, 그 이야기는 나중에 해도 좋아. 그런데 이 원숭이가 뜻밖에도 다케치요…… 그러니까 미카와의 고아 말이야. 마쓰다이라의 아들 다케치요의 소식을 알려주었어."

"어머, 다케치요 님에 대해…… 그 원숭이가요?"

"원숭이라고는 했지만 사람이야. 원숭이 녀석이 나를 가리켜 말이라고 했어. 뭐 그런 것은 아무래도 상관없어. 다케치요가 슨푸에 인질로 잡혀 있는데, 분명히 올해로 열대여섯 살이 되고 벌써 아내에 아기까지 생겼다더군."

"어머, 다케치요 님에게 아기가?"

말하다 말고 노히메는 살며시 고개를 떨구었다. 그럴 것이다. 이미 시집온 지 팔 년 가까이 되었다. 두 사람이 부부관계를 맺은 지도 육 년이 지났다. 그런데도 웬일인지 노히메에게는 아이가 없었다.

"그 다케치요의 아내는 말이지, 이마가와 요시모토의 조카, 세키구치 교부쇼의 딸이라는 거야."

"……"

"아니, 무슨 생각을 하고 있나. 그 세키구치 교부쇼의 딸은, 우리 첩자의 보고에 따르면 요시모토가 '쓰루히메鶴姬, 쓰루히메' 하며 가까이 두고 귀여워하던 양녀로 본명은 세나히메瀨名姬야."

"그…… 그것이 어떻다는 말씀인가요?"

"머리가 안 도는 여자로군. 요시모토가 그토록 아끼는 구슬을 연하인 다케치요에게 시집보낸 의미를 모른다는 말인가?"

"글쎄요, 그것은……"

"그대는 부모를 잃더니 머리가 좀 이상해진 모양이군. 그것은 말이지, 이마가와 요시모토가 머지않아 군사를 거느리고 상경한다는 의미야."

"예? 어째서 그것이."

"아직 모르겠나. 상경하려면 우선 미카와를 완전히 제압하고 출발하지 않으면 안 돼. 미카와에서 이용할 수 있는 세력은 역시 마쓰다이라 가문이지. 그 가문의 주인인 다케치요에게 자기 양녀이자 혈육인 조카를 주어 은혜를 입게 하고, 두 사람 사이에 생긴 아들과 아내와…… 즉 다케치요를 포함한 가족 모두를 인질로 잡아 마쓰다이라의 군사들이 꼼짝없이 상경 작전의 최선봉에 설 수밖에 없도록 만들기 위한 준비에 착수했다는 것을 모른다는 말인가?"

"어머, 말씀을 듣고보니 과연 그렇군요."

"그래서 나도 결심했어."

"어떤 결심을?"

"오노, 나는 첩을 두겠어."

"아니…… 저어, 소실을?"

"질투할 것 없어. 그대는 아이를 못 낳는 여자이니 노부나가도 자식 욕심이 생겼다고 생각하면 돼."

노히메는 눈이 휘둥그레져 잠시 동안 노부나가를 바라보기만 했다. 이제는 노부나가도 자식이 있어야 한다고 생각하던 노히메였으나, 지금 이런 비탄 속에서 남편의 입으로 직접 그 말을 듣게 되자 뭉클 불만이 치밀었다.

"잠자코 있군. 무언가 할 말이 없나?"

"주군……"

노히메는 격해지는 감정을 억누르며 말했다.

"저는 주군의 시험을 받고 싶지 않아요."

"그 말은 질투하지 않겠다는 뜻인가?"

"그보다도 주군은 제가 질투하지 않겠다면 단념하시겠어요?"

"왓핫핫하…… 단념할 수 없어."

"그렇다면 이유를 말씀해주셔야 하지 않겠어요? 이러저러하므로 소실을 두어야겠다고 좀더 자세히."

"설득하기는 싫어. 나는 당분간 한가할 테니 그대를 멀리하고 자식 갖기에 힘쓰겠어. 그래도 알아듣지 못하겠나?"

"저어, 저를 멀리하고?"

"그래. 이것 봐, 잠시 그대를 멀리하고 소실과 같이 지내겠어. 그렇다고 성에서 나갈 수는 없으니 성안에 데려오겠어."

"그럼, 벌써 누군가 마음에 든 여자라도?"

"있다면 있고 없다면 없고."

노부나가는 진지한 표정으로 말하면서 평소 버릇대로 손가락으로 콧구멍을 쑤셨다.

"두서너 사람이."

"두서너 사람이나?"

"그래. 한두 사람으로는 마음이 놓이지 않아. 우선 셋은 있어야 해."

"원 이런……"

노히메는 어이가 없어 그만 숨을 죽였으나 차차 우습다는 생각이 들었다.

만약 한 여자에게 집착하여 데려오겠다는 말이었다면, 아무리 대범한 노히메라도 태연할 수 없었을 것이다. 그러나 한꺼번에 세 사람이나 얻겠다는 것을 보면 이것은 결코 색정이 아님을 알 수 있었다.

여기까지 생각이 미치니 시장에 나타나는 원숭인가 무언가 하는 자가 노부나가를 말이라 불렀다는 조금 전의 이야기가 생각났다.

'도대체 남편은 무엇을 생각하는 걸까?'

문득 마음이 가벼워져 웃음이 터질 듯한 감정에 사로잡혔다.

다케치요조차 아버지가 된다는 말을 듣고 자식을 갖고 싶은 마음이 든 것을 보면, 그 밖에도 틀림없이 노부나가 특유의 기발한 생각이 떠올랐을 것이다.

그런 생각을 하자 노히메도 계속 지고만 있을 여자가 아니었다.

"알겠어요."

하며 두 손을 짚고 태연하게 말했다.

"저는 주군의 목을 노리고 시집온 여자니 세상의 다른 여자들처럼 질투 따위는 하지 않아요. 주군이 하시는 일이라면……"

"이의가 없다는 말이지?"

"예. 저는 주군을 믿어요."

"좋아. 핫핫하…… 그것으로 좋아. 그럼, 이제부터 나는 첩 사냥을 나가겠어. 첩들의 교육은 그대가 철저히 시키도록. 세상에는 내가 그대를 멀리하는 것처럼 보이게 하고."

역시 무언가 깊은 생각이 있는 모양이다. 노부나가는 노히메가 건네는 칼을 받아들고, 소년 시절에 물고기를 잡으러 가던 일을 연상케하는 담담한 모습으로 다시 성 밖으로 얼른 나가버렸다.

# 꽃 세 송이를 위한 책략

"이봐, 원숭이."

"왜요, 무사 양반?"

"어째서 캥캥 말이라 하지 않고 무사라고 부르는가?"

노부나가는 일단 성을 나오자 곧바로 동쪽 시장으로 가서 기노시타 도키치로라는 젊은 바늘 장수를 데리고 다시 고조가와의 서쪽, 무사들이 사는 집으로 돌아오고 있었다.

"무사 양반은 캥캥 말이라 불리고 있습니까?"

"시치미 떼지 마라, 이 쭈글쭈글한 원숭이 녀석아. 너는 내가 노부나가인 줄 잘 알면서도 말이라 부르며 발판으로 삼겠다고 했어."

"헤헤헤…… 대장은 꿰뚫어보고 있었군요. 미안합니다."

"미안해 할 필요 없어. 이제부터 네게 보여줄 것이 있으니 잘 보아두거라."

"그러면서 얼른 제 목을 치는 것은 아니겠죠, 대장? 그러면 제가 본 관상 그대로 돼요. 성급함이 결점이라고 분명히 말했으니까요."

"흥, 그 밖에 또 한 가지 내뱉은 소리 역시 잊지는 않았겠지? 너는 이 노부나가가 머지않아 훌륭한 사람을 만나 운이 트일 거라고 지껄였어. 그 훌륭한 사람이란 바로 네 녀석이겠지?"

"헷헷헷헤."

도키치로는 머리를 긁었다.

"과연 대장답군요. 그것까지 훤히 알고 있다니."

"알고 있기에 시험하려는 거야. 지금부터 보여주는 것을 잘 살폈다가 내 운이 트일 만한 공을 세우고 돌아오란 말이다. 그렇게 하면 네 오야지 정도로는 채용하겠다."

"오야지 정도…… 라니요?"

"네 아버지는 지금은 죽었으나 우리 오야지의 아시가루로 있다가 나중에 나카무라中村로 돌아가 농부가 된 기노시타 야에몬彌右衛門이 아니더냐."

노부나가가 여기까지 말하자 도키치로라고 자기를 소개한 젊은이의 낯빛이 금세 변했다.

"그럼, 대장님께서는 거기까지 알고 계셨습니까?"

"기분 나쁜 녀석이군. 대장님이라고 지껄이다니. 아직은 남이야."

"이거 죄송합니다. 과연 이 도키치로가 반할 만한 분이라 다릅니다."·

"그것이 네가 쓰는 상투적인 수단이냐, 얼빠진 녀석. 반했다는 말은 시골 처녀를 유혹할 때나 쓰도록 해."

노부나가는 자신의 버릇인 독설을 퍼부으며 어느 집 앞에 이르러 큰 소리로 말했다.

"문지기, 나다. 들어가겠다. 원숭이, 나를 따라와."

그러고는 안으로 들어가 안내도 청하지 않고 정원을 지나 사랑방 쪽으로 갔다.

"데와出羽는 있느냐? 노부나가야. 차를 마시러 왔어."

도키치로는 그 방약무인한 태도에 눈이 휘둥그레지면서도 공손히 노부나가의 발 밑에 무릎을 꿇고 몸을 움츠렸다.

노부나가가 데와라고 불렀으므로 상대는 분명히 오다 가문의 중신 이코마 데와노카미生駒出羽守일 것이다. 이렇게 하고 있으면 도키치로도 영락없는 조리토리˚로 보이는 것이 재미있다. 노부나가가 외치는 소리에 별안간 집 안이 웅성거리고 이윽고 노부나가보다 대여섯 살쯤 많아 보이는 집 주인이 당황하며 마루에 나타나 머리를 조아렸다.

"주군, 어서 오십시오."

"인사 따위는 필요치 않아. 차를!"

"예, 곧 준비시키겠습니다. 잠시만."

"데와."

"예."

"그대에게는 여동생이 있지?"

"예, 있습니다. 변변치는 못하지만."

"이름이 무엇이었더라?"

"오루이お類라고 합니다마는."

"몇 살이지?"

"열일곱입니다."

"좋아. 여자는 열일곱이 되면 아이를 낳을 수 있어. 차는 오루이에게 가져오라고 해."

"예? 무어라고 하셨는지……"

"데와, 자네에게는 소실이 있나?"

"웬일로 그런 뜻밖의 말씀을."

"뜻밖이건 아니건, 있나 없나?"

"죄송합니다. 한 사람 있습니다."

"그런가. 그렇다면 이야기는 끝났어."

이코마 데와노카미는 장기의 말처럼 건너뛰는 노부나가의 이야기를 종잡을 수가 없었다.

"무슨 이야기가 끝났다는 말씀입니까?"

"오루이를 내 소실로 삼는다는 이야기야."

"옛?"

"자네는 가져도 되지만 나는 갖지 말라는 건가? 그렇지는 않겠지. 물론 그런다고 단념할 노부나가는 아니야. 소실로 삼으면 아이를 낳겠지. 그 아이가 아들이면 그대의 조카인 동시에 내 후계자가 되는 거야."

"예? 하지만 그것은 오루이가……"

"싫다고 하면 나도 싫어. 쓸데없는 소리는 묻지 마라. 오루이에게 차를 가져오라고 한 것은 그 때문이야. 내가 직접 오루이에게 물어보겠어."

이코마 데와는 아연실색하여 벌린 입을 다물지도 못했고, 발밑에 움츠리고 있던 도키치로도 깜짝 놀란 모양이었다. 물속에서 기어올라온 원숭이처럼 온몸에 땀을 흘리며 때묻은 얼굴을 들고는 눈만 반짝거렸다.

"다름이 아니라, 오노는 아직 아이를 낳지 못하고 있어. 자식이 없으면 오다의 대가 끊길 테니 오노를 당분간 멀리해야겠어. 그래, 싫증이 난 거야, 싫어졌어. 게다가 도산의 딸인 만큼 안심이 되지 않아."

도키치로는 그 한마디 한마디를 음미하듯이 듣고 있었으나 데와는 여전히 멍하니 입을 벌린 채 겨우 의미만 파악하고 있었다. 정실인 노히메는 아이를 낳지 못하므로 오루이를 데려다 소실로 삼겠다. 그리고 만약 아이를 낳아 사내아이일 때는 적자로 삼겠다는 의미인 것 같다. 그러나 데와로서는 이 점이 불안했다. 아무튼 일족의 중신들이 기회만 있으면 제거하려고 노리는 사람이 노부나가가 아닌가. 그런 노부나가의 아들이 과연 오다 가문의 후계자가 될 수 있을까?

이때 당사자인 오루이가 차를 가지고 들어왔다.

노부나가는 차를 받아 꿀꺽 한 모금 마시고 느닷없이 물었다.

"오루이, 너는 아이를 낳고 싶으냐?"

순간 열일곱 살인 오루이는 용수철 인형처럼 노부나가를 쳐다보고 잠시 입을 다물었다가 반문했다.

"예? 무어라 말씀하셨습니까?"

한창 나이이기 때문일 것이다. 물오른 복숭아처럼 신선하고 건강해 보이는 오루이였다.

"아이를 낳고 싶은가…… 낳을 수 있느냐고 물었어."

"하지만 혼자서는 낳을 수 없습니다."

"그래. 혼자 낳으라는 말은 아니야. 이 노부나가의 자식을 낳을 수 있느냐고 물은 거야."

"주군의 아이를?"

이렇게 말하고 오루이는 비로소 그 의미를 깨달은 듯 얼굴이 빨갛게 상기되었다.

"어때, 낳을 생각이 있나?"

"예, 주군의 아이라면……"

"좋아. 데와, 들은 그대로야. 오루이를 내일 성으로 데려오도록.

그럼 돌아가자, 원숭이야."

이것은 싸움터에서의 전술 그대로인 질풍노도와도 같은 기행奇行
이었다.

"이번에는 여기야. 잘 보아두거라."

이코마 데와의 집을 나오자 이번에는 스가須賀의 초입 가까이 있
는 요시다 나이키吉田內記의 집 앞에서 걸음을 멈추고 도키치로를
돌아보았다.

멀리서 보일 듯 말 듯하게 모리 신스케가 따라오고 있었으나 집 근
처에는 접근하지 않았다.

"이봐 원숭이, 이 집에서 나오거든 너는 사라지는 거야. 그리고 이
노부나가가 네게 무엇을 하고 오라고 했는지 잘 생각해보고 미노, 스
루가, 미카와 일대를 한 바퀴 돌고 오는 거야. 네 행동을 잘 지켜보고
마음에 들면 정말로 조리토리로 쓰겠다."

"고맙습니다."

도키치로가 대답했다.

"그럼, 다시 한 번 희극을 구경하겠습니다."

"뭣이, 희극?"

"아닙니다. 그러니까 인생의 진실, 진실한 인생의 모습 말입니다."

"얼빠진 녀석. 똑똑히 보지 못하면 네 목은 없어."

"예, 목 따위는 문제가 아닙니다. 이 정도의 구경을 하고도 아무것
도 느끼지 못한다면 태어날 때부터 해골이나 다름없죠."

"자, 들어가자."

노부나가는 성큼성큼 문 안으로 들어가, 여기서도 현관을 곁눈으
로 바라보며 정원에서 소리 질렀다.

"나이키, 나이키, 차는 필요 없어."

벌써 긴 여름 해도 기울기 시작했고 정원의 나무에서는 쓰르라미가 울어댔다.

"오늘은 오랜만에 사냥을 나왔어. 차는 필요 없지만 이 집 우물물이 맛있더군. 딸한테 우물물을 한 그릇 떠오라고 하게."

요시다 나이키는 이미 마흔대여섯 살. 살찐 몸으로 굴러가듯 마루로 나왔다.

"나나, 나나. 주군이 오셨어. 우물에 가서 시원한 냉수를 한 그릇 떠다 올려라."

나이키는 안을 향해 큰 소리로 말하고,

"그런 차림으로 무엇을 사냥하러 나오셨습니까?"
하고 허리를 구부리며 고개를 갸웃했다.

"오늘은 말이지, 오늘은 여자 사냥이야."

"여자 사냥이라면 강이나 그 부근에서?"

"나이키, 어찌 강에 여자가 있겠어. 있다고 해도 사공이나 어부의 아내 정도일 텐데."

"예?"

"나이키, 그대가 자랑하는 딸, 나나는 올해 몇 살인가?"

"나나 말씀입니까? 열여섯입니다."

"그대와는 달리 미인이라고 하던데 여기는 어떤가?"

"머리…… 말씀이군요. 머리카락이라면 검은 머리가 치렁치렁합니다마는."

"왓핫핫하. 이 바보 같은 노인아, 머리카락이 아니라 안에 든 것 말이야. 마음씨나 성격 말일세."

"성격? 제 입으로 말씀드리면 자랑이 됩니다."

"바로 그게 자랑이야. 실은 말이지, 나이키."

"예."

"나는 나나를 사냥하러 왔어."

"나나를 사냥…… 농담을 하시는군요. 주군은 여자를 싫어하시지 않습니까?"

"그런데 요즘엔 달라졌어. 좋아하게 되자 큰일이더군. 밤낮없이 여자를 찾게 되는 거야. 오노가 자식을 낳지 못해서 싫어졌는데, 계속 다른 여자를 찾게 되니 앞으로가 걱정이야."

"또 그런 농담을……"

아무래도 요시다 나이키는 노부나가의 말이 곧이 들리지 않는 듯했다. 이때 시원한 물을 질주전자에 담고 찻잔을 곁들인 쟁반을 들고 나나가 모습을 나타냈다.

"나나!"

"예…… 예."

"과연 아름다워졌어. 오와리에서도 첫째나 둘째는 되겠어."

나나는 당황하며 쟁반을 놓고 아버지와 노부나가의 얼굴을 번갈아 바라보았다.

이코마의 딸인 오루이가 물오르기 시작한 복숭아라면, 나나는 5월의 물가에서 웃음을 띠고 피어나기를 기다리는 흰 창포꽃을 연상시켰다.

"자, 물을 마실 테니 따르도록."

"예. 드십시오, 여기 있습니다."

"손도 희고 예쁘군. 좋아, 내일 아버지와 함께 성에 들어오너라."

"예."

대답하고 나서,

"성에 무슨 일이 있습니까?"

"아. 있지. 그대는 내일부터 내 소실이야. 소실이 되어 아이를 낳는 거야. 아이는 좋아하겠지?"

"예, 아주 좋아합니다."

"이 노부나가는 어떤가? 내가 싫지는 않겠지?"

이 말을 듣고 요시다 나이키는 숨을 죽였다.

아버지의 눈에는 아직 어린아이로만 보이는 나나. 그러나 어느 세상에서도 어린아이는 부모가 생각하는 것보다 훨씬 더 일찍 성장하기 마련이다.

나나 역시 잠시 동안 머뭇머뭇거리다 이윽고 목덜미에서 귓불까지 빨갛게 물들이면서 가만히 고개를 떨구었다.

"아닙니다…… 아닙니다…… 저어, 싫지는."

"싫지는 않다는 말이지?"

이번에는 대답 대신 고개를 끄덕였다.

"그럼, 결정됐어. 나이키, 내일이야. 돌아가자, 원숭이야. 따라오너라."

요시다 나이키는 아연해져 배웅하는 것조차 잊고 있었다.

그런데 노부나가의 소실 모으기는 이것으로 끝난 것이 아니었다. 요시다 나이키의 집을 나서자 노부나가는 더 이상 도키치로 따위는 거들떠보지도 않고 얼른 성으로 돌아가, 가슴을 죄며 맞이하는 노히메에게 태연하게 말했다.

"오노, 두 사람은 찾았는데 아직 한 사람이 부족해. 그대의 시녀인 미유키深雪를 이리 불러."

미유키는 약 2년 전에 노히메가 그 성격이 마음에 들어 고용한 여자로 올해 열아홉이며, 시녀들 중에서 가장 아름다웠다.

"나머지 한 사람은 미유키로 하겠어. 미유키를 불러 나를 좋아하는지 싫어하는지 그대가 물어보도록 해. 싫다는 사람을 억지로 소실로 삼을 수는 없으니까."

이번에야말로 노히메의 고운 눈썹이 무섭게 곤두섰다.

# 아내의 반격

아내로서는 남편이 자기 이외의 여자를 사랑한다는 것은, 그 시대의 관습이 어떠하건 결코 유쾌한 일이 아니다.

한 남자를 둘러싼 여자들의 검은 머리카락은 질투심 때문에 한 올한 올 뱀으로 변해 서로 물고 늘어진다고 한다.

그러나 노히메는 이 불쾌감을 억척스런 기질로 꾹 누를 생각이었다. 노부나가가 소실을 두는 데 이의가 없다고 대답한 것도 남달리강한 기질을 가졌기 때문이지만, 마음속으로는 과연 자신이 소실들과 함께 지낼 수 있을지 없을지 고민하고 있었던 것이다.

이럴 때 노부나가가 서둘러 돌아와, 두 사람은 밖에서 찾았으나 나머지 한 사람은 노히메의 시녀인 미유키를 점찍었다고 한다.

어제까지 성의를 다해 자기를 섬기던 시녀를 내일부터는 질투심을가지고 적으로 삼는다…… 그런 치욕을 감수하느니 차라리 이 성에서 깨끗이 떠나는 편이 좋았다.

"주군!"

노히메는 분노를 감추지 못했다.

"저도 살아 있는 여자. 제 입으로 미유키한테 그런 말을 할 수는 없어요. 거절하겠어요."

그리고 이 단호한 거절이 어떤 반응을 일으킬지 궁금해 하며 똑바로 노부나가를 노려보았다.

순간 노부나가는 뜻하지 않은 일로 어머니에게 꾸중받은 어린아이처럼 흠칫했다.

"그거 묘한 말을 하는군."

"묘한 말이라고요? 미유키는 이 오노의 시녀. 저를 위해서는 목숨도 아끼지 않겠다며 정성을 다하는 처녀예요."

노부나가는 다시 의아스럽다는 듯 고개를 갸웃거렸다.

"그럼, 그대의 입으로 미유키에게 말하기 싫다는 말인가?"

"거절하겠어요."

"그렇다면 도리가 없군. 내가 직접 만나겠어. 이봐 가가미노, 미유키를 이리 불러라."

"주군!"

"왜 그러나, 오노?"

"주군이 제 앞에서 그런 말을 한다면 미유키가 받아들일 줄 아시나요?"

"염려할 것 없어. 좋은지 싫은지를 물어보려는 것뿐이니까. 가가미노, 어서 불러오너라."

"아니, 안 됩니다. 그렇게 되면 미유키는 죽어버릴 것입니다."

"죽지 않아. 그대가 묵인한다기에 소실로 삼는다고 말하면 죽을리가 없어."

"주군!"

마침내 노히메는 분노를 터뜨렸다.

"제가 묵인하겠다고 한 사람은 성 밖에 있는 여자예요. 주군은 어째서 제가 싫어하는 일을 하려고 하십니까. 어째서 그렇게 저를 괴롭히려 하십니까. 미유키는 주군이 생각하시는 것처럼 그렇게 가벼운 여자가 아닙니다. 저와 주군 쌍방에 의리를 지켜 어느 쪽도 따르지 않고 자결할 것이 분명합니다. 그런 여자를 원하신다면 어째서 밖에서 한 사람을 더 택하지 않습니까. 이렇게 말씀드리는데도 듣지 않고 군이 미유키를 원하신다면 그 전에…… 이 오노를 죽이십시오. 이혼을 당해도 갈 곳이 없는 몸, 단숨에 베어버리고 나서 주군 마음대로 하십시오."

노히메가 창백해져서 대들자 노부나가는 무릎을 탁 치고 내뱉었다.

"훌륭해! 정말 훌륭해."

이번에는 노히메가 어리둥절했다.

노히메가 무섭게 감정을 폭발시키고 있는데도 노부나가는 무슨 생각을 하는지 반응을 보이지 않는다. 하지만 그 자리에 함께 있던 시동이나 가가미노를 비롯한 시녀들의 눈에는 그렇게 비치지 않았다.

노부나가의 강력한 기질과 노히메의 억척스런 성격. 이 양쪽 모두를 알고 있는 자에게 방금 이들이 보여준 모습은 바로 칼과 칼로 격투를 벌이는 장면 같았다.

"아니, 정말 훌륭한 말을 했어. 좋아, 이렇게 된 이상 나도 뒤로 물러설 수 없어. 이봐, 너희들은 물러가 있거라."

노부나가는 다시 엄한 소리로 모두에게 말한 뒤 시동들이 서로 얼굴을 마주 보며 물러가자,

"오노, 잘했어. 과연 그대다워. 훌륭했어!"

하고는 전에 보던 악동과 같은 얼굴로 돌아가 어리둥절해 있는 노히메에게 싱글벙글 웃어 보이는 게 아닌가.

# 책략 삼매三昧

　"이렇게 하지 않으면 일이 풀리지 않아. 나는 말이지, 먼저 이코마 데와를 찾아가 여동생인 오루이를 달라고 했어. 알고 있을 테지만, 이코마 데와는 아직도 나와 노부유키 사이에 의리를 지키며 어느 편에 설지 마음을 못 정하고 고민하는 사나이야. 그러므로 오루이를 데려와 데와가 태도를 분명히 밝히도록 하겠어."

　노히메는 잠자코 노부나가를 바라볼 뿐이었다.

　자기가 그토록 화를 냈는데도 노부나가는 대관절 그 분노를 어떻게 해석하는 것일까.

　"다음에는 요시다 나이키의 딸 나나였어. 나나는 나이키가 몹시 자랑하는 딸인데, 사람들을 만날 때마다 좋은 혼처가 있으면 주선해 달라고 하면서도 막상 제의가 들어오면 아직 이르다며 거절하곤 해서 소문이 자자해진 처녀야. 하야시 사도도 나이키의 수법에 놀아났고, 시바타 곤로쿠도 사쿠마의 아들을 중신하려다 거절당했어."

"……"

"그런 만큼 나나를 소실로 맞아들이면 즉시 스에모리 성에 알려질 거야."

노부나가는 이렇게 말하고 자못 즐겁다는 듯이 실눈을 뜨고 웃었다.

"하하하…… 이번 일은 이마가와 요시모토가 상경 작전을 시작하기 전에 우리 가문 내부의 분쟁을 정리하려는 목적. 그러기 위해서는 첫째로, 어떻게 해서라도 내가 여자에 미친 것처럼 보이지 않으면 안돼. 알겠나, 오노?"

그래도 노히메는 대답하지 않았다.

역시 여자로서 남편이 다른 여자에 대해 이야기하는 것은 참을 수가 없었다.

"이것으로 노부나가가 여자에 미쳤다는 소문은 스에모리까지 퍼질 거야. 그러면 노부유키를 둘러싼 멍청이들이 제대로 의견을 말할지, 아니면 노부유키를 부추겨 반기를 들게 할지…… 아니, 그 멍청이들은 틀림없이 지금이야말로 궐기하여 노부나가를 칠 때라고 주장할 거야. 그리고 이때에는 반드시 미노에 연락하여 꺽다리 요시타쓰에게 도움을 청할 것이 뻔해. 그런데 문제는 과연 노부유키가 그 멍청이들의 선동에 놀아나 궐기할 것인가 하는 거야. 내 동생이기는 하나 노부유키는 지금까지는 어린아이였어. 그러나 이제는 스무 살이 넘었기 때문에 분별력이 생겼을 거야. 지금 형제가 싸우면 오다 가문이 망한다는 사실을 깨닫고 노부유키가 직접 나를 찾아와 여자 문제에 대해 의견을 말할 것이 확실해. 다시 말해서 주위 사람들의 의견을 누르고 내게 충고를 하러 오느냐, 아니면 주위 사람들에게 떠받들려 반기를 들 것이냐 하는 거지. 반기를 든다면 도리가 없어. 동생이라도 눈을 질끈 감고 죽일 수밖에. 그렇게 해서 가문을 단속하지 않으면 점점 더 이마가와의 밥이 될 뿐이야."

"어머, 그렇다면 그 때문에……"

노히메는 말하다 말고 흠칫했다. 역시 미노의 살무사 딸은 전략 이야기가 나오면 자기 자신도 잊게 되는 것일까.

"하하하…… 그 때문이었지. 하지만 그러기 위해서는 두 사람으로는 부족해. 그렇다고 나머지 한 사람을 가신의 딸 중에서 택한다면 효과가 적어. 따라서 미유키가 가장 적당하다는 생각을 굳히고 돌아온 거야."

"……"

"그런데 오노는 이 점을 정확히 간파했어. 훌륭해! 이혼한다 해도 갈 데가 없으므로 깨끗이 죽여달라고 하다니 정말 마음에 드는 말이었어. 시동과 시녀들이 들었으므로 당장 크게 소문이 날 거야. 소문이 나면 천금의 가치가 있어, 오노. 미노의 요시타쓰가 듣는다면, 노부나가 녀석은 살무사가 죽었기 때문에 오노를 멀리하고 큰 멍청이의 꼬리를 드러냈다며 방심할 테지. 노부유키를 둘러싼 바보 녀석들도 노부나가가 오노와 크게 다투고 오노의 시녀를 소실로 삼았다, 기요스 성은 내전까지 박살이 났다고 판단하여 반의를 더욱 노골적으로 드러낼 것이 분명해. 노부유키도 충고를 하러 오건 반기를 들건 처신하기가 수월할 거야. 오노, 조금 전의 그 분노는 정말 훌륭했어…… 자, 그럼 미유키를 불러와. 그리고 직접 그대의 입으로 내 소실이 되라고 잘 타이르도록 해."

노히메는 앗, 하고 마음속으로 당황했다.

이것은 노부나가의 착각도 변명도 아니었다. 일부러 교묘하게 말을 돌려 꼼짝도 못하게 만드는 공격법이었던 것이다.

과연 여자의 감정이라는 면을 제외한다면, 그야말로 노부나가가 착안할 만한 빈틈없는 전략적 이론이었다.

이마가와 요시모토가 상경 준비를 하기 시작했다면 노부나가도 지금부터 이에 대항할 준비를 하지 않으면 시기를 놓치게 된다.

그 준비의 첫 단계는 지금 노부나가를 반대하는 세력을 오와리에서 일소하는 일이다.

그러기 위해서는 스에모리 성에 있는 노부유키 일파의 움직임을 주시하고 결단을 내리는 것밖에는 다른 길이 없다.

성인이 된 노부유키에게 형제가 힘을 합쳐 대세를 올바로 내다볼 수 있을 만한 기량이 갖추어져 있는지를 시험하는 수단으로 여자에게 빠졌다는 소문을 내는 것은 결코 잘못된 방법이 아니다.

그리고 미노의 사이토 요시타쓰는 노부나가가 노히메를 멀리하여 내전에 분란이 일어난 것을 알기만 해도 안심하고 마음의 긴장을 늦출 것이고, 큰 멍청이가 여자에게 미쳤다는 소문을 들으면 노부나가의 가장 큰 적인 이마가와 요시모토 또한 틀림없이 노부나가의 실력을 얕볼 것이다.

'분명히 노부나가의 이야기는 조리에 맞는다.'

그러나 이렇게 되면 여자인 노히메의 자존심은 어떻게 된다는 말인가.

그토록 심한 분노를 '훌륭했다'는 능청스러운 말로 눙치다니, 그런데도 쉽게 노부나가의 의사를 받아들여야 할까?

이 상황은 노히메가 처음 생각했던 것보다도 훨씬 더 심각한 남녀 간의 결투였다.

노히메는 다시 한참 동안 무서운 눈으로 노부나가를 노려보았다. 그러나 노부나가는 여전히 능청스러운 표정이었다.

"오노, 어서 불러와. 빨리 불러서 그대의 입으로 말하지 않으면 미유키는 자결할지도 모르는 여자야."

아까 노히메가 한 말을 그대로 무기 삼아 무섭게 몰아쳤다.

# 남녀의 비밀

노히메는 울고만 싶었다.

그러나 여기서 드러내놓고 울 정도로 약하게 태어난 여자는 아니
다.

아니, 만약 여기서 이성을 잃고 울고불고하며 이기려드는 여자였
다면 노부나가는 처음부터 노히메와는 아무런 상의도 하지 않았을
것이 분명하다.

'살무사의 딸답지 않게 이게 무어란 말인가. 오노는 그렇게도 분
별이 없는 여자였다는 말인가.'

이렇게 여겨진다면 내일부터 함께 성에서 지내게 될 오루이나 나
나 밑에서 문자 그대로 평생을 울면서 지낼 것이다.

"주군……"

과연 노히메는 강했다.

노부나가에게서 시선을 떼지 않고 찌를 듯이 계속 노려보았으나,

어느 틈에 입가에는 칼날 같은 미소를 띠기 시작했다.

"주군 말씀에는 아직 중요한 것 한 가지가 부족해요. 그래서 미유키를 불러올 수 없어요."

"뭐, 중요한 것 한 가지가 부족하다니?"

노히메는 싸늘하게 웃으며 고개를 끄덕였다.

"주군은 데와 님의 태도를 결정짓게 하기 위해 이코마 데와 님의 여동생을 데려온다고 하셨어요."

"물론 그랬지. 그것이 어떻다는 말인가?"

"주군은 요시다 나이키 님의 딸을 스에모리 성에 데려오는 이유가 여자에게 미쳤다는 소문을 퍼뜨리기 위해서라고 하셨어요."

"그래. 하지만 둘만으로도 아직 부족하여 미유키가 필요하다고……"

"제 말을 끝까지 들어보세요."

노히메는 더욱 단호하게 상대의 말을 가로막았다.

"주군은……"

하며 다시 노래 부르듯이,

"미노 진영을 방심시키고 내전이 문란해진 것처럼 믿게 하기 위해서라며 미유키를 달라고 하셨어요."

"분명히 그렇게 말했어. 거짓말이 아니야, 오노."

"단지 그런 이유라면 저는 주군의 아내로서 미유키뿐만 아니라 오루이도 나나도 모두 성에 들여놓지 않겠어요."

"무, 무…… 무슨 소리를 하는 거야. 그렇다면 이 노부나가의 생각이 잘못되었단 말인가?"

"그래요. 단지 전략만을 위해서라면 앞으로 주군도 여자들도 가엾어질 게 분명하니 저는 동의할 수 없어요."

이번에는 노부나가의 말문이 막혔다.

"으음."

하며 크게 한숨을 쉬었다.

"과연 그대는 무서운 여자야."

"호호호…… 그걸 이제야 아셨나요? 무서운 여자가 아니라 주군에게 꼭 필요한 아내라 자부하고 있어요."

"사실이야. 더할 나위 없는 아내야."

"아시겠다면 다시 한 번 여쭙겠어요. 무엇 때문에 제일 먼저 이코마 데와 님의 여동생을 점찍었지요?"

"오노!"

노부나가는 약간 얼굴을 붉혔다.

"그녀는 내실의 질서를 어지럽히지 않고 그대를 잘 받들 여자야."

"그럼, 요시다 나이키의 딸은?"

"원 이런, 여간 엄격한 게 아니군. 나나를 데려오려는 것은 훌륭한 자식을 원하기 때문이야."

"미유키는?"

노히메는 숨 쉴 틈도 없이 말을 이어갔다.

"납득이 간다면 곧 이 자리에 부르겠어요. 제가 데리고 있는 미유키를 점찍은 이유가 무엇입니까?"

"미유키를 점찍은 이유는……"

노부나가가 당황하여 노히메의 말을 되받은 동시에 노히메는 옥이 굴러가듯이 웃으며 손을 들어 제지했다.

"이제 됐어요. 호호호, 부르겠어요. 납득했으니 부르겠어요. 이것 보세요, 주군. 비록 어떤 계기로 소실을 들여온다 해도 남녀 간에는 반드시 정이라는 게 있기 마련이에요. 마음에 드시기에 소실로 삼으려 하면서 저더러 설득하라고 하시니 주군답지 않은 거짓말을 하시는군요. 자, 불러올 테니 남자답게 주군이 직접 생각하는 그대로 고하십시오."

이번에는 노부나가가 완전히 수세에 몰렸다. 아니, 진정한 승부는 그 뒤에 나겠지만 어쨌든 노히메는 멋지게 거짓말을 꼬집어 남편에게 들이댔던 것이다.

이처럼 정확하게 되받아치면 어떤 남편이라도 아내의 자리를 무시할 수 없게 된다.

노히메는 조용히 문갑 위에 있는 방울을 흔들었다.

"가가미노, 미유키를 불러오도록."

잠시 후 열아홉 살의 미유키가 아무것도 모르고 들어왔다.

"주군이 네게 중요한 말씀을 하시겠다고 하는구나. 나도 여기서 듣고 있을 테니 네 생각을 그대로 말씀드려라."

조용히 말하고 나서 노부나가를 돌아보았다.

"주군, 어서 미유키에게 하실 말씀을……"

# 노부나가의 설득

노부나가도 그만 이때만은 목덜미까지 빨개졌다.

아니, 노부나가이기에 참고 이 자리에 있었다고 해도 좋다.

지금은 이코마 데와나 요시다 나이키를 여지없이 압도해 나가던 조금 전과는 전혀 사정이 달랐다.

그러나저러나 노히메는 짓궂기 짝이 없다. 아내 앞에서 다른 여자를 설득하라니……

더구나 이날 미유키는 눈이 번쩍 뜨일 만큼 화사했다.

봄부터 신록의 계절에 이르기까지 젊은 여자의 살갗에서는 청춘의 향기가 무한히 뿜어져 나온다.

모든 것이 전략이라고는 하지만 그것만이 아닌, 또 한 가지 인간으로서의 이기주의를 신랄하게 지적당한 노부나가였다. 그 노부나가에게 미유키의 매력이 가차없이 발산되었다.

오루이가 마음껏 햇빛을 받고 자란 솜털이 빛나는 복숭아라면 나

164

나는 막 피기 시작한 흰 붓꽃, 여기에 비해 미유키는 이미 꽃가루 향기를 뿜어내는 모란의 큰 꽃송이에 비유해도 좋을 한창 나이의 처녀였다.

평소의 노부나가였다면,

"미유키, 나는 네게 반했다."

하고 단 한마디로 자기 감정을 표현했을 테지만 오늘은 왠지 상대에게 통할 것 같지 않았다.

아무튼 오루이와 나나 두 사람을 이미 설득한 후였다. 따라서 세 번째로 반했다고 하면 웃기는 일이었고, 그렇다고 여기서 이마가와 요시모토나 사이토 요시타쓰의 이름을 들먹일 수도 없었다.

아니, 그것보다도 여전히 짓궂은 미소를 띠고 옆에 앉아 있는 노히메가 여간 거북스럽지 않았다.

'내가 노히메를 너무 만만하게 보았구나.'

싸움터였다면 결국 적에게 겹겹이 포위되어 무슨 일이 있어도 혈로를 열지 않으면 전사할 수밖에 없는 궁지에 빠진 꼴이었다.

"저어, 무슨 일인지는 모르나 분부해주십시오."

아무것도 모르는 미유키는 촉촉하게 젖은 듯한 눈을 들고 노부나가에게 재촉했다.

"응, 미유키……"

노부나가는 미유키의 시선을 피했다.

"너는…… 너는 몇 살이지?"

"예, 열아홉입니다."

"으음, 열아홉 살…… 그래, 열아홉 살이라고 했었어."

"예, 열아홉이에요."

옆에서 노히메가 호호호, 하고 웃었다.

"미유키, 무엇이든 정직하게 말하거라."

"예…… 예."

"미유키!"

드디어 노부나가는 노부나가답게 소리쳤다. 더 이상 머뭇거리고만 있을 수 없어 몸을 내던지기로 결의를 굳혔음에 틀림없다.

"너는 이 노부나가 곁에 평생토록 있고 싶겠지? 아니, 분명 있고 싶을 거야."

"예, 곁에 두신다면 감사하겠습니다."

"그럴 것이다. 나는 그러기를 원한다. 알겠느냐?"

"알겠습니다."

미유키는 얌전하게 고개를 숙이고 말했다.

"미거하나마 마님 곁에서 평생을 지내고 싶다는 말씀을 자주 마님께 드렸습니다."

노히메는 다시 호호호 웃었고, 노부나가는 눈을 크게 부릅떴다.

"아직 모르고 있어."

"예?"

"내 말뜻은 오노 곁을 말하는 게 아니야."

"그러시면 이 미유키에게 무슨 잘못이라도?"

"잘못이 아니야. 말을 못 알아듣는군. 나는 네가 밉지 않다고 했어."

"밉지 않다고?"

"그래, 너도 나와 마찬가지일 거야."

"그야 물론 제가 소중히 모시는 마님의……"

"오노 이야기는 하지 마라, 바보 같은 것."

"예…… 예."

상대가 전혀 생각지도 못한 이야기는 일단 어긋나기 시작하면 이처럼 통하기가 어려운 것일까?

노부나가의 목청이 높아지자 미유키는 두 손을 짚은 채 눈물을 흘리며 고개를 숙였다.

"제가 미거하여 주군의 심기를 불편하게 해드렸음이 분명합니다. 앞으로 반드시 주의할 것이오니 용서해주십시오."

"에잇, 답답하기 짝이 없는 여자로군!"

노부나가는 몸을 비틀면서 말했으나 분명히 가슴에 찔리는 것이 있었다.

'나는 미유키의 이런 면이 마음에 드는 모양이다.'

한 가지를 말해도 열 가지를 알아듣는 노히메의 현명함에 비해 미유키는 얼마나 말귀가 어두운, 그러나 순종적인 여자란 말인가.

어쩌면 노부나가의 이기주의가 미유키의 품안에서 아무것도 생각하지 않고 멍하니 있는 한때를 바라고 있는지도 모른다.

"미유키."

"예…… 예."

"너는 어쩌면 이다지도 눈치가 없느냐?"

"황송하옵니다."

"너처럼 말이 통하지 않는 여자는…… 너는 어쩌면 그렇게도 어리석으냐?"

"용서해주십시오. 앞으로……"

"꾸짖는 게 아니야."

"예…… 예."

"너는 어리석기는 하나 어깨의 응어리를 풀어줄 여자야."

"그러시면, 어깨를 주물러……"

"오노……"

드디어 노부나가는 더 이상 참지 못하고 다시 노히메에게 시선을 돌렸다.

"어떻게 안 되겠나?"

이번에는 노히메도 정말 우습다는 듯이 웃기 시작했다.

"호호호, 저는 모르겠어요. 저는 모르지만…… 이것 봐 미유키."

"예."

"주군은 네가 좋다고 말씀하신다. 이번에 너를 소실로 삼겠다고 하시는 거야. 나는 아기를 낳지 못하니까 잘 생각해보도록 해."

노히메는 이렇게 말하면서 왠지 모르게 자기 목소리가 평소와 달라 안타까웠다.

이렇게 섬세한 여심女心의 애처로움이 과연 노부나가에게 통할 것인가.

'통하지 않는 주군이기에 내가 좋아하는지도 모른다.'

노히메가 문득 눈물지으려 할 때 당사자인 노부나가는 몸을 앞으로 내밀고,

"그래, 오노의 말 그대로야."

하고 만족한 듯이 고개를 끄덕였다.

# 모반의 비극

노부나가가 한꺼번에 소실 세 명을 성에 들여놓았다는 소문은 삽시간에 가문 전체에 퍼졌다.

"대관절 무엇을 생각하고 계실까?"

"그분이 하시는 일이니 틀림없이 어떤 깊은 생각이 있을 거야."

노부나가를 두둔하는 쪽은 어쨌거나 좋은 방향으로 해석하려 했으나, 반대파나 중간파들은 차마 들을 수 없는 혹평을 늘어놓았다.

"역시 미노의 살무사가 죽은 뒤 무서운 자가 없어졌기 때문에 난잡스런 행동을 하는 거야."

"돌아가신 주군의 장례 때 위패에 향을 던지기까지 한 사람이니 원, 하는 일마다 모두 극단에서 극단으로 흐르고 있어. 히라테 마사히데 님도 그런 기질을 간파했기 때문에 자결했다는 것이 지금은 이해가 된다니까."

"그래, 정말이야. 요즘에는 그 똑똑한 마님조차도 거의 말을 않는

다더군."

"그럴 수밖에 없겠지. 마님이 자식을 낳지 못하기 때문에 우선 여자를 들인 거라면 또 모르지만 한 번에 세 여자라니 인간을 닭으로 착각하는 모양이야."

이런 소문이 차차 상하 모두에게 퍼지기 시작한 6월 중순의 어느 날이었다.

스에모리 성의 모든 장지문을 떼어놓아 앞뒤 정원이 훤히 내다보이는 큰 방의 중앙에 성주인 노부유키를 중심으로 하야시 사도노카미 미치카쓰, 시바타 곤로쿠 가쓰이에를 위시하여 사쿠마 우에몬, 사쿠마 다이가쿠와 가도다 신고로角田新五郎, 삿사 구란도佐佐藏人 등이 한 장의 지도 위에 이마를 맞대고 밀담을 나누고 있었다.

장지문을 완전히 떼고 개방해놓은 만큼 여기 모인 사람들의 면면을 알 수 있었으나 이야기의 내용은 누구에게도 들리지 않았다. 그 자리에서 물러난 시동들의 이야기로는 올해에 홍수가 많아 모내기를 제대로 하지 못했기 때문에 가을에 수확이 감소할 거라 예상하고 대책을 강구는 중이라고 했다.

아닌 게 아니라 이들이 펼쳐놓은 것은 오와리 일대의 경작지 지도로, 이 가운데도 노부유키 소유의 영지만 붉은 색으로 표시하여 다른 곳과 구별되었다.

"미마사카 님이 늦는군. 설마 기요스의 노부나가 님과 분쟁을 일으킨 것은 아니겠지?"

고개를 갸웃거리며 이야기한 사람은 사쿠마 다이가쿠이고,

"웬걸, 그 미마사카 님이 캥캥 말 따위를 상대할 리 없지."

하며 코웃음을 친 자는 삿사 구란도였다.

두 사람이 미마사카 님이라고 부른 사람은 하야시 사도의 동생 미

마사카노카미 미치토모通具로, 이들 가운데 삿사 구란도와 함께 가장 책략을 좋아하는 사나이였다.

"아무튼 미마사카 님이 돌아오시면 그 보고를 바탕으로 오늘 결정을 내립시다. 하루를 연기하면 일이 누설될 수도 있어요."

사쿠마 우에몬이 이렇게 말하자 하야시 사도가 가볍게 웃었다.

"누설되고 말고 할 것도 없소. 이미 다 알고 있으니까."

"무엇을 알고 있다는 거요?"

"기회만 있으면 우리가 기요스에 모반할 거라는 것 말이오."

"으음."

"이미 모든 일이 다 누설되었다고 보는 것이 좋을 거요. 시바타, 세상에서는 이렇게들 말하고 있소. 하야시 사도와 시바타 곤로쿠가 노부나가가 죽은 뒤 영지를 어떻게 분배하느냐로 의견이 맞지 않아 이 때문에 모반이 늦어진다고."

"그렇소."

곤로쿠도 불손하게 고개를 끄덕였다.

"그리고 또 하나, 하야시 사도는 나고야 성을 차지했기 때문에 주군을 죽였다는 악명을 듣고 싶어 하지 않는다. 그래서 이런저런 핑계로 거사를 연기하고 있다고 말이오."

"두 분 모두 삼가시오. 주군 앞이란 사실을 잊었소?"

이들을 나무란 사람은 노부유키가 총애하는 삿사 구란도였다.

"두 분이 그렇게 말씀하시면 애써 고생하여 기요스 성을 제압한다 해도 그 영지는 두 분이 분배하여 차지하고…… 나머지 사람들이 헛수고만 했다고 생각하게 된다면 큰 손해요."

하야시 사도는 호호호 웃고 고개를 끄덕였으며, 시바타 곤로쿠는 불쾌하다는 듯 외면했다.

아무래도 앞서 노부나가가 취한 책략, 즉 하야시 사도노카미 미치카쓰에게 나고야 성을 준 일이 곤로쿠와 하야시 사도 사이에 어떤 종류의 반목을 일으키게 만든 모양이다.

성주인 노부유키는 두 사람이 다투는 소리를 못 들은 체하고 조용히 정원만 바라보고 있다.

이때 멀리 복도 끝에서 노부나가의 근시가 말했다.

"말씀드립니다."

"무슨 일이냐?"

노부유키 대신 삿사 구란도가 소리쳤다.

"하야시 미마사카노카미 미치토모 님이 금방 말을 달려 돌아오셨습니다."

"알았다. 이리 모셔라."

"예."

이 말이 채 끝나기도 전에 복도를 지나 미끄러지듯 다가오는 미마사카의 모습이 보였다.

"오, 미마사카 님, 기다렸소이다. 기요스의 주군을 만나셨습니까?"

가도다 신고로가 말을 걸었으나 미마사카는 그에게 흘끗 시선을 던질 뿐 곧바로 노부유키 앞에 가서 털썩 앉았다.

형인 사도에게는 그런대로 중후하고 소박한 면이 있었으나, 동생인 미마사카는 자못 지혜로운 자답게 어디까지나 교활한 재주꾼 같은 느낌을 주었다.

"스에모리 성주님!"

미마사카는 앉자마자 다른 사람은 거들떠보지도 않고 노부유키에게 말했다.

"드디어 궐기할 때가 왔습니다."

"그럼, 형이 내 충고를 받아들이지 않더라는 말인가?"

"그럴 계제가 아닙니다. 제 얼굴을 보자마자 이렇게 말씀하시더군요. 미마사카, 여자란 참 좋은 거야. 지금까지는 제대로 맛도 보지 않았지만 매화, 복숭아, 벚꽃 등 각각 그 맛이 다르단 말이야……"

"형이 그런 말을?"

"아니, 이 정도는 아직 첫인사에 지나지 않습니다. 뒤이어 제게 그대도 속히 소실을 두서넛 두도록 하라, 그러나 여자를 데리고 노는 것은 의외로 피로가 따르기 마련이니 무언가 정력을 돋우는 약을 찾아오라고 명했습니다."

"으음, 정력을 돋우는 약을 말이지……"

"예. 아무튼 얼마 동안은 여자 맛이나 보면서 자식 만드는 일에 전념해야겠다, 가문 내부의 일은 형인 사도에게 철저히 처리하도록 잘 전하라고 말씀하신 뒤 제게 내기를 하자고 했습니다."

"하하하."

별안간 삿사 구란도가 엄청나게 큰 소리로 웃기 시작했다.

"과연 캥캥 말답군. 자식 만드는 일에 전념한다는 말이지. 핫핫핫하, 전에는 긴 창과 철포에 열중하더니 이제는 자식 만들기라니…… 그리고 주연에도 전념하는 편이 좋겠지. 어차피 얼마 남지 않은 목숨이니까."

"미마사카."

노부유키는 아무래도 신경이 쓰이는 듯했다.

"그 내기란 대체 무엇인가?"

"글쎄 그것이……"

미마사카는 이렇게 말하고 부채로 자기 머리를 툭 치면서 말했다.

"오루이와 나나와 미유키 세 사람 가운데 누가 제일 먼저 아이를 갖는지 알아맞히면 미쓰타다光忠가 만든 유명한 칼을 주겠다고 하신 뒤에 이렇게 덧붙였습니다. 나는 비겁한 짓은 하지 않는다, 비록 그대가 보지 않는다 해도 오루이, 나나, 미유키의 순으로 하루씩 규칙적이고도 공평하게 잠자리를 같이할 것이니 누가 먼저 아이를 가질지 맞춰보라고……"

가도다가 그만 웃음을 터뜨리는 동시에 시바타 곤로쿠가 일동을 나무랐다.

"웃을 일이 아니오. 이렇게 된 이상 이미 주군을 시해함이 어떠니 영지의 분배가 어떠니 하고 있을 때가 아니오. 오다 가문을 위해, 오와리의 평화를 위해 이 시바타 곤로쿠는 사사로운 감정을 버리고 궐기하기로 결심했소."

"그렇다면 부득이 궐기해야겠군요. 영지의 분배 등은 우리 주군이 나중에 결정하실 터이니…… 주군, 들으신 그대로입니다."

삿사 구란도가 지체 없이 맞장구를 치면서 노부유키 쪽으로 돌아앉았다.

"지금까지 협의한 바와 같이, 최근에 스에모리에서는 무사들을 많이 채용했기 때문에 식량 부족을 호소하는 등 어려움을 겪고 있습니다. 따라서 노부나가의 영지 중에서 시노기篠木 지방의 농작물을 이쪽에서 수확하겠습니다. 재가 바랍니다."

아마도 여기 모인 사람들 가운데 곤로쿠와 미마사카, 그리고 구란도 세 사람이 가장 강경한 주전론자인 듯하다.

올해에는 오와리 전체가 흉년이 들어 노부나가도 틀림없이 식량이 부족할 것이다. 이 점을 노렸다가 풍작 지대의 벼가 익을 무렵에 이쪽에서 베어내기 시작하면 노부나가는 분명히 불처럼 노해 달려나올 것이 뻔하다.

이것을 싸움의 계기로 삼아 대번에 노부나가를 제거하고 기요스 성을 손에 넣자는 계획이었다.

"주군, 더 이상 생각할 여지가 없습니다. 시일을 미루다가는 나중에 여색에 빠진 캥캥 말뿐만 아니라 새로 태어날 자식까지 죽여야 합니다. 결단을 내리십시오."

"그럼, 시노기의 벼가 익기를 기다렸다가?"

"예, 8월 20일을 목표로."

"눈물을 머금고 제거하겠다. 가문을 위해, 오와리를 위해."

노부유키가 이렇게 말하자,

"좋아, 이것으로 결정이 났소. 여러분이 들으신 대로요. 8월 20일입니다."

이번에는 미마사카가 이마의 땀을 닦으면서 덧붙였다.

# 한 사람의 의혹

　결국 노부유키는 측근의 음모를 누르고 형제가 협력할 길을 열어
나갈 만한 기량을 가진 인물이 못 되었다.

　그런 의미에서 노부나가의 시험에 보기 좋게 낙제한 꼴이다. 더구
나 이 무렵에는 노부나가 반대파에도 여러 가지 불순한 의도가 섞여
들기 시작하고 있었다.

　아버지인 노부히데 시대에는 모두 순수하게 오다 가문의 장래를
우려하여 노부나가냐 노부유키냐 하는 정도만 생각하였으나, 지금은
하야시 사도와 시바타 곤로쿠의 세력 다툼이 노골적으로 여기에 얽
혀들고 있었다.

　곤로쿠가 노부유키를 도와 오다 가문의 주인으로 앉히려는 생각
이면에는 자기가 집정의 위치에 올라 마음대로 세력을 휘두르려는
의도가 숨어 있다. 게다가 하야시 사도 또한 곤로쿠 따위에게 오와리
를 마음대로 좌지우지하게 내버려둘 수 없다는 우월감과 반발 때문

에 가담했다.

그런데 사도의 동생 미마사카나 노부유키의 측근인 삿사 구란도에 이르면 더욱 속셈이 달라진다.

미마사카는 어떻게 해서든지 형과 곤로쿠가 손을 잡아 일을 벌이게 하여, 노부나가를 치고 나면 곤로쿠의 처리 따위는 아무것도 아니라 여기고 있고, 삿사 구란도 역시 노부나가를 치고 나서 직접 노부유키를 마음대로 조종하여 사도와 곤로쿠를 몰아내고 자기가 실권을 잡으려는 꿈을 꾸고 있다.

가도다 신고로에게는 더더욱 교활한 심보가 엿보인다. 가도다는 지금 모리야마 성주로 있는 노부나가와 노부유키 형제의 동생 기조喜藏에게 딸린 중진이다. 그러므로 우선 노부유키를 옹립하여 노부나가를 치고, 그때 상황을 보아 자신이 직접 모리야마 성 하나를 고스란히 차지할 생각인지도 모른다.

아무튼 노부나가 반대파의 결속은 어느 틈에 온갖 잡귀들이 날뛰는 듯한 양상을 띠기 시작했다.

말할 나위도 없이 이 상황은 노부유키의 통솔력 부족을 여실히 보여주는 것이었다.

협의는 끝났다.

약속 대로 벼 이삭이 여무는 8월 20일을 기하여 노부나가의 영지인 시노기의 세 고을에 무단으로 침입하여 벼를 베는 것을 계기로 군사를 일으키기로 했다.

그러나 여기에 오직 한 사람, 그것이 불순한 행동이라며 이를 인정하지 않으려는 인물이 나타났다.

다름 아닌 사쿠마 다이가쿠佐久間大學다.

다이가쿠와 우에몬 형제는 노부나가 반대파의 결속이 각자가 품은

야심의 결속으로 차차 변해 가는 것을 언짢게 바라보고 있었다.

다이가쿠는 일동이 거사하기로 결정하고 돌아가자 삿사 구란도에게 새삼스럽게 노부유키를 만나게 해달라고 청했다.

"아무래도 나로서는 납득할 수 없는 점이 있소. 여기에 대해 노부유키 님의 본심을 알고자 하니 주선해주시오."

그러나 딴 속셈이 있는 구란도는 이를 거부했다.

"실은 협의가 끝나자 곧 잠자리에 드셨소. 오늘 협의하는 자리에서 거의 입을 열지 않으셨던 것도 감기 때문인데, 약간 열이 높으시오. 다음 기회로 연기해주시오."

다이가쿠는 반신반의했으나 이렇게 말하는 이상 억지로 만나게 해달라고 할 수는 없었다.

"혹시 미심한 점이 있었다면 왜 그 자리에서 묻지 않았소? 나중에 혼자 만난다면 다른 사람들이 불쾌하게 여길 것이 뻔하지 않소."

"으음. 그렇다면 귀하에게 묻겠소. 오늘 협의하는 자리에서 하야시 사도 님과 시바타 곤로쿠 님 사이에 상당히 험악한 공기가 감돈다는 것을 느꼈는데, 노부유키 님은 여기에 대해 특별히 생각하시는 바가 있겠지요?"

"특별한 생각이라니요?"

"그렇게 하면 일부러 주군을 살해하는 등의 비상수단을 사용하여 노부나가 님을 제거한 뒤, 하야시 일파와 시바타 일파가 분쟁을 일으킬 것이고, 이 때문에 가문이 위태로워진다면 세상의 웃음거리가 될 것이오. 만약 쌍방이 양보하지 않고 서로 다툰다면 노부유키 님은 이들을 어떻게 처리하실지를 알기 위해 각오를 여쭤보려는 거요."

사쿠마 다이가쿠가 이렇게 말하자 삿사 구란도는 경박하게 웃어넘겼다.

"너무 소심하시군요. 예부터 용과 호랑이는 더불어 서지 못한다는 말이 있소. 다투게 된다면 다투어도 좋을 때가 아니겠소?"

"그게 무슨 말이오, 다투게 될 때는 다투도록 해야 한다는 말이오?"

"그렇소. 그것으로 충분하오. 비 온 뒤에 땅이 굳어지는 법이오. 그때는 어느 쪽이 충성을 바치는지 저절로 알게 될 테니 충성하는 쪽을 도와 그들을 중용하여 가문의 안녕을 도모한다, 이것은 노부유키 님의 뜻이기도 하므로 그렇게 알도록 하시오."

"그런가요? 예, 잘 알겠소."

다이가쿠는 실망했다.

노부유키는 아직 어리다. 그가 이런 생각을 가졌다면 가문에서 노부유키 이상으로 신망을 받고 있는 하야시 시바타 등 늙은 너구리의 처벌 따위는 바랄 수도 없다.

'이러다가는 일이 성사돼도 나중에 두 사람이 소란을 피우게 된다.'

그렇다면 굳이 노부나가를 쓰러뜨리는 일이 무의미해지지 않을까. 더구나 삿사 구란도가 자기를 노부유키와 만나지 못하게 하는 것도 미심쩍었고, 노부유키가 협의하는 자리에서 거의 의견다운 의견을 말하지 않은 것도 납득이 되지 않았다.

'어쩌면 삿사 구란도가 노부유키에게 압력을 가해 허수아비로 만들고 있는 것은 아닐까?'

그런 생각이 들자 사사건건 지나치게 행동하는 삿사의 모습이 더욱 못마땅해 보였다.

'이대로 있으면 우리 형제가 주군의 가문을 멸망시킨 어리석은 자였다고 후세에까지 웃음거리가 되지 않을까.'

# 은하銀河의 탄식

사쿠마 다이가쿠는 스에모리 성을 나와 일단 자기 집으로 향했던 말 머리를 기요스 쪽으로 휙 돌렸다.

어째서 방향을 돌렸는지 자기도 잘 몰랐다. 단지 하야시 미마사카의 말도 삿사 구란도의 말도 믿지 못하겠다는 생각이 자꾸 들었다. 오랜만에 노부나가를 만나, 과연 미마사카 말대로 노부나가가 난행亂行을 하는지 확인해보고 싶어졌다.

이미 해는 기울고 있었으나 더위가 심해 채찍을 가하고 달리자 말도 사람도 흠뻑 땀에 젖었다. 기요스에 도착했을 때 해는 미노美濃 평야에 빨려 들어가듯이 저물어가고 있었다.

"한동안 문안을 드리지 못했기에 인사드리러 왔으니 말씀을 전해 주시오."

이렇게 말하자 측근인 모리 산자에몬이 정문 현관까지 나와 마중했다.

180

"어서 오십시오."

"산자에몬 님, 노부나가 님은 한꺼번에 소실을 셋씩이나 맞이하셨다던데, 소문처럼 그런 난행을 하십니까?"

산자에몬은 애매하게 웃고는 대답했다.

"주군이 하시는 일은 우리로서는 도저히 판단하기 어렵습니다. 안내해드릴 테니 직접 확인해보십시오."

다이가쿠는 고개를 끄덕이고 노부나가의 거실로 향했다.

벌써 저녁때가 되었으므로 방에 들어가 술잔치를 벌이고 있을 거라고 생각했으나, 노부나가는 아직 객실에서 처음 보는 노인에게 무언가를 열심히 받아쓰게 하고 있었다.

"안녕하셨습니까? 저는 이미 안에 드신 줄 알고 있었습니다."

노부나가가 돌아보고

"하하하"

하고 웃었다.

"이번에 새로 서기로 맞아들인 네아미 잇사이根阿彌—齋일세. 꺼릴 것 없이 용건을 말하게."

"별다른 용건이 있는 것은 아닙니다. 그저 인사나 드리려고."

그러자 노부나가는 손을 저어 네아미에게 붓을 놓게 했다.

"어디 그대가 용건도 없이 나를 찾아올 사람인가. 좋아, 보여주겠어. 산자에몬, 안채에서 내 애첩 세 사람을 데려오도록."

"예."

"다이가쿠는 소문을 확인하러 온 거야. 그리고 이 소문이 사실이라면 노부유키에게라도 건의해서 말리겠다는 생각일 테지."

"아니, 절대로 그런 뜻은……"

"숨길 것 없어. 그대들은 오늘 스에모리 성에 모여, 노부나가가 그런 어이없는 짓을 하다니 곤란하다며 여러 가지 상의를 했을 거야. 이 노부나가의 애첩을 보여주겠어."

이렇게 말하고 노부나가는 진지한 얼굴로 목소리를 떨구었다.

"다이가쿠."

"예."

"그대는 나보다 여자에 대해서는 더 잘 알고 있겠지. 여자란 이상한 거야."

"어째서 그렇습니까?"

"나는 세 사람을 한꺼번에 거느리면 그 중에서 한 사람만 특히 사랑스러울 줄 생각했어. 헌데 그렇지가 않아. 세 사람 모두 제각기 취할 점이 있어. 셋 모두 똑같이 사랑스러워. 넷이나 다섯이라도 마찬가지일까?"

"만일에 마찬가지라면 또 들이실 생각이십니까?"

"하하하, 그럴지도 모르지. 아니, 그렇지 않을 수도 있어. 너무 많이 거느렸다가 싫증이 나면 처리하기 곤란하니까."

다이가쿠는 노부나가를 뚫어지게 바라보았다. 이때 옆에 있던 서기인 네아미라는 노인이 천연덕스럽게 입을 열었다.

"저는 서너 명으로는 아직 부족하다고 말씀드렸지요. 원래 미美라는 한자는 양羊에 대大란 자를 합친 것입니다. 큰 양은 한 마리가 3백 마리의 암놈을 거느리고도 모든 암놈들을 만족시킵니다. 이것이 곧 '미'의 극치, 미란 그런 것입니다. 자고로 영웅은 색을 좋아한다고 합니다. 주군은 영웅이시기에 삼백 명까지는 곁에 두시라고……"

다이가쿠는 어이가 없어 이 추잡한 노인을 노려보았다.

그러나 가만히 생각해보면, 노인 역시 노부나가가 무슨 속셈이 있어 위장하는 것을 옆에서 거들어준다고 할 수 있었다.

이때 모리 산자에몬이 정말 세 여자를 데리고 왔다.

다이가쿠는 선명한 색깔의 호화로운 의상을 입은 세 여인의 눈부신 모습에 저도 모르게 그만 숨을 죽였다. 유명한 가가加賀의 비단 같았다.

맨 앞의 오루이는 흰 바탕에 어깨 가득히 복숭아꽃을 물들인 옷을 입었고, 나나는 붓꽃 그리고 마지막의 미유키는 모란이었다.

"어떤가, 다이가쿠? 몸매도 좋지만 의상도 훌륭하지. 교토에서도 좀처럼 구하기가 어려워. 그러나 기요스엔 이런 옷감이 얼마든지 들어와 계속 돈이 쌓이는 거야. 머지않아 이 노부나가는 일본에서 제일가는 부자가 될 거라고 예언한 자가 있는데, 단지 물건이나 돈만이 아니지. 이 네아미만 해도 내가 검문소라는 거추장스러운 것을 없앴기 때문에 흘러온 대학자야. 그렇지, 네아미?"

"이거, 황송한 말씀을……"

"오루이."

노부나가가 이번에는 이코마 데와의 여동생을 턱으로 불렀다.

"모처럼 다이가쿠가 찾아왔으니 한잔 나누어야겠어. 그대가 준비하도록."

"예."

"그리고 나나와 미유키는 오루이의 지시에 따라 안주와 술상을 내오도록 해."

다이가쿠는 또다시 놀랐다.

하야시 미마사카의 말과는 달리 내실이 문란하다는 느낌은 전혀 들지 않았다. 이미 세 사람 사이에는 질서가 잡혀 있고, 추잡한 늙은 서기의 말을 빌릴 것까지도 없이 여기에는 하나의 조화된 '미'가 형성되어 있었다. 이 생각은 술이 나오고 잔을 주고받는 동안 한층 더

뚜렷해졌다. 훌륭한 가문 때문인지 품성 때문인지는 알 수 없으나 오루이와 나나, 미유키의 언행에서 질서 정연한 서열을 느낄 수 있었다.

다이가쿠는 점점 괴로워지기 시작했다. 노부나가는 종종 엉뚱한 말을 하여 멍청이처럼 탈선하지만 본심이 아닌 것처럼 생각되었다.

'만약 노부나가가 노부유키와는 비교도 안 될 훌륭한 인물이라면 어떻게 될 것인가.'

가문을 위해 경솔히 판단하고 노부나가를 죽여 없앤다면 모든 것이 끝장…… 다이가쿠는 적당히 취기가 돌았을 때, 짐짓 취한 체하고 상체를 가누지 못하는 것처럼 하면서 입을 열었다.

"노부나가 님, 이 다이가쿠가 꼭 한 가지 여쭙고 싶은 것이 있습니다."

"무슨 일인지 말해보라."

"실은 최근에 저는 우에몬과 사이가 벌어졌습니다. 형제간의 싸움은 안타까운 일입니다마는 우에몬이 좀처럼 양보하지 않습니다. 차라리 베어버릴까 하는 생각이 들기도 하는데 이것은 경솔한 행동일까요?"

"경솔해. 그러면 안 돼."

노부나가는 대뜸 고개를 저었다.

"우에몬은 돋보이는 자는 아니지만 근본은 성실한 면을 가진 좋은 사나이야. 그대가 차근차근 잘 말해보게. 자네 말뜻을 모를 정도로 어리석지는 않아. 싸워서는 안 돼, 안 되는 거야. 이 세상에서 형제간에 싸우는 일처럼 무의미한 것은 없어."

다이가쿠는 저도 모르게 고개가 수그러지면서 가슴이 확 뜨거워졌다.

물론 사쿠마 형제가 다툰다고 한 것은 거짓말이었지만, 그러나저러나 우에몬 형제간의 불화에 대한 정확한 평가는 노부나가의 예리한 관찰력을 말해주고도 남았다.

'노부나가 님은 노부유키와의 다툼을 비극이라 생각하고 있다.'

노부유키 역시 주위의 압력으로 마지못해 허락한 감이 없지 않은데, 두 분이 그대로 싸우도록 내버려두어도 좋을 것인가……

"주군, 꽤나 취기가 돌았습니다. 더 이상 마시면 돌아가다가 말에서 떨어지겠습니다."

다이가쿠가 잔을 엎은 시간은 다섯 점(8시)이 지나서였다.

"그래? 좋아, 그럼 성문까지 배웅해주겠어."

"아니, 그럴 필요까지는……"

"사양할 것 없어. 나도 밤바람을 좀 쐬고 싶어."

다이가쿠는 일어나 현관을 나오면서 문득 노부나가를 돌아보고,

"달이 아름답습니다."

라고 말하다 말고 입을 다물었다.

용기를 내어 노부유키 파의 음모를 밝히려 했으나 역시 이 말은 할 수 없었다.

만약 그런 말을 했다가 분노한 노부나가가 스에모리 성을 공격하기라도 한다면 노부유키를 대할 면목이 없다. 어쨌거나 다이가쿠는 노부유키에게 딸린 중신이다.

노부나가는 비틀거리며 다이가쿠를 따라 성문 쪽으로 걸어갔다.

양쪽으로 무성하게 자란 나무 위에는 아름다운 은하수가 걸려 있고, 그 은하수를 녹이듯이 달도 빛나고 있었다. 점점이 지사에 떨어진 나뭇잎의 그림자가 두 사람의 얼굴을 스치고 지나갔다.

"좋아, 다이가쿠. 이쯤에서 말에 오르게."

"예. 주군께서도 돌아가십시오."

"그래, 돌아가야지. 그러나 돌아가기 전에 그대에게 한 가지 할 말이 있어."

"무엇인지요?"

"우리 어머니를 울리지 말라는 거야."

"예? 도다 마님을?"

"그대들 형제만은 오다 가문을 걱정해주고 있어. 물론 죽여야 할 일이 생긴다면 당연히 베어야겠지. 그러나 내가 노부유키를 죽이면 어머니가 울어. 이것뿐이야. 어서 말에 오르게."

노부나가는 이 말을 끝내자 얼른 다이가쿠에게 등을 돌리고 현관으로 돌아갔다.

사쿠마 다이가쿠는 벼락을 맞은 듯이 얼마 동안 그 자리에서 움직일 수 없었다.

# 이슬은 빛나지 않는다

사쿠마 다이가쿠는 성문을 나서자 일단 올랐던 말에서 다시 내렸다.

달은 더욱 밝아져 길 양쪽에 가득 내린 이슬을 비추고 있다. 그 이슬에 깃든 달빛이 지상에 보석을 뿌려놓은 듯이 반짝거린다.

다이가쿠는 걸음을 멈추고 하늘을 쳐다보았다.

느릿한 동남풍이 하늘의 구름을 서서히 움직이고 있는 모습이 자못 초가을의 정취를 느끼게 했다. 그리고 이 구름이 슬그머니 달을 가리기 시작했을 때 다이가쿠는 황망히 시선을 아래로 떨구었다.

지금까지 사방에서 반짝반짝 빛나던 무수한 이슬방울이 대번에 빛을 잃고 대지가 침침한 암회색으로 변해버렸다. 다이가쿠는 저도 모르게 길게 한숨을 쉬고 달에 걸린 그 일단의 구름이 지나가기를 기다렸다.

곧이어 대지는 다시 전과 다름없는 보석의 들판이 되어간다.

'빛나는 것은 이슬이 아니라 달이었어.'

다이가쿠는 달이 있다는 것을 잊어버리고, 이슬방울들이 어깨에 힘을 주고 있는 모습을 문득 뇌리에 떠올리다가 그만 고개를 내저었다.

지금 오다의 중신들은 빛의 근원인 달을 말살하려는 것이 아닐까?

가령 그 달이 노부나가라도 좋고 노부유키라도 좋다. 둘 중 어느 한 사람을 중심으로 하여 단결했을 때 무수한 이슬이 빛나는 것인데도 두 사람을 억지로 싸우게 하여 중심을 잃게 하려는 계략이 아닐까……

다이가쿠가 노부나가에게 가문의 움직임을 사실 그대로 고하여 단안을 내리도록 하려고 결심한 것은 이때였다.

노부나가는 어머니인 도다 부인을 울리는 일은 없도록 해달라고 말했다. 이 말이 결코 순간적인 생각에서 나온 것이라고는 받아들여지지 않는다.

'그렇다, 지금 말하지 않으면 도리어 동생인 노부유키가 형 때문에 목숨을 잃게 될지도 모른다.'

다이가쿠는 얼른 말을 되돌려 다시 성문 앞에 섰다.

"아니 사쿠마 님, 무언가 잊으신 거라도?"

"그렇소. 중요한 것을 잊고 있었소. 다시 한 번 노부나가 님을 만나게 해주시오."

"예, 어서 들어가시오."

다이가쿠는 아직까지 문을 열어놓은 채로 있다니 조심성이 부족하다고 생각했다. 다시 말을 매고 현관으로 가보니 모리 산자에몬이 조용히 앉아 기다리고 있었다.

"다이가쿠 님, 역시 잊으신 것이 있었군요."

"예? 지금 무어라고 했소?"

"다이가쿠는 중요한 일을 잊고 그냥 돌아갔다, 곧 되돌아올 테니 안내하라고 하시면서 주군께서는 지금 객실에서 기다리고 계십니다."

다이가쿠는 등줄기가 오싹해지는 동시에, 돌아오기를 잘했다고 생각했다.

노부나가가 일부러 자기를 배웅한 의미는 바로 여기에 있었구나. 간주로 노부유키와는 얼마나 큰 차이가 있는가만 생각해봐도 대번에 식은땀이 온몸에 흘렀다.

산자에몬의 안내로 다시 객실에 들어서자 노부나가가 큰 소리로 웃었다.

"아, 생각이 났군, 다이가쿠. 자, 여기 와서 다시 한잔 들도록 하게."

"죄송합니다. 해자 옆에서 달을 쳐다보다가 제 어리석음을 깨달았습니다."

"알겠어, 알겠네. 그대가 중요한 일을 잊은 채 그냥 돌아가려고 하기에 일깨워주려고 배웅했던 것인데 마침 잘됐어."

"황송합니다마는 부탁이 있습니다."

"간주로 노부유키를 용서하라는 말일 테지?"

"그렇습니다."

"간주로 녀석은 내게 의견을 말하러 오는 대신 곤로쿠와 하야시 형제 그리고 삿사 구란도 같은 무리의 선동을 받고 나와 일전을 벌이려 한다…… 그런 말이겠지?"

"참으로 놀라운 통찰력이십니다."

"하하하, 별로 그렇지도 않아. 그대의 얼굴에 씌어 있는 그대로를 나와 여기 있는 학자가 읽은 것뿐이야. 다이가쿠, 얼굴에도 글자가 쓰어 있다는 것을 알아야 해."

"예."

곁에는 이미 문제의 세 미녀는 있지 않았다. 초췌한 모습으로 자못 엄숙하게 탁자 옆에 앉아 있는 네아미 잇사이 외에는 조금 전에 먼저 들어온 모리 산자에몬이 있을 뿐 시동들까지 물러가 있었다.

"어디 이야기를 들어보자, 다이가쿠. 간주로의 목숨은 내가 알아서 처리하겠어. 그들이 언제 어디서 군사를 일으키려 하나?"

노부나가가 이렇게 말하자 네아미는 얼른 붓을 들어 다이가쿠의 말을 기록하려는 것이 아닌가.

다이가쿠의 전신에 다시 한 번 식은땀이 흘렀다.

# 비풍悲風의 향기

"때는 일단 8월 20일로 결정되었습니다."

"으음, 8월 20일 전후라면 마침 벼를 수확할 시기로군."

"그렇습니다."

"그렇다면 이것은 간주로의 지혜가 아니라 곤로쿠의 지혜인 것 같군. 여기에 하야시 미마사카 녀석이 다른 속셈을 가지고 동조하고 있어."

"모두 그대로입니다."

"하하하, 그 정도만 들어도 도발해 올 장소 역시 거의 상상이 되는군. 어떤가, 시노기의 세 고을에 있는 좋은 전답에 들어가 불법으로 벼를 벤다면 내가 화를 내고 힐문하기 위해 성을 나선다, 그때 별동대가 성을 빼앗아 돌아갈 성을 없애고 나를 죽이겠다는 생각이겠지?"

다이가쿠는 또다시 식은땀이 등에서 옆구리로 흘렀다.

노부나가는 또 밝게 웃으며 이야기했다.

"다이가쿠, 내가 어려서부터 띠 대신 삼으로 꼰 노끈을 허리에 묶고 영내를 돌아다니며 거친 행동을 한 이유를 이제는 납득할 수 있겠나?"

"예? 그러면 그때부터……"

"하하하하, 이런 일이 생기리란 것은 지나칠 만큼 잘 알고 있었지. 아니, 생각했던 것보다 훨씬 늦어졌어. 간주로는 논두렁에서도 길을 잃을 테고 사도나 미마사카, 곤로쿠도 지리의 실측에 대해서는 나보다 훨씬 미치지 못해. 그런데 나는 눈을 감고도 냇물의 둘레에서부터 논의 깊이에 이르기까지 속속들이 알고 있어. 더구나 밧줄 하나만 있으면 어떤 성벽이라도 눈 깜짝할 사이에 넘을 수 있는 사나이야. 그러한 나를 영내로 불러들여 성과 목숨을 빼앗으려 하다니 형편없는 바보들이지. 자, 다이가쿠, 좀더 앞으로 나와 앉게."

이미 다이가쿠는 완전히 주눅이 들어 되돌릴 말이 없었다.

이제야 비로소 노부나가의 진면목을 알게 되었던 것이다.

구제할 길 없는 천하의 멍청이라고 다이가쿠 자신도 한때 그렇게 믿고 있던 노부나가가 사실은 자기와는 비교도 안 될 만큼 용의주도하고 또 고된 단련을 거듭하며 살아왔다는 것을 깨달았다.

어처구니없는 들놀이, 진흙 속에서 뒹굴던 일, 광란이나 다름없는 먼 곳으로의 말달리기, 그때마다 이맛살을 찌푸리며 비난했으나, 지금은 그것이 어떤 가신보다도 영내의 사정에 밝아진 원인이 되었고, 보기만 해도 얼굴을 돌렸던 허리에 찬 노끈도 긴급한 상황에 대비하기 위한 깊은 생각에서 나온 단련이었다니……

'정말로 대단한 분이야.'

이 정도의 인물이었기에 선친의 위패에 향을 던져 분노로 조의를 대신했던 것이다. 그러나 이 사실을 안 사람은 아직 다이가쿠 혼자뿐이고 가문의 중신들은 거의 모르고 있다.

'참으로 다행이었어! 그대로 돌아갔더라면 어떻게 되었을까······'

이런 생각을 하자 다이가쿠는 혀가 굳어지고 호흡마저 흐트러졌다. 이때였다.

"학자님, 도면을."

노부나가가 턱으로 네아미에게 지시하여, 공교롭게도 낮에 스에모리 성에서 본 것과 똑같은 지도가 다이가쿠 앞에 펼쳐졌다.

"이것 봐 다이가쿠, 장소가 시노기의 세 고을이라 한다면 놈들의 수법은 뻔해. 놈들은 이 노부나가를 오다이가와於大井川 건너로 유인하려고 바로 이 길에 군사를 사오 백 명쯤 보낼 테지. 그러고 나서 세 고을의 벼를 벨 생각이겠지만, 모처럼 잘 익은 벼를 베도록 내버려 둘 수는 없는 일. 그래서 군사를 동원하는 날짜만 알면 이틀 전에 여기에 성채를 쌓는다."

그러면서 노부나가는 다시 네아미를 돌아보고 외쳤다.

"붉은 붓!"

붓을 받아든 노부나가는 그대로 지도 위에 붓끝으로 크게 표시하고 흘끗 다이가쿠에게 시선을 옮겼다.

"여기에 성채를 누가 쌓는다는 말씀입니까?"

"뻔하지 않은가, 바로 그대야."

"······"

"알겠나, 이곳은 오다이가와 건너에 있는 나즈카名塚야. 잘 보아 두게. 반드시 이틀 전에 해야지 그 전에 착수하면 안 돼. 일단 일을 시작하면 주야를 가리지 않고 무조건 성채를 쌓아야 해. 그러면 놈들은 깜짝 놀라 성채를 공격할 테지."

"황송합니다마는 성채를 지키는 사람 역시 이 다이가쿠입니까?"

"당연하지 않은가. 그쪽에서는 하야시 형제와 곤로쿠 녀석이 그대를 우습게 보고 있으므로 본때를 보여주란 말일세."

다이가쿠는 다시 가슴이 섬뜩했다.

여기서도 사쿠마 형제의 심중을 한마디 말로 정확하게 알아맞혔던 것이다.

"그러면 주군도 즉시 출진하시겠습니까?"

"아니, 당장은 나가지 않아."

노부나가는 웃으면서 말했다.

"당장은 나가지 않겠지만 나가면 반드시 이긴다. 그러므로 내가 나갈 때까지 어떤 일이 있어도 성채를 사수해야 돼."

"단 이틀 동안에 쌓은 성채를?"

"성채를 의지하지 말고 근성에 의지하란 말이야. 그렇다고 함부로 공격해나가면 안 돼. 그렇게 되면 당하는 거야. 아무리 고통스럽다 해도 성채에서 버텨야 하는 거야. 염려할 것 없어, 뒤에 내가 있으니까. 왓핫핫하……"

호탕하게 웃는 바람에 다이가쿠도 또한 자기 처지를 잊어버리고,

"알겠습니다. 본때를 보여주겠습니다."

하며 빨려 들어가듯 가슴을 두드렸다.

# 저돌적인 공격

한번 깨닫고 나서 노부나가를 바라보자, 지금까지 '멍청이'라 여겼던 생각이 모두 완전히 바뀌고 말았다.

멍청이기는커녕 그 하나하나가 전부 중신들의 의표를 찌르는 반석 같은 대비책이었으며 탁월한 훈련이었던 것이다.

사쿠마 다이가쿠는 비로소 작고한 주군 노부히데가 노부나가의 폐적廢嫡을 허락하지 않은 이유를 알 것 같았다. 히라테 마사히데가 끝까지 노부나가에게 기대를 건 이유도, 재기 넘치는 노히메가 노부나가에게 순종하는 이유도 대번에 깨닫고 그만 노부나가에게 이끌리고 말았다.

더구나 가까이 대하면 대할수록 돋보인다. 다시 말하면 사나이가 사나이를 발견하고 그에게 반하게 된 것이다.

이러하여 스에모리 성에서 협의한 내용은 모두 노부나가의 귀에 들어가게 되었다.

곤로쿠 등이 거사할 날을 8월 24일로 결정한 때는 22일 낮이었다.

다이가쿠는 이 소식을 가지고 노부나가에게 달려왔다.

노부나가는 웃으면서,

"그럼, 일 처리가 끝난 뒤 만나세."

이렇게 말하고 그대로 성안의 말터로 나갔다.

다이가쿠는 곧 준비해둔 재목을 인부들에게 운반시키고 오다이 강 너머의 나즈카 성채의 공사에 착수했다.

물론 이 소식을 스에모리 성에서 모를 리가 없었다.

"말씀드립니다. 사쿠마 다이가쿠의 부하들이 지금 나즈카에 재목을 운반하여 성채를 구축하고 있습니다."

시노기에 벼가 익는 상황을 돌아보러 갔던 부하의 보고를 받고 시바타 곤로쿠는,

"뭐, 다이가쿠의 부하들이?"

고개를 갸웃하고 생각하다가,

"왓핫핫하, 이건 우리의 실수였어."

하며 무릎을 쳤다.

"으음, 그렇군. 앞으로 차지할 영지를 하야시 사도와 내가 분할하자는 이야기는 나왔었지만 사쿠마 형제에게 떼어주겠다는 말은 하지 않았지. 그것이 실수였어."

곤로쿠는 다이가쿠가 영지를 주겠다는 말을 하지 않아 화가 나서 노부나가에게 돌아선 줄 알았던 모양이다.

"아무튼 웃기는 일이야. 앞으로 하루 동안에 어떻게 성채를 쌓겠다는 것인지 모르겠군, 24일 아침에는 우리가 쳐들어갈 텐데."

웃으면서 곧 이 사실을 하야시 사도에게 알리도록 했다.

사도와 미마사카도,

196

"그렇다면 다이가쿠 문제는 마무리가 된 셈이군. 분배하는 데는 사람이 적을수록 좋지."

라면서 웃었다.

이들은 자신의 출병이 노부나가에게 누설되는 일 따위는 별로 문제시하지 않았다. 소실을 셋씩이나 두고 넋을 잃고 있는 노부나가가 아닌가. 그러므로 출병할 때까지는 노부나가도 설마 하고 있을 것이다.

그러나 노부나가의 기질로 보아 이쪽에서 출병했다는 소식을 들으면 열화같이 노하여 대번에 오다이 강 건너까지 달려올 것이 뻔하다.

노부나가의 군이 새로 쌓은 성채에 들어가면 불리하다고 생각했기 때문에,

"만약 운반한 재목으로 성채를 쌓기 시작했다면 벼를 베는 일과 병행하여 짓밟아버리도록 합시다. 성채에 들어오게 하여 이틀이나 사흘 동안 시일을 끌게 하는 건 어리석은 일이오."

하고 시바타 쪽에 회답을 보냈다.

이러하여 22일이 저물고, 이튿날인 23일에는 새벽부터 장대비가 내렸다. 태풍의 계절은 약간 지났으나 후덥지근한 남풍이 심하게 불어 잘 익은 벼를 휩쓸어 마구 쓰러뜨리며 지나갔다.

시바타 곤로쿠는 이제 이겼다며 미소를 감추지 못했다.

이런 폭풍우 속에서 성채의 구축은 생각할 수도 없는 일, 재목 하나 제대로 운반하지 못할 것이다.

"다이가쿠 녀석, 좀더 일찍 서둘렀다면 성채의 모습만은 갖출 수 있었을 텐데."

그런데 성채는 이날 아침까지 반 이상 완성되어 있었다.

22일 낮부터 이튿날 아침에 걸쳐 삼백 명 남짓한 인원이 벌써 다듬

어진 재목을 운반하여 불철주야로 작업을 감행한 결과다.

노부나가가 구원하러 올 때까지 버티라고 했으므로 다이가쿠로서는 그야말로 생명을 건 일이었다. 노부나가는 이들이 여기서 포위된다 해도 언제 오겠다는 말은 하지 않았던 것이다.

한쪽에서는 성채를 만들고 또 한쪽에서는 진격을 앞둔 휴식을 취하는 가운데 폭풍우가 몰아치는 23일이 지나고, 24일이 되자 어제 휘몰아치던 비바람이 마치 거짓말처럼 완전히 멎고 맑은 가을날이 되었다.

시바타 곤로쿠는 천 육백 명 남짓한 군사의 선두에 서서 새벽부터 행동을 개시하여 나즈카로 향했다.

날이 밝은 뒤에 바라보니 둑 저쪽에서부터 산 중턱에 걸쳐 당당한 성채가 위용을 떨치고 있었다.

"원 이런, 다이가쿠 녀석이 제법 그럴듯한 짓을 했군."

곤로쿠는 말 위에서 재미있다는 듯이 웃었다.

"녀석은 전투를 무엇으로 알고 있는지 모르겠어. 히나마쓰리雛祭り° 때의 제단 장식도 아니고, 또 저런 겉치레만으로 우리 무사들이 도망칠 줄 아는 모양이지! 좋아, 자 허수아비 같은 성채를 대번에 짓밟아버리자."

그러는 동안 틀림없이 노부나가가 성에서 나올 것이다. 성에서 나오면 하야시 미마사카와 가도다 신고 등이 군사를 몰아 기요스를 공격하고, 노부나가가 강을 건널 때 이번에는 양쪽에서 협공한다는 계산이었다.

틀림없이 자신의 계획대로 될 줄 믿었기 때문에 곤로쿠는 의기양양했다.

"모두 듣거라. 우선 활을 쏘아 대번에 성채를 점령한다. 점령하고 나면 즉시 부근에 깃발을 꽂아라. 멍청이 녀석은 우리 깃발을 보고 열이 올라 이리로 올 것이다."

때는 다섯 점(오후 8시).

군사를 셋으로 나누었으나 이들을 하나로 묶어 정면에서 공격했다.

와아, 하고 함성을 지르며 전투 개시의 화살을 쏘는 것까지는 좋았으나, 뒤이어 공격을 가했을 때 곤로쿠는 깜짝 놀랐다.

겉치레에 지나지 않은 줄로만 알았던 성채 위에서 이윽고 아군의 몇 배나 되는 화살이 날아왔고, 진흙 벼랑으로 기어오르려는 아군에게 나무 조각과 돌멩이가 비처럼 쏟아져 내렸다.

아니, 그보다도 어제부터 흠뻑 비를 머금은 진흙이 미끄러워 아군은 도무지 힘을 쓸 수 없었다.

"이대로는 안 되겠다. 우선 발을 디딜 수 있게 길부터 만들어야 한다."

"후퇴하라! 일단 물러가서 다시 작전을 짜야겠다."

그러자 이번에는 성채 위에서 와아, 하고 함성이 터져 나왔다.

"이놈들아, 무엇을 꾸물거리고 있느냐! 시바타의 부하는 이런 언덕 하나도 기어오르지 못한다는 말이냐?"

"겁쟁이가 아니라면 올라와보거라. 돌아갈 때는 절름발이를 만들어주겠다."

"뭣이, 네놈 아가리를 찢어놓고야 말겠다."

심한 욕설을 참지 못하고 일대가 다시 진격해 들어갔으나, 시바타 군이 엉금엉금 기어 첫번째 방책에 접근했을 때 이번에는 위에서 물통에 받아놓았던 빗물을 쏟아 붓는 바람에 대번에 아래로 미끄러졌다.

"왓핫핫하, 진흙을 뒤집어쓴 경단이 또 늘어났군. 저것들을 꼬챙이에 꿰도록 하자."

얼굴까지 환히 보일 정도로 가까운 거리에서 계속 쓰러지는 자들에게 화살이 날아온다.

이렇게 되면 곤로쿠가 아니라도 당연히 초조해지기 마련이다.

노부나가를 화나게 하려던 곤로쿠는 도리어 자신이 핏대를 올리고 말았다.

"이럴 때 노부나가가 나타나면 큰일이다. 인간 사다리라도 만들어서 쳐들어가라. 하룻밤 사이에 쌓은 성채이므로 안에 들어가면 무방비 상태일 것이다."

싸움에서 힘으로 밀어붙이는 방법만큼 큰 손해를 입는 일도 없다.

곤로쿠는 몰래 벼를 베려고 왔던 일도 잊어버리고 말을 탄 채 정신없이 소리쳤다.

공격군은 서너 번이나 벼랑을 오르다가 미끄러져 떨어지고, 떨어졌다가는 다시 기어올랐다.

바로 그때였다. 시바타 군의 배후에서 와아, 하는 고함과 함께 요란한 땅울림이 주위를 압도하며 들려온 것은.

# 신출귀몰

"이게 무슨 소린가, 지진이 일어난 건가?"

"아니, 그렇지는 않을 거야. 땅이 전혀 흔들리지 않잖나."

"폭풍일까?"

"농담하지 말게, 하늘이 저렇게 개었는걸."

이런 말이 오가는 가운데 한 사람이 미친 듯이 외쳤다.

"홍수야, 홍수! 어젯밤의 호우로 강이 범람했어."

"뭐, 홍수!"

그동안 기소 계곡에 쏟아졌던 폭우가 여러 골짜기에서 만나 분마
奔馬 수백 마리가 달리는 듯한 탁류로 변해 무서운 기세로 기습해왔
던 것이다.

나중에 쇼나이庄內 강으로 이름이 바뀐 오다이 강의 상류를 류센
지龍泉寺 강이라 부르는데, 기요스 부근에서 오조五條 강에 합류하
는 지점까지를 일컫는 이름이다.

따라서 이 부근은 풍요로운 들녘이라 불리는 기름진 땅이었는데, 그런 만큼 양쪽 기슭의 둑을 좁혀서 논의 면적을 넓혀놓았다. 이런 곳에 갑자기 탁류가 밀어닥쳤으므로 순식간에 강이 넘치고 기요스와의 사이에 놓였던 다리를 휩쓸어버렸다.

"강이 범람했다!"

"다리가 떠내려갔다!"

다리가 떠내려갔다는 사실이 시바타 군에게는 뼈아픈 결과를 가져다주었다.

다리가 없으면 노부나가는 나즈카에 오지 못한다. 즉 사쿠마 다이가쿠의 성채를 공격하고 있는 아군의 후방이 찔릴 우려가 없어진 대신 처음 계획했던 대로 노부나가를 이쪽으로 유인할 수도 없게 되었다.

시바타 곤로쿠는 순식간에 탁류의 바다로 변하는 강을 바라보면서 반은 안도하고 반은 안타깝다는 듯이 혀를 찼다.

"좋아, 이렇게 된 이상 여기서 다이가쿠 녀석의 목을 자르겠다."

그러나 싸움은 곤로쿠 혼자 하는 것이 아니라는 점에 묘미가 있다.

"자, 모두 잠시 쉬면서 몸의 진흙을 털어라."

이렇게 말하고 있을 때, 아직 기요스 성을 공격하고 있어야 할 하야시 미마사카의 한 부대가 불쑥 오른쪽 숲에 모습을 나타낸 것이다.

"아니, 벌써 기요스 성을 점령한 걸까? 아무래도 이상하다."

곤로쿠는 말을 몰아 숲 쪽으로 달려갔다.

"미마사카 님, 귀하도 이쪽에 건너와 있었소? 기요스는 예정대로 손에 넣었소?"

"아니, 작전을 바꾼 것이오. 변경할 수밖에 없었소."

"뭐, 작전을 변경? 그렇게 멋대로 해도 좋다는 말이오?"

"그런 것을 따질 때가 아니오. 노부나가는 전혀 성에서 나올 기색이 없었소. 나즈카 성채를 점령할 수 있거든 어디 빼앗아보라는 배짱이겠죠. 노부나가가 성에서 나오지 않는 이상 형이 내게 맡긴 오백이나 칠백의 군사로는 어떻게 할 수가 없었소."

"그래서 이리 왔다는 말이오?"

"그렇소. 이 성채만 점령하면 노부나가는 어쩔 수 없이 성을 나와 이리 올 것이오. 그런데 시바타 님은 지금까지 왜 머뭇거리고 있었소? 본성과는 달리 이따위 오두막이나 다름없는 하찮은 성채를 아직 손에 넣지 못하다니 어디 될 말이오. 좋소, 내가 단숨에 함락시키겠소."

시바타 곤로쿠는 부드득 이를 갈면서 분을 터뜨렸다.

"당신은 이 홍수가 눈에 보이지 않는단 말이오? 다리도 이미 떠내려갔소. 당신은 다리를 건넜지만, 노부나가는 화가 나서 성을 나온다 해도 건너올 수 없단 말이오."

"염려하지 마시오. 오늘은 이렇게 날이 개었으니 곧 물이 빠질 거요. 그때까지 성채를 함락하는 일이 급선무요. 자, 곤로쿠 님은 좀 쉬도록 하시오."

미마사카로서는 곤로쿠가 혼자 성채를 점령하여 이 부근의 옥답을 모두 장악한다면 자신의 입장이 난처해지리라 생각했다. 그러므로 일단 성은 단념하고 여기서 발언권을 획득하려고 했음이 분명하다.

곤로쿠는 미마사카의 속마음을 알기 때문에 화가 났다. 화가 나면 멧돼지처럼 사나워지거나 그 자리에서 떠나는 것이 곤로쿠의 버릇이었다.

"그렇다면 좋소. 일단 선봉은 당신과 교체하리다. 여봐라, 미마사카의 군사가 왔으니 왼쪽으로 물러가 잠시 쉬도록 하라."

곤로쿠는 이렇게 말하고 앞장서서 상류 쪽으로 진지를 이동시켰다.

'어디 두고 보자. 내가 점령하지 못한 곳을 미마사카 따위가 점령할 리 없다. 녀석의 부하도 진흙 경단이 되고 말 것이다.'

곤로쿠가 진지를 옮기자 미마사카는 히죽 웃었다.

"역시 곤로쿠란 사나이는 화나게 만들어야 내가 유리해지는군. 자, 모두 공격해 나가라!"

미마사카의 군사는 아직 아무것도 모른다. 그들 역시 하룻밤 사이에 만든 성채 따위가 무어 대단하냐며 우습게 여기고, 시바타 군이 반복한 진흙 경단이 되는 길에 앞다투어 쳐들어갔다.

미마사카는 화살이 닿지 않는 위치에 서서 가슴을 떡 펴고 군을 지휘했다.

형인 하야시 사도는 오다 가문의 으뜸가는 중진, 게다가 노부나가에게 나고야 성을 받아 당당하게 다이묘大名로서의 생활을 하고 있기에 어딘지 모르게 이번 거사를 달가워하지 않았으나 동생인 미마사카는 그 반대였다.

미마사카는 형인 사도가 못마땅해 견딜 수 없었다.

이대로 두면 오다 가문은 고스란히 시바타 곤로쿠의 손에 들어가게 될까봐 그로서는 여간 초조하지 않았다.

노부나가는 천하의 멍청이며 노부유키도 별로 대단한 인물은 아니다. 어차피 멍청이나 허수아비로는 영지를 다스려 나갈 수 없을 테니, 더 늦기 전에 형을 부추겨 곤로쿠를 제압하고 오와리 지역을 손에 넣으려고 생각했다.

일단 형의 이름으로 손에 넣은 뒤, 형이 여전히 모호한 태도를 보이면 그를 죽이고 자신이 올라서도 전국戰國의 난세이므로 상관없다. 미마사카 역시 살무사의 길을 신봉하는 야심가였다.

따라서 노부나가가 성에서 나오지 않자 방향을 돌려 풍요로운 들녘으로 나가 멋지게 곤로쿠의 화를 돋우어 다이가쿠 대신 공격을 떠맡았으나……

한편 성채에서 농성하던 다이가쿠 쪽은 망루에서 상대의 움직임을 지켜보는 동안 차차 불안을 느끼기 시작했다.

하야시 미마사카의 공격이 두려워서가 아니다.

미마사카의 공격이라면 곤로쿠와 별다르지 않으므로 이 정도는 막을 수 있으나, 문제는 오다이 강의 홍수였다.

기소에서 신슈에 이르는 골짜기는 워낙 깊다. 따라서 탁류의 수위는 점점 더 높아질 뿐 이대로 가면 당분간 물이 빠질 것 같지 않다.

물이 빠지지 않는다는 말은 노부나가가 구원의 손을 뻗으려 해도 불가능하다는 것을 의미한다.

"보고합니다."

손을 이마에 얹고 미마사카의 공격과 탁류의 범람을 바라보고 있는 다이가쿠 앞에 측근 하나가 숨을 몰아쉬며 달려와 한쪽 무릎을 꿇었다.

"스에모리 성에서 무사시노카미武藏守 님이 군사를 거느리고 나와 이쪽으로 진군하고 있습니다."

"뭣이, 간주로 노부유키 님까지 출동했다는 말이냐?"

"예. 무슨 일이 있어도 이 성채를 무너뜨리겠다는 작전인 듯합니다."

"그 정도쯤은 나도 알고 있다."

"알고 계시다면 즉시 공격하여 시바타 님의 군사만이라도 무찌르는 것이 상책이 아닐까 생각합니다마는."

"뭣이?"

"잘 보십시오. 현재 시바타 군은 모두 상류로 올라가 옷을 벗고 진흙을 씻고 있습니다. 지금이라면 충분히……"

"닥쳐!"

다이가쿠는 크게 꾸짖었다.

"아무리 어렵더라고 노부나가 님의 원군이 올 때까지는 농성해야 한다는 엄명을 받았다. 쓸데없는 소리를 하면 용서치 않겠다."

이렇게 말하기는 했으나,

'이것으로 내 일생도 끝장이란 말인가?'

하고 마음속으로 생각했다.

기발한 책략을 종횡무진 구사하는 노부나가도 맑게 갠 날의 홍수만은 계산하지 못하였음이 틀림없다.

홍수는 불가항력인 것이다.

더구나 다리가 떠내려가기 전에 미마사카의 군사가 이쪽으로 건너온 것 역시 운명이 자기에게 등을 돌렸다는 증거가 아니고 무엇이겠는가.

'도리가 없다. 이렇게 된 이상 무모한 발버둥은 그만두고 여기서 끝까지 버티는 수밖에……'

고개를 들고 보니 하늘은 가증스러울 정도로 맑았고 시간은 이미 정오가 지나 있었다.

식량은 고작 이틀분 정도밖에 남지 않았고, 병력은 하야시 미마사카의 군사보다도 적었다.

"보고합니다."

다시 전령이 달려와 말했다.

"무슨 일이냐?"

"무사시노카미 님의 군사 뒤에서 가도다 신고로의 일단이 왼쪽 하류의 논두렁을 지나 바람을 일으키며 진격해 오고 있습니다."

"바람을 일으키다니…… 헛소리하지 마라. 오늘은 바람 따위는 불지 않는다."

"아무튼 지시를……"

"지시는 이미 내렸다. 두 번 다시 묻지 마라!"

"예."

전령이 물러가자 사쿠마 다이가쿠는 씁쓸히 웃었다.

"적의 하타사시모노旗指物(갑옷의 등에 꽂아 표지로 삼던 작은 깃발)가 바람을 일으키는 것처럼 보였다는 말인가……"

그러고는 다시 한 번 하류의 논두렁으로 시선을 옮겼을 때였다.

"아니?"

다이가쿠는 이마에 손을 얹고 발돋움을 했다.

논두렁에 매어놓은 새끼줄 사이로 또 하나의 새로운 하타사시모노가 보였기 때문이다.

"저것은 다섯 개의 모과가 그려진 오다 가문의 문장 같은데? 아, 그렇다! 노부나가 님이다! 주군도 이쪽에 건너와 계셨구나. 어느 틈에 건너와……"

이렇게 말하면서 사쿠마 다이가쿠는 구르듯이 망루를 달려 내려갔다.

# 미치지 못한 구원

시바타 곤로쿠가 그랬던 것처럼 하야시 미마사카 역시 초조해하고 있었다.

하찮은 성채 하나가 이토록 까다로운 장애물이 될 줄은 상상도 못했다. 반쯤 기어올라갔다고 생각하면 위에서 작은 물통 하나쯤 되는 빗물을 쏟아 붓는다. 그러면 군사들이 눈사태를 만난 듯 미끄러져 내려 진흙의 경단이 산더미같이 쌓인다.

그 위로 화살이 마구 날아와 그때마다 몇 사람씩 상처를 입는다. 그런데도 우회할 생각을 않는 것이 참으로 이상했다.

만약 우회한다면 웃으면서 바라보고 있는 시바타 군에게 주도권을 빼앗긴다는 생각 때문에 주술에 걸린 듯이 똑같은 명령만 되풀이하고 있는 것이다.

"못난 놈들. 작은 성채 하나에 불과하다, 단숨에 짓밟아버려라!"

창을 겨드랑이에 끼고 안장을 때리며 이를 갈고 있을 때, 바로 왼쪽 귓전에서 이름을 부르는 자가 있었다.

"미마사카!"

"누구냐, 남의 이름을 함부로 부르는 놈이?"

홱 돌아보는 순간 미마사카는 눈도 깜빡거릴 수 없었다.

자신의 바로 뒤에 있는 작은 관개용 도랑에는 장검을 빼어든 사람들이 늘어서 있었고, 바로 옆에는 머리를 곤추세운 살찐 잿빛 돈점박이 말이 부르르 떨며 서 있었다.

말 위에 올라타 있는 주인은 지금쯤 애첩의 무릎을 베고 있어야 할 노부나가였다.

"미마사카!"

노부나가가 다시 불렀다.

"아무리 싸움에 열중했다고 해도 앞만 보고 있다가 완전히 포위된 줄도 모르면 지휘를 할 수 없어. 잘 보아라, 곤로쿠는 이미 상류의 둑으로 도주하면서 지는 싸움을 하고 있다."

미마사카는 노부나가가 가리키는 쪽을 얼빠진 꼭두각시처럼 바라보았다.

아닌 게 아니라 몸의 진흙을 씻던 시바타 군은 반라의 몸으로 노부나가의 별동대에 쫓기면서 싸우고 있다.

"또 이쪽을 보거라. 저 자들은 가도다의 군사야. 그들도 나오자마자 기습을 받아 메뚜기나 참새처럼 됐다."

"……"

"좀더 발돋움을 하고 보아라. 스에모리 쪽으로 깃발의 대열이 행진하는 모습이 보일 것이다."

"앗, 스에모리 성까지도……"

"핫핫핫하"

노부나가는 크게 입을 벌리고 웃었다.

"걱정할 것 없다. 저 행렬은 나의 군사가 아니야. 형에게 대든 것이 잘못이라는 점을 깨닫고 간주로가 성으로 돌아가는 것이다."

"……"

"어떠냐, 싸움이란 어떻게 해야 하는지 이제 알았느냐?"

"모…… 모…… 모르겠습니다."

"모르겠다니 정직하군. 내가 어떻게 강을 건너왔는지 모르겠느냐?"

"예…… 모르겠습니다."

"천치 같은 녀석. 내가 어렸을 때부터 틈만 나면 강바닥을 누비고 다닌 일을 너는 아직까지 깨닫지 못하고 있느냐?"

"아니…… 저어, 그러면……"

"이 근처의 강 중에서 내가 건너지 못하는 곳은 하나도 없어. 어디가 깊고 얕은지, 어느 정도의 홍수일 때는 어디가 얼마나 깊어지는지, 그런 것을 살피고 다니는 동안 너희들은 나를 멍청이라며 비웃었어. 미마사카!"

"예…… 예."

"자, 어디 그 창으로 나를 찔러보거라. 다른 자는 몰라도 너만은 용서할 수 없다."

"……"

"떨지 마라, 보기 흉하다. 형인 사도를 선동하고 곤로쿠와 경쟁을 벌이면서 간로쿠를 협박하여 군사를 일으킨 주모자는 바로 너야. 주모자라면 주모자답게 깨끗이 행동하라. 어떠냐, 네가 주모자임에 틀림없지?"

이 말에 미마사카는, 재빨리 말을 뒤로 한 걸음 물리며 소리쳤다.

"얘들아, 무엇을 하고 있느냐!"

그러나 그것은 이미 공허한 호령에 지나지 않았다.

미마사카와 그의 부하들 사이에는 노부나가가 자랑하는 창부대가 빈틈없이 울타리를 치고 있었다.

탕, 탕 하고 뒤에서 총성이 들렸다.

"소란을 떨 생각은 마라. 공연히 대항하면 도움이 되지 않는다."

"얌전히 있으면 내가 용서를 구하겠다. 조용히 해."

모리 산자에몬이 미마사카의 등 뒤에서 열심히 군사들을 달래고 있었다. 미마사카는 입술까지 파랗게 질려 창을 겨눈 채 마른침을 삼켰다.

"미마사카! 내가 무엇 때문에 네 앞에 나타났는지 잘 알 것이다. 알았다면 말 위에서 할복하라."

"무…… 무…… 무어라 하셨습니까?"

"이 일은 너 한 사람의 죄야. 그러므로 네가 할복하면 나머지는 용서하겠다. 할복하라!"

"그렇지 않습니다!"

미마사카는 머리를 흔들면서 아우성쳤다.

"저 혼자 벌인 일이 아닙니다. 간주로 님의 명으로…… 아니, 시바타 님도…… 형인 사도와 모리야마 성의……"

그러면서 빈틈이 생겼다고 보았는지 느닷없이 노부나가를 향해 창을 내질렀다. 그러나 이보다 먼저,

"얏!"

창공을 찢어놓을 듯한 노부나가의 기합이었다.

넉 자 두 치의 장검이 윙 소리를 내며 번뜩이는 동시에 창을 든 채 떨어져 나간 미마사카의 목이 조약돌처럼 허공을 가르며 날아갔다.

잠시 후 선혈이 무지개가 되어 사방에 뿌려지고 미마사카는 그대로 말 옆에 떨어졌는데, 그때 이미 노부나가의 말은 시바타 군의 뒤를 쫓아 화살처럼 달리고 있었다.

# 패배자의 삭발

시바타 곤로쿠는 노부나가가 강을 건너왔다는 소식을 안 순간 전신에 소름이 끼쳤다.

곤로쿠는 병법에 있어서는 미마사카보다 훨씬 뛰어난 감각을 가지고 있다.

'이 탁류를 헤치고 건너온다.'

이 사실 하나만으로도 노부나가 군사의 용맹성을 너무나 잘 알 수 있다. 더구나 미마사카가 출병했을 때는 성에서 나오는 기색이 없었다고 한다. 그렇다면 노부나가는 이쪽을 속일 준비를 충분히 하고 있었고 그 계략에 보기 좋게 말려들었다는 대답이 나온다.

난폭한 노부나가가 기회가 왔다며 회심의 미소를 띠고 말을 몰아온 이상 실전인지 전쟁놀이인지 구분을 못할 정도로 사납게 날뛸 것이다.

그러고 보면 노부나가에게 이러한 대비책이 있다는 것을 알았기에 사쿠마 다이가쿠도 분명 침착하게 응전했으리라.

'돌이킬 수 없는 일이 벌어졌구나!'

이것을 직감했을 때 이미 노부나가의 군사는 셋으로 나뉘어 전진하고 있었다.

한 부대는 가도다 신고에게, 또 하나는 하야시 미마사카에게 그리고 나머지 한 부대는 시바타 곤로쿠에게⋯⋯

이렇게 되면 곤로쿠도 자기 목숨을 돌보지 않는 사나운 무사로 변한다.

그는 미마사카에게 사람을 보내,

"나는 상류로 유인하여 공격할 테니 귀하는 하류에 내려가 미나미타가타南田方 부근에 진을 치고 공격하는 편이 좋겠소. 상대가 셋으로 나뉜 것이 불행 중 다행, 각개격파 후에 노부나가를 협공합시다."

이렇게 전하고 자신은 군사를 지휘하여 상류 쪽으로 올라갔다.

그런데 이 계획 또한 노부나가가 바라던 대로 된 모양이다.

각개격파는 곤로쿠보다 오히려 노부나가가 더 바라던 터여서, 이때문에 일부러 부대를 나누어 공격해왔다는 것을 나중에야 알았다.

"좋아, 이쯤에서 멈추도록 하자. 모두 준비는 됐겠지."

배후에는 굽이치는 탁류가 있고, 앞에는 대숲이 우거져 있어 추격해오는 노부나가의 시야를 가로막고 있다.

"여기 머물러 대숲에 매복하기로 한다. 상대는 고작 전쟁놀이나하는 골목대장일 뿐이다. 기세를 올리며 여기 대숲까지 달려왔을 때일거에 포위하여 공격하면 곧바로 하류 쪽으로 퇴각할 것이고 그러면 싸움은 끝난다. 곧 미마사키가 방향을 돌려 공격해올 것이기 때문이다."

그러나 곤로쿠가 이렇게 큰소리치고 있을 때 당사자인 미마사카는 이미 목이 달아난 뒤였다.

아니, 미마사카만이 아니라 가도다 신고로도 목이 떨어진 채 논에 쓰러져 있었으나 곤로쿠는 아무것도 모르고 있었다.

시바타 군이 대숲에 숨어 방향을 돌렸을 때 오다 군의 일대가 곤로쿠의 말대로 일직선으로 진격하여 그물에 걸린 듯 보였다.

"보아라, 작전이란 이렇게 세워야 한다. 좋아, 하류 쪽으로 쫓아버려라!"

기세를 올리며 대숲 남쪽에서 다시 모습을 나타냈을 때였다.

"물러가지 마라, 추격하라!"

노부나가는 이미 대숲 옆에 와 있다가 오히려 곤로쿠가 나오기를 기다리고 있었다.

이때도 곤로쿠는 등골이 싸늘해졌다.

약 쉰 명 정도의 친위대로 울타리를 치게 하고 그 뒤에서 잿빛 돈점박이의 고삐를 잔뜩 당기며 호령하는 노부나가의 모습에서 귀신과도 같은 용맹스러움이 엿보였다.

시바타 군이 대숲에서 나가 놀라게 하려 했는데 상대가 먼저 와서 기다리고 있었으므로 심리 상태가 갑자기 반전되었다.

허를 찌르려다 도리어 허가 찔린 꼴이 되어버린 것이다.

'아뿔싸, 죽을 때가 왔구나.'

황급히 말 머리를 돌렸으나 열 걸음도 가기 전에 곤로쿠 앞에 말을 달려와 창을 들이댄 자가 있었다.

"누구냐!"

"삿사 마고스케가 역적 시바타 곤로쿠의 목을 자르러 왔다. 자, 어서 덤벼라."

"뭣이, 마고스케? 네게 줄 목이 있거든 내 손으로 구워먹겠다. 나는 지금 배가 고프다."

말하기가 바쁘게 곤로쿠는 말을 몰아 상대의 말에 옮겨 타려고 했다. 그러자 마고스케의 창이 말허리 밑에서 허공을 찔렀다.

말이 깜짝 놀라 몇 발짝 뒷걸음 치다가 네 다리로 땅에 내려섰을 때 삿사 마고스케는 어깨 깊숙이 칼을 맞고 창을 쥔 채 땅에 떨어졌다.

"나를 놀라게 만드는군. 그러나 골목대장 치고는 제법이었어."

곤로쿠가 이렇게 말하고 다시 대여섯 걸음 물러나자 또다른 무사가 길을 막았다.

"잠깐."

"누구냐!"

"야마다 지부자에몬山田治部左衛門이다. 여기서 살아나갈 생각은 아예 하지도 마라."

"뭐, 지부자에몬? 그렇다면 겨룰 만한 가치가 있겠다. 자, 덤벼라."

지부자에몬은 과연 말에 옮겨 탈 정도로 가까운 거리까지 접근해 오지는 않았다. 시바타 곤로쿠 가쓰이에가 남달리 용맹하다는 점을 잘 알고 있었기 때문이다.

지부자에몬은 곤로쿠가 일단 칼집에 꽂았던 칼을 다시 빼는 순간,

"에잇!"

말을 날려 칼을 휘둘렀다.

곤로쿠는 왼쪽 어깨에 시뻘겋게 단 무쇠로 찔린 듯한 통증을 느꼈다.

'칼에 맞았다!'

순간 곤로쿠는 말을 몰았다.

눈으로 보고 베는 것이 아니다. 몸과 칼이 하나가 되어 부딪쳤다.

216

"앗!"

지부자에몬은 짧은 비명을 남긴 채 말에서 떨어졌고, 말은 미친 듯이 대숲을 향해 달렸다.

"꼴좋게 됐구나."

곤로쿠는 이렇게 중얼거리고 얼른 칼을 칼집에 꽂았다. 왼쪽 손에서 피가 줄줄 흐르고 고삐를 잡은 손에 감각이 없어져간다.

'이제 끝장이다.'

곤로쿠는 생각했다. 왼손으로 말을 다룰 수 없게 되었으므로 다시 누가 나타나면 싸울 수가 없다.

"시바타 곤로쿠 가쓰이에."

곤로쿠는 스스로 자기 이름을 불렀다.

"네 운은 멍청이에게 미치지 못했어. 죽을 때가 되었음을 알라."

"음, 그렇다."

이 경우 상의는 자기 자신과 하는 것이므로 결론 또한 빠르다.

"죽을 때라는 걸 깨달았으면 망설일 필요 없다. 모두의 죄를 혼자 뒤집어쓰고 당당하게 멍청이의 손에 죽도록 하라."

"당연히 그렇게 하겠다. 이제 와서 비겁한 흉내는 내지 않을 테다. 간주로 님은 아무것도 모른다. 모두 이 곤로쿠가 꾸민 일이다. 자, 곤로쿠가 죽는 모습을 잘 보거라."

오른손으로 고삐를 당겨 다시 말 머리를 휙 돌렸다.

말 머리를 돌리고 곤로쿠는 깜짝 놀랐다.

조금 전까지만 해도 그렇게 가까이서 들렸던 칼 소리가 멎고 묘하게도 주위가 조용해졌기 때문이다.

'이상하다. 귀가 잘려나간 것일까?'

고개를 갸웃하고 대숲에서 나오자 그 부근에는 이미 노부나가의 모습도 장대 같은 창을 든 친위대의 모습도 보이지 않았다. 여기저기에 점점이 널려 있는 아군의 시체 위에 눈부신 석양이 내리쬐고 있었다. 곤로쿠는 본능적으로 스에모리 성 쪽을 바라보았다.

노부나가가 승리한 기세를 몰아 스에모리 성을 공격할 줄로 생각했기 때문이다.

"보고합니다."

"오, 누가 있었느냐?"

돌아보자 아까 미마사카에게 보냈던 부하 하나가 논바닥에 개구리처럼 넙죽 엎드렸다.

"미마사카 님은 노부나가 님에게 목이 잘려 미처 말씀을 전하지 못했습니다."

"뭣이, 미마사카가 죽었어?"

"예. 모두의 죄를 혼자 짊어지고 할복하라는 말에 벼락같이 대들었다가 한칼에 그만."

"모두의 죄를 혼자 짊어지고 할복하라는……?"

"예. 그때 미마사카 님은 혼자 한 일이 아니라 간주로 님의 명령이라고……"

"으음, 그러자 노부나가 님은?"

"조금 전에 모두 끝났다면서 성채로 철수했습니다."

"……"

시바타 곤로쿠는 또다시 맹수와도 같은 소리로 크게 신음했다.

그러고는 고개를 푹 떨군 채 스에모리 성으로 돌아갔다.

돌아오는 도중에도, 성문에 들어설 때에도 전혀 입을 열지 않았다.

곤로쿠는 무사히 성에 들어가 있는 노부유키도 만나려 하지 않고 슬며시 자기 집으로 돌아가서는 상투를 자르고 자기 손으로 머리를 깎은 뒤에야 비로소 눈물을 뚝뚝 흘렸다.

'나는…… 나는…… 노부나가 님을 잘못 보고 있었다. 나는……
눈뜬 장님이었다.'

# 갑자기 중이 되어

결국 노부나가는 곤로쿠나 노부유키로서는 맞설 수 있는 상대가 아니었다.

"이 점을 지금까지 왜 깨닫지 못했을까?"

시바타 곤로쿠는 닭똥 같은 눈물을 흘리면서 때때로 허벅지의 살을 쥐어뜯고 입술을 깨물었다.

일단 노부나가가 위대하다는 것을 깨닫자 어제까지는 자기가 무언가 사악한 힘에 홀려 꿈을 꾸었던 것만 같은 생각이 들었다.

큰 멍청이의 거칠기 짝이 없던 놀이는 지리를 익히고 몸을 단련하기 위한 목적 때문이었으며, 어이없는 탈선은 상대에게 자기 의도를 깨닫지 못하게 하려는 전략이었다.

그러고 보면 미노의 살무사라 일컫던 도산조차 도중에 손바닥을 뒤집듯이 노부나가의 편이 되지 않았던가.

선군인 노부히데가 절대로 노부유키에게는 가문을 물려주지 않겠다고 한 것도, 히라테 마사히데가 끝까지 노부나가를 감싼 일도, 지금에 와서 생각하면 노부나가의 비범함을 간파했기 때문인 듯하다.

노히메 정도나 되는 재녀才女가 쉽게 노부나가와 화목해진 것도, 기요스 공략도 보통 사람으로서는 할 수 있는 일이 아니었다.

'그런데 어째서 나는 눈이 멀어 그토록 우쭐했던 것일까?'

곤로쿠는 한참 동안 눈물이 흐르는 대로 그냥 내버려두었다. 그러나 이것은 운다고 해결될 문제가 아니다.

어쨌든 자신은 선군인 노부히데의 눈에 들어 지금은 무사시노카미武藏守가 된 간주로 노부유키에게 딸린 중신의 우두머리이다.

따라서 이번 사건의 뒤처리는 좋건 싫건 곤로쿠가 마무리지어야 할 중요한 위치에 있었다.

돌이켜보면 하야시 사도는 요령이 있다. 동생인 미마사카만 싸움터에 내보내고 자기는 나오지 않았으므로 그로서는 변명하기가 쉬울 것이다.

'아우 녀석이 형의 마음도 모르고 경거망동하여 무어라 사과를 드려야 할지 모르겠습니다.'

근엄한 표정으로 이렇게 말하면, 당사자인 미마사카는 이미 죽었기 때문에 노부나가도 크게 추궁하지는 않을 것이다. 그러나 총력을 다해 싸운 스에모리 성은 문제가 그렇게 간단할 리 없다.

물론 그 책임을 느꼈기에 곤로쿠는 우선 머리부터 깨끗이 깎아버렸던 것이지만……

드디어 곤로쿠는 주먹으로 눈물을 닦고 결연한 표정으로 아내를 불러 귀에 대고 무어라 속삭였다.

아내는 소스라치게 놀라 파랗게 삭발한 남편의 머리와 눈물로 얼룩진 얼굴을 바라보다가 마침내 자기도 눈물을 흘리며 방을 나갔다.

잠시 후 아내는 어딘가 부근에 있는 절에서 빌려왔을 법한 검게 물들인 승복을 가지고 와서 곤로쿠 앞에 내밀었다.

강직한 성품의 사나이였던 만큼 일단 잘못을 깨달으면 그 뒤의 행동은 깨끗하다.

곤로쿠는 단정히 승복을 입고 밤이 되기를 기다렸다가 집을 나섰다. 그리고 스에모리 성에 기거하고 있는 노부나가, 노부유키 형제의 생모인 도다土田 마님의 방을, 남의 눈에 띄지 않게 조심스레 찾아갔다.

마님은 현재 머리를 내리고 여승이 되어 고린인香林院이라 불린다.

"밤중이지만 시바타 곤로쿠가 고린인 님께 부탁이 있어 찾아왔습니다. 말씀드려주십시오."

이렇게 말하자 하녀 뒤에서 엿보고 있던 노부나가의 여동생 이치히메市姬가 눈이 휘둥그레졌다가 이어서 킬킬 웃으며 사라졌다.

이치히메는 나중에 아사이淺井 가문으로 출가하여 요도淀 부인(도요토미 히데요시의 소실)과 제2대 쇼군 히데타다秀忠의 부인 등을 낳고, 또한 곤로쿠의 정실이 되어 에치젠越前의 기타노쇼 성北庄城에서 곤로쿠와 같이 죽은 오이치ぉ市 부인인데, 이때는 아직 무엇을 보아도 웃지 않고는 못 배기는 어린 소녀였다.

"어머 시바타 님이 스님이 되어…… 호호호…… 우스워서 배가 다 아파!"

"무슨 소리냐? 곤로쿠 님이 어떻게 되었다고?"

"예. 아주 근엄한 얼굴로 엄청나게 큰 승복을 입고……"

"웃으면 못써. 어서 이리 드시라고 해라."

곤로쿠는 떠름한 얼굴로 들어왔으나 이미 눈물은 거둔 후였다.

공손하게 앉아 인사하고는 말문을 열었다.

"마님에게 부탁드릴 일이 있습니다."

곤로쿠는 옛이야기에 나오는 벤케이弁慶°나 몬가쿠文覺°와 같은 승려 차림으로 고린인을 똑바로 쳐다보았다.

# 황금과 구리

"곤로쿠 님, 가즈사노스케上總介(노부나가)에게 도전했다가 패했다면서요?"

"그렇습니다…… 모두 이 곤로쿠가 어리석은 탓입니다."

"일이 난처하게 되었군요."

"그 일을 사과하기 위해 이처럼 머리를 깎고 찾아뵈었습니다."

"머리를 깎고 가즈사노스케에게 사과한다…… 이것만으로 끝날 일일까요?"

"그렇지는 않습니다."

곤로쿠는 솔직하게 말했다.

"노부나가 님의 불 같은 기질로 보아 내일이라도 이 성을 공격하실지 몰라 사과를 드리려고 밤중인데도 불구하고 찾아왔습니다."

"나에게……? 나더러 어떻게 하라는 말인가요?"

"황송합니다마는 내일 아침 일찍 마님의 이름으로 기요스에 사자를 보내주십시오."

"가즈사노스케에게…… 무슨 말을 전하라는 건가요?"

"이번 일에 대해 마님께서 노부유키 님과 곤로쿠를 몹시 꾸짖었더니 곤로쿠는 잘못을 뉘우치고 삭발을 한 뒤 처분을 기다리며 근신하고 있다, 그러므로 내가 이 두 사람을 데리고 기요스에 가서 사죄하도록 하려는데 어미를 보아 이번 일을 용서해주기 바란다…… 황송합니다마는 이렇게 말씀드려주셨으면 합니다."

"그러니까 내게 중재를 하란 말인가요?"

"예. 저는 결코 목숨이 아까워서가 아니라, 다만 이 일로 인해 노부유키 님의 신상에 화가 미치지 않을까 싶어서……"

"알았어요. 그대의 말대로 해보겠어요. 그러나 참고삼아 묻겠어요. 내가 두 사람과 같이 사과하러 갔을 때 가즈사노스케가 노부유키는 동생이므로 용서하겠지만 곤로쿠는 그냥 둘 수 없다고 하면 어떻게 하겠어요?"

"그야 물론……"

곤로쿠는 이렇게 말하면서 손으로 배를 가르는 시늉을 했다.

"노부유키 님을 구하는 일이 저희들의 책임. 형제분이 화목해진다면 이 곤로쿠에 대한 처분은 각오하고 있습니다."

"알겠어요. 그럼 내일 아침 일찍 사람을 보내지요."

"아무쪼록 잘……"

곤로쿠는 이렇게 말하고 공손히 인사를 한 뒤 곧 복도로 나왔다.

과연 노부히데의 눈에 들었던 중진답게 일단 눈을 뜨면 그 행동은 얄미울 정도로 조리가 있었다.

곤로쿠는 그 길로 노부유키를 찾아갔다.

노부유키는 이마에 핏대를 세우고 창백한 표정으로 아내를 상대로

술을 마시다가 곤로쿠의 모습을 보자 눈이 휘둥그레졌다.

"꼬락서니가 왜 그 모양이냐?"

하고 힐난하는 어조로 자기 머리를 가리켰다.

"약간의 차질을 빚었을 뿐인데 고작 그런 일로 이 모양이니……
사기가 떨어지지 않겠느냐?"

"당치 않으신 말씀입니다. 그럼, 주군은 아직도 기요스의 주군과
일전을 벌이실 생각입니까?"

"당연하지 않으냐! 우리에게는 아직 이누야마 성犬山城의 노부키
요信淸가 있고, 이와쿠라 성岩倉城의 노부카타信賢와 노부히로信廣
도 있어. 또 노부히로의 여동생은 미노의 사이토 요시타쓰齋藤義龍
에게 출가했지 않느냐. 자, 술이나 받아라, 곤로쿠."

곤로쿠는 엄한 눈으로 쏘아보면서 고개를 흔들었다.

"근신 중이므로 마실 수 없습니다."

"근신 중이라니 누구에게 근신한다는 말이냐?"

"우선 주군에게 죄송스럽습니다."

"나는 별로 마음에 두고 있지 않아."

"둘째로 고린인 님, 그리고 셋째는 노부나가 님."

곤로쿠는 단호한 어조로 말했다.

"조금 전에 고린인 님을 뵙고 사죄와 부탁을 드리고 왔습니다."

"뭣이, 어머니한테 다녀왔다는 말이냐?"

"예. 그리고 내일 아침 일찍 사람을 보내 제가 이처럼 머리를 깎고
근신 중이라는 뜻을 전하겠다고 하셨습니다."

"으음…… 어머니가 나선다면 일단 형을 속일 수 있겠군."

곤로쿠는 울고 싶은 심정이었다.

노부유키는 아주 강한 체하면서도 중재하는 사람이 있다고 말하자

당장 의지하려 든다. 내심으로는 역시 노부나가가 두려운 것이다.

'가치가 다르다. 황금과 구리의 차이야……'

이 점을 왜 지금까지 깨닫지 못했을까.

돌이켜보면, 황금과 구리의 차이를 모르고 구리의 냄새를 더욱 짙게 풍기게 한 장본인은 바로 곤로쿠 자신이라고 할 수 있다.

'어이없는 일을 저지르고 말았다.'

"주군!"

"왜?"

"지금은 고린인 님에게 모든 일을 맡기셔야 합니다. 내일 아침 고린인 님을 모시고 가셔서 노부나가 님에게 사죄하시지 않으면 안 됩니다."

"기요스에, 세 사람이……?"

"그렇습니다."

"안 돼. 그러면 형이 쳐놓은 덫에 스스로 걸리는 꼴이나 마찬가지야. 일부러 목을 바치려고…… 나는 가지 않겠다, 곤로쿠."

"당치도 않습니다. 제가 어째서 고린인 님에게 동행을 청했는지 그 의미를 주군은 모르십니까? 만약 노부나가 님이 그런 기색을 보이신다면 황송합니다마는 고린인 님을 방패로 삼으십시오. 아무리 악귀와 같은 사람이라도 어머니는 베지 못할 겁니다."

"으음……"

역시 아무런 대책도 없던 모양인지 노부유키는 금방 안도의 숨을 내쉬었다.

"그렇군, 어머니가 동행한다면…… 과연 묘안이야. 그럼, 일단 형을 속였다가 다음 기회를 노리기로 하지."

곤로쿠는 이 말에는 대답하지 않고, 한 번 더 강조해 말했다.

"그럼, 내일 아침에…… 그렇게 아시고 준비하십시오."

그러고는 얼른 일어나 가만히 자기 머리를 쓰다듬었다.

# 멍청이 문답

이튿날 아침 노부나가에게 갔던 고린인의 사자가 돌아온 것은 다섯 점(오후 8시) 무렵이었다.

"다른 사람도 아닌 어머니의 말씀이므로 일단 만나보고 나서 용서하겠다. 그리고 노부유키, 곤로쿠 외에 삿사 구란도도 데리고 오도록."

이에 고린인은 가마에 오르고, 나머지 세 사람은 어찌되었건 사죄를 하러 가는 길이므로 걸어가기로 했다.

맨 앞의 시바타 곤로쿠는 승려 차림 그대로 당당하게 가슴을 펴고 왼팔을 헝겊으로 사서 어깨에 매단 채 걸었다. 삿사 구란도도 곤로쿠에게 지지 않으려고 허세를 부리며 걷고 있었으나 주군인 노부유키는 가을바람 속의 철새처럼 외로워보였다.

"주군! 힘을 내십시오."

구란도가 말했다.

"상대는 고작 멍청이인 기요스의 주군 한 사람. 이 구란도가 능란한 혀끝으로 보기 좋게 구슬려놓겠습니다."

"이봐 구란도, 제발 입을 다물고 있게. 듣고 있는 내가 다 식은땀이 흐르는군."

곤로쿠가 나무라자 그는 껄껄 웃었다.

"시바타 님은 기요스의 멍청이에게 단단히 겁을 잡수셨군요."

"이봐, 제발 그 멍청이라는 소리는 하지 말게."

"그럼, 멍청이라는 말 대신 캥캥거리는 말이라고 할까요? 캥캥이의 독기를 쐬도 머리카락이 빠지지는 않을 텐데요……"

삿사 구란도는 고린인이 동행하고 있으므로 절대로 안전하다는 생각에 오늘 기요스에 가는 것을 자기 선전의 좋은 기회로 알고 있는 모양이었다.

곤로쿠로서는 삿사 구란도의 이러한 태도가 여간 낯간지럽고 수치스럽지 않았다.

아니나 다를까, 기요스 어귀에 다다르자 그 허세를 대번에 날려버릴 일이 기다리고 있었다.

"멈춰라!"

스무 명이 넘는 젊은 무사가 우르르 달려나와 일행을 에워싼 것이다.

"아, 고린인 님이시군요. 어서 성으로 드십시오. 주군이 기다리고 계십니다."

그러고는 맨 앞의 가마만을 통과시키고, 세 사람 앞을 막아섰다.

"당신들은 여기서 기다리도록."

"무엄하구나, 여기 계신 분은 무사시노카미 노부유키 님이시다."

구란도가 의기양양한 얼굴로 무사들을 꾸짖자,

"그대는 누구냐?"

지휘자인 듯한 무사가 엄한 소리로 응수했다. 그는 니와 만치요升羽万千代였다.

"나는 삿사 구란도, 그리고 여기 계신 승려 분은⋯⋯"

"쓸데없는 소리는 지껄이지 마라. 입이 가벼운 녀석은 생각이 모자란다고 들었는데 너는 입이 너무 가볍다. 무사시노카미의 아시가루足輕(평시에는 잡일에 종사하고 전시에는 병졸이 되는 최하급 무사)냐?"

"천만에, 나는 측근으로⋯⋯"

"측근? 한심한 녀석을 측근으로 두었군. 측근이라면, 그대들은 오늘 무슨 일로 기요스에 왔는지 알고 있을 테지? 조사할 일이 있으니 따라오너라."

시바타 곤로쿠는 과연 세상이 달라졌구나, 하고 혀를 내둘렀다.

얼마 전까지만 해도 곤로쿠 앞에 서면 말도 제대로 못하던 소년 만치요가 자기 역할이 무엇인지 알고, 곤로쿠뿐만 아니라 노부유키 앞에서도 주눅이 들지 않고 구란도 따위는 상대도 하지 않을 정도로 성장했다.

물론 이것도 노부나가의 지시일 테지만⋯⋯

이렇게 생각하고 안내하는 대로 큰길을 벗어나자, 만치요는 당당한 걸음걸이로 이들을 묘코 사妙興寺의 본당으로 데려갔다.

본당 입구에는 모과 다섯 개가 그려진 장막이 쳐져 있고 안에는 의자가 하나밖에 놓여 있지 않았다.

만치요는 유유히 의자에 앉아,

"앉아!"

하며 마루를 가리켰다.

"우리 주군의 명에 따라 시바타 곤로쿠부터 조사하겠다. 주군의 영지인 줄 알면서도 시노기에 출병한 이유가 뭔가?"

곤로쿠는 속으로 이때다 싶어 얼른 대답했다.

"우리는 하야시 사도의 허락을 받아……"

"닥쳐! 시노기가 사도의 영지란 말인가?"

"……"

"왜 잠자코 있느냐? 잘못을 인정하기에 잠자코 있는 건가?"

날카롭게 묻는 바람에 곤로쿠는 저도 모르게 빡빡 깎은 머리를 탁 쳤다.

그러자 스물한 살인 만치요는,

"좋아."

즉시 외치듯이 말하고,

"잘못했다는 증거로 머리를 깎고 근신하고 있다는 말이로군. 다음은 삿사 구란도."

"……"

"그대는 당시 무사시노카미 님의 측근에 있으면서 기요스의 멍청이를 제거하자고 외쳤다는데, 기요스의 멍청이란 누구를 가리키는 말이냐?"

"저는 그…… 그런 말을 한 기억이……"

"없다는 말이냐?"

"없습니다."

"좋아. 그리고 얼마 전 미노의 사이토 요시타쓰에게 밀서를 보낸 뒤 회답을 받았을 터이니. 그 내용을 이 자리에서 말해보라."

"그…… 그…… 그런 일은……"

"그런 일이 있었느냐 없었느냐? 이것은 무사시노카미 님도 시바타 곤로쿠도 모르는 일. 그러나 우리는 그 밀서와 회답의 내용을 모두 알고 있다. 접경 부근까지 와서 싸울 필요는 없으니 병력만 출동시켜 주기 바란다. 그러면 노부나가가 성을 비우고 출전할 테니 이틈에 요시타쓰 부인과 친남매인 노부히로 님에게 기요스 성을 점령케 한다. 이 계획이 가능한 이유는 노부나가가 서형庶兄인 노부히로 님을 신임하고 있어 성을 나설 때 반드시 노부히로 님에게 성을 부탁할 것이기 때문이다. 성을 지키는 분이 점령하는 것이므로 전혀 실패할 우려는 없다. 그러나 여기에 대해서는 무사시노카미 님과 시바타에게는 비밀로 하기 바란다는 밀서를 보내지 않았느냐? 그러자 요시타쓰로부터 잘 알았으니 추수가 끝난 뒤 출병하겠다는 회답이 왔지. 그대는 이 밀서를 분명히 손에 넣었을 텐데 어떠냐?"

구란도는 새파랗게 질려 부들부들 떨기 시작했다. 아니, 구란도만이 아니다. 아무것도 모르고 있던 노부유키도 시바타 곤로쿠도 깜짝 놀라 구란도를 바라보았다.

"어때, 기억이 있느냐 없느냐?"

"당…… 당…… 당치도 않은 일입니다. 전혀 그런 기억이 없습니다."

"좋아. 깊이 추궁하지 말라는 주군의 말씀이 계셨으므로 그대의 말을 액면대로 믿겠다. 그렇다면 우리 주군에게 용서를 빌 일은 아무것도 없다는 말이군."

"예…… 예."

"그럼, 성안에 들어갈 필요가 없다. 여기서 혼자 돌아가도록 하라."

만치요는 이렇게 말한 뒤 주위를 둘러싼 젊은 무사들을 향해 소리쳤다.

"곤도近藤, 하루타春田, 너희들은 발칙하기 짝이 없다. 삿사 구란도는 멍청이란 말을 한 적이 없는데도 했다고 거짓말을 했어. 그리고 무라키村木, 마쓰우치松內, 너희들도 용서할 수 없다. 너희들이 밀사를 체포하고 빼앗은 서신은 모두 가짜였음이 판명됐어. 그러고도 첩자의 역할을 다했다고 할 수 있느냐. 좋아, 구란도는 돌아가고 두 사람은 일어서도록."

시바타 곤로쿠는 으음, 하고 저도 모르게 신음했다.

젊은 무사들 중에서 이름이 불린 네 사람은 안색이 변하여 삿사 구란도를 뒤쫓아갈 것은 뻔한 일이다.

"우리를 거짓말쟁이로 만들 생각이냐!"

"여기 네가 쓴 밀서가 있다. 원본은 우리가 보관하고 사본을 양쪽에 전했는데 뻔뻔스럽게도 거짓말을 하다니."

그러나 니와 만치요는 그런 일에는 상관하지 않고 곤로쿠와 노부유키를 데리고 본당에서 나오려 했다.

이것으로 용케 위기를 벗어났다고 생각한 삿사 구란도는 분명 격앙한 네 사람에게 살해될 것이다.

'이 역시 노부나가의 지혜로구나……'

라고 생각했을 때 비로소 자신의 오산을 깨달은 삿사 구란도는 비명을 지르며 만치요에게 달려왔다.

"드릴 말씀이 있습니다. 아직 말씀드리지 못한 일이……"

여기서 죽으면 큰일이라 여겨 네 사람의 포위망을 뚫고 달려와 만치요의 옷소매에 매달리는 구란도에게서는, 조금 전 본당에 올 때 보여주었던 오만한 태도를 전혀 찾아볼 수 없었다.

"보기 흉하구나, 구란도. 내가 더는 추궁하지 않겠다고 한 말을 잊었느냐?"

만치요가 손을 뿌리치자 구란도는 횡설수설하며 다시 매달렸다.

"아니…… 추궁을 받아야 할 일이…… 아니, 성안에 들어가 사죄해야 할 일이 제게도……"

젊은 무사들은 참다못해 그만 웃음을 터뜨렸고, 곤로쿠는 쓸쓸히 혀를 차면서 말없이 노부유키를 재촉했다.

# 노부나가의 조치

"어머니, 저 역시 노부유키와 마찬가지로 어머니의 자식입니다."

노부나가는 바깥채의 사랑방에서 고린인을 맞이하였다. 어머니가 노부유키의 구명을 계속 탄원하자 노부나가는 웃으면서 대답했다.

"노부유키만 이 형을 멀리하지 않는다면 미워할 리가 없지 않겠습니까? 걱정하지 마십시오. 그렇지 않은가, 오노?"

"예. 그 일이라면 주군이 늘 입버릇처럼 말씀하십니다."

노히메는 오랜만에 대하는 시어머니께 직접 다과를 대접하며 열심히 위로했다.

왜냐하면 고린인은 도중에 세 사람을 따로 떼어놓자 혹시 죽이지 않을까 걱정하고 있는 것 같았기 때문이다.

"주군은 형제가 수레의 두 바퀴처럼 사이좋게 협력하면 아무도 깔보지 못한다면서 항상 노부유키 님의 측근을 마땅치 않게 여기시고……"

"바로 그 점이야, 노히메. 노부유키도 지금은 세 아이의 아버지인데, 만약의 경우 나쁜 일이라도 생기면 어쩌나 싶어 자꾸 마음에 걸려."

아직도 고린인은 반신반의하는 듯,

"가즈사노스케."

하며 다시 노부나가 쪽으로 향했다.

"화나는 일도 있겠지만 이 어미를 보아 너무 거칠게 대하지는 않았으면 좋겠다."

"하하하…… 거칠게 나온 것은 바로 노부유키예요. 아직 저는 녀석을 해치려 한 적이 없어요. 곧 이 자리에 나타날 테니 걱정하지 마십시오."

"곧 이리 온다고?"

"오지 않을 수 없겠지요. 여기 와서 마지못해 제게 머리를 숙이게 될 거예요. 그것으로 오늘 일은 끝나는 것이니 가마에 태워 함께 돌아가십시오."

"지금 한 말이 설마 거짓은 아니겠지?"

"어머니!"

"응."

"그러나 노부유키가 마음을 고쳐먹지 않고 다시 저를 적으로 돌리려 하면 그때는 어머니도 각오하셔야 합니다."

"각오…… 라니?"

"칼을 든다면 칼로 대항할 수밖에 없어요. 죽느냐 살아남느냐 하는 것은 노부유키의 마음에 달렸죠. 어머니도 노부유키의 행동을 잘 감시하도록 하십시오."

"그야 물론……"

고린인은 당황하기 시작했다.

그녀 역시 다 같은 자식인데도 계속 노부유키를 위해 일을 꾸미고 노부나가를 몰아내려 했던 기억이 있기 때문이었다.

'그 무렵에는 어째서 그런 생각을 했을까?'

오랜만에 만난 노부나가는 이전과는 전혀 달랐다. 늠름한 무사의 이면에 숨쉬는 따뜻한 애정과 사려 깊은 면모를 피부로 느낄 수 있었다.

'그렇다면 나도 노부유키의 측근에게 속고 있었던 걸까?'

일말의 불안 속에서 문득 이런 생각을 떠올렸을 때 부산스런 발소리가 들려왔다.

"니와 만치요 님이 스에모리 성의 주군과 승려 두 사람을 데려왔습니다."

"뭐, 승려 두 사람을?"

"예. 한 사람은 눈썹까지 깨끗이 밀고 입술과 간까지 새파랗게 질린 승려입니다."

보고하러 온 사람은 노부나가의 시동 중에서도 가장 준수하게 생긴 아이치 주아미愛智十阿彌였는데, 신랄한 독설로 성안에 널리 알려진 자다.

"그렇게 새파랗게 질린 승려가 따라왔다는 말이냐?"

"예, 그 모습으로 보아 아마 혓바닥도 그렇고, 음낭과 남근도 쪽빛 물감을 휘젓는 막대처럼 새파래졌을 것입니다. 스에모리 성의 주군은 파란 색을 무척 좋아하는 모양입니다."

"어머……"

처녀처럼 예쁜 얼굴로 차마 들을 수 없는 욕설을 내뱉는 주아미를 보고 고린인도 그만 고개를 돌렸을 때, 과연 기묘한 차림의 일행이 조용히 들어왔다.

맨 앞의 시바타 곤로쿠는 삶은 게의 속살처럼 창백한 낯빛이었고, 한가운데에 있는 노부유키도 백지처럼 하얗게 질려 있었다. 맨 뒤의 삿사 구란도는 주아미의 말대로 눈썹까지 밀어버린 그야말로 창백한 모습의 표본이었다. 아마 묘코 사에서 만치요에게 깎였을 것이다.

그 자리에 있던 근시와 시녀들이 일제히 웃음을 터뜨렸다.

이렇게 되자 새파랗게 질린 얼굴이 부끄러움으로 붉어져 더욱 붉고 푸르게 보였다.

"이번 일은 모두 제가 꾸민 짓, 주군은 아무것도 모르십니다. 이 곤로쿠를 처벌해주십시오."

시바타 곤로쿠는 이 자리에서 어떤 조롱을 받게 될 것인지 각오한 듯 앉자마자 얼른 머리를 다다미에 조아렸다.

노부나가는 빙긋이 웃었다.

"곤로쿠."

"예."

"이미 사죄는 끝났다. 다름 아닌 어머니의 부탁이므로 이번 일에 대해서는 더 이상 말하지 않겠다."

"아아……"

맨 먼저 고린인이 어깨를 흔들고 이어서 노부유키와 구란도가 안도한 듯 고개를 들었다.

엎드려 있는 사람은 오직 곤로쿠 한 사람뿐이었다.

"그보다도 곤로쿠, 그대의 전투는 서툴렀어."

"황송합니다."

"겨우 하룻밤 사이에 쌓은 그 허술한 성채 주위에 병력을 배치하고 서서히 죄어왔더라면 어떻게 버틸 수 있었겠나?"

"……"

"그런데도 멧돼지처럼 정면으로 부딪쳐왔어. 핫핫핫하, 내가 예상했던 그대로야. 아마도 저돌적인 곤로쿠 녀석이므로 단숨에 점령하려 할 것이다. 그러므로 함락되지 않는다, 함락되기 전에 강을 건너 일격을 가하자…… 모든 일이 이 노부나가의 뜻대로 되었어."

"말씀을 듣고보니……"

"앞으로도 흔히 있을 법한 일이야. 싸움터에서는 저돌적인 무사처럼 보이지 않도록 연구를 해야 하는 거야. 어떠냐, 상류 쪽에서도 마찬가지였을 것이다. 그대는 전방에만 정신이 팔려 이 노부나가가 철수하는 것조차 모르고 있었어. 그래서는 아무리 강하다 해도 대군을 지휘하지 못해."

"황…… 황송합니다."

곤로쿠는 한참 동안 고개를 들지 못했다. 부끄러웠기 때문만은 아니다.

용서한다는 한마디로 과거는 깨끗이 잊어버리고 벌써 전투 결과를 냉정하게 검토하는 노부나가의 기량이 이 거친 무사의 마음을 한없이 흔들어놓았기 때문이다.

"곤로쿠 님, 고개를 드시오. 주군이 지난 일은 깨끗이 흘려보내고 잔을 내리시겠다고 하오. 고맙게 받도록 하시오."

성채를 지키며 자신과 대적했던 사쿠마 다이가쿠의 말에 그만 이 용장도 대번에 와락 울음을 터뜨리고 말았다.

이때 삿사 구란도도 약간 핏기를 되찾고는 곁에 있는 노부유키를 보고, 작은 소리로 말했다.

"이것은 모두 우리를 속이려는 술수입니다."

주위에 신경을 쓰는 모습이었다.

그러나 노부나가는 이들을 보려 하지도 않고 어머니의 눈에 맺힌 눈물을 보고 조용히 웃었다.

　"어머니, 술잔을 나누거든 곧 데리고 돌아가십시오. 성의 여자들도 염려하고 있을 것입니다."

　"응, 그래."

　이때 곱게 차려입은 시녀 셋이 술상을 들고 들어왔다.

　또 누군가가 킥킥 웃은 것은, 지금까지 소리내어 흐느끼고 있던 곤로쿠가 울음을 뚝 그치고 커다란 머리를 들었기 때문이었다.

# 큰 그릇, 작은 그릇

인간에게는 물론 어렸을 때부터 수련을 쌓았는지의 여부도 작용하나, 천성적으로 타고난 그릇의 차이도 분명히 있기 마련이다.

다같이 난세에 태어나 똑같은 경험을 하며 자랐으면서도 노부나가와 노부유키는 같지 않았고, 곤로쿠와 구란도도 전혀 다른 기질을 가지고 있었다.

만약 이때 노부유키에게 노부나가의 기량을 꿰뚫는 능력이 있었다면 아마도 이후의 역사는 크게 달라졌을 것이다.

그러나 노부유키는 결코 노부나가의 진가를 알아차릴 만한 그릇이 못되었다.

노부유키는 어머니와 함께 스에모리 성으로 돌아가는 도중에, 맨먼저 곤로쿠에게 말을 걸었다.

"용케 위기를 벗어났어. 그렇지, 곤로쿠?"

그러나 이미 노부나가에게 깊이 감동해 눈물까지 흘린 곤로쿠였다.

이런 말을 하면 곤로쿠가 어떻게 생각할지를 예상하지 못한 것은, 노부유키가 유치한 탓이고 방자한 까닭이며 또 쓸데없는 허세 때문이기도 했다.

아마도 그런 말이라도 하지 않으면 자신의 비참한 처지를 견디기 어려웠을 것이다. 그런데 곤로쿠는 이 말을 듣자 눈을 부릅뜨고 노부유키를 노려보면서 쏘아붙였다.

"주군도 성에 도착하거든 머리를 깎으십시오."

"뭐, 머리를 깎으라고? 무엇 때문에?"

"진정으로 노부나가 님에게 사죄하기 위해서입니다."

"핫핫핫하……"

노부유키는 분노를 감추고 비웃었다.

"어머니, 곤로쿠가 이 노부유키에게도 중이 되라고 하는군요. 중이 세 사람 있어야만 형을 속일 수 있다고 합니다."

"노부유키."

고린인도 이 말만은 그냥 들어 넘길 수 없었다.

"나는 너를 아끼기 때문에 한마디 해야겠다. 가즈사노스케를 속인다는 그런 소리는 삼가야 한다. 너 자신을 망치는 원인이 된다는 것을 알아야 해."

"그게 무슨 말씀입니까? 어머니도 형이 정말 우리를 용서한 줄로 아십니까?"

핏대를 올리며 말하자 구란도가 다가와 무섭게 소매를 잡아끌었다.

"주군 모든 것은 후일을 위해…… 적을 속이기 위해서는 먼저 우리 편부터 속여야 합니다."

이렇게 되면 노부유키의 눈이 흐려질 수밖에 없는데, 흐리게 만드는 쪽인 구란도 역시 인간이 지닌 기량의 차이를 모르고 있으므로 비극은 불가피한 일이었다.

'곤로쿠 녀석이나 어머니도 이 노부유키를 버리고 형에게 붙는 편이 유리하다고 생각하고 있다.'

노부유키는 이런 계산을 하고 있었고 구란도는,

'그렇다, 이제는 시바타 대신 이 삿사가 스에모리 성의 집정이 될 절호의 기회가 왔다!'

라는 마음을 갖기 시작했다.

가령 무술이나 바둑, 장기만 해도 3급이나 4급인 자는 자기보다 훨씬 실력이 뛰어난 6단이나 7단 등 고단자의 실력을 알 리 없다.

알고 있는 것은 단지 자기보다 상수일 것이란 추측뿐 그 차이나 거리에 대해서는 눈이 어두운 것이다.

인간도 이와 똑같다.

노부유키는 노부나가 따위에게 질 리 없다는 자만심에 빠져 있고, 구란도는 구란도대로 자기가 곤로쿠 이상의 기량을 가진 사람이라고 착각하고 있다.

이렇게 되자 성안에서도 점점 더 두 사람은 밀담을 자주 나누었고 따라서 곤로쿠의 옳은 의견은 혐오를 받게 되었다.

곤로쿠가 이대로 두어서는 안 되겠다고 생각하기 시작한 것은 그해 10월 중순부터였다.

이날은 낮부터 진눈깨비가 내려 대지를 어둡게 감싸고, 불쾌한 냉기가 겨울이 왔음을 말해주었다. 성주인 노부유키는 하루 종일 방에서 나오지 않았다.

녹봉의 배분 문제로 일곱 점(오전 4시) 무렵까지 성에 있던 곤로쿠는,

'혹시 감기에 걸린 것은……'

이런 생각이 들어 안내도 구하지 않고 안으로 들어갔다.

그랬더니 누워 있지 않을까 싶었던 노부유키는 자신의 거처 밖 여기저기에 망보는 자를 배치하고 무언가를 하고 있다.

망을 보는 자는 시동이었는데, 그중의 하나가 곤로쿠를 보자 당황하며 방으로 달려가 노부유키에게 무슨 말을 고했다.

'또 밀담을 하고 있는 모양이군.'

곤로쿠가 쓴웃음을 지으며 물러나려 하자 이번에는 노부유키가 직접 뛰어나와 변명하듯 말했다.

"곤로쿠, 그대도 들어와. 하도 추워서 여럿이 술을 마시고 있던 참이야."

곤로쿠는 아직 묶을 만큼 자라지 않은 수염을 쓰다듬으며 선 채로 고개를 저었다.

"주군! 제게는 거짓말이 통하지 않습니다. 주군의 얼굴은 술을 마신 분의 얼굴이 아닙니다."

아닌 게 아니라 한 잔만 마셔도 빨개지는 노부유키의 얼굴은 창백하게 굳어져 긴장되어 보였다.

"뭣이, 그럼 나하고는 술도 같이 마실 수 없다는 말인가?"

"아니, 밀담 중이시기에 사양하려는 것입니다. 특별한 용건이 있어서 온 것은 아닙니다."

"허어, 용건이 없다면 무슨 냄새를 맡으러 왔는가? 그대는 요즘 볼 일도 없으면서 성안을 배회하고 있어."

"그럼 이만 실례하겠습니다."

곤로쿠는 어이가 없어 그대로 밖으로 나와 현관으로 향했다.

그의 집은 성의 정문 근처에 있었기 때문에 시종도 데리고 가지 않고 혼자 밖으로 나가려 할 때였다.

"가로님, 드릴 말씀이 있습니다."

뒤쫓듯이 달려와 현관 마루에 넙죽 엎드린 자는 곤로쿠의 추천으로 고쇼가 된 구사마 도로쿠草間東六라는 젊은이였다.

"도로쿠, 용건이 있거든 내일 듣기로 하겠다. 나는 돌아가서 옷을 갈아입어야겠어."

"그러면 댁까지 모시고 가서…… 급히 드릴 말씀이……"

"그래? 좋아, 그럼 따라오너라."

아무렇지도 않게 여기고 집으로 데려왔는데, 객실에 들어오자 도로쿠는 화로에 손도 쬐지 않고 바로 말문을 열었다.

"가로님, 위험할 뻔했습니다."

하고 사방을 둘러보며 작은 소리로 말했다.

"내실에는 가로님을 해치기 위해 독주가 준비되어 있습니다. 주석에는 함부로 참석하지 마십시오."

"뭣이, 나를 해치려고 독주를?"

"예. 가로님은 노부나가 님과 내통하고 있다, 때문에 주군을 주군으로 여기지 않는 이 성의 병균이라고 삿사 님이 말했습니다."

"으음, 그러냐."

"지금 사방에 자객을 내보냈으므로 노부나가 님의 암살은 시간문제, 그 전에 가로님도 제거해야 한다…… 실은 오늘도 그 밀담을 나누고 있었습니다."

"뭐, 노부나가 님의 암살이 시간문제라고?"

"예. 항상 이삼십 명이나 되는 무리가 노부나가 님의 뒤를 밟고 있습니다. 만약에 일이 누설되면 큰일이라면서……"

"알겠다! 더 들을 것도 없다."

하고 곤로쿠는 제지했다.

그처럼 노부나가한테 깨끗이 용서받았으면서도 실력을 갖추지 못한 비뚤어진 자가 드디어 암살을 꾀하고 있구나…… 이렇게 생각한 곤로쿠는 그만 불 같은 울화가 치밀었다.

곤로쿠는 팔짱을 낀 채 눈을 감고, 자기를 노부유키의 가신으로 임명한 노부히데의 모습을 뚜렷이 떠올리면서 그를 향해 중얼거렸다.

"이 곤로쿠가 크게 잘못했습니다. 간주로 님을 잘못 보좌했습니다. 용서해주십시오, 용서해주십시오……"

이런 일이 있은 뒤 얼마 지나지 않아……

노부나가가 고조 강 부근에서 괴한의 습격을 받았다. 비록 목숨은 무사했으나 말에서 떨어지는 바람에 머리를 크게 다쳐 자리에 누웠다는 소문이 기요스에서 스에모리까지 퍼졌다.

# 음모 삼매三昧

노부나가가 머리를 다쳤다는 소문이 의심을 받으면서도 입에서 입으로 전해지다가 마침내 또 다른 소문으로 번졌다.

"노부나가가 발광했다."

물론 괴한이 머리를 강타한 것이 원인이고, 발작이 일어나면 노부나가는 칼을 빼어들고 횡포를 부린다. 그래서 할 수 없이 덴슈카쿠天守閣°로 데려가서 그곳을 병실로 삼아 감금했는데, 노부나가는 창으로 밖을 내다보면서 이따금 적이 쳐들어온다고 소리치며 광란한다는 것이었다.

그리고 이 소문은 며칠 지나지 않아 제삼의 소문으로 변했다.

덴슈카쿠에서 미쳐 날뛰던 노부나가가 약탕관을 얹은 쟁반에 걸려 쓰러지고 다시 기둥에 머리를 부딪쳐 인사불성인 채 중태에 빠져 한마디로, 빈사 상태라는 소문이 나돈 것이다.

이 때문에 기요스 성 안팎은 숙연한 불안에 휩싸이고, 반대로 스에

모리 성은 갑자기 활기를 띠기 시작했다.

당연한 일이었다. 거의 성 밖으로 나가지 않는 날이 없을 정도로 일과처럼 되어버린 아침의 말달리기와 낮의 시장 순회 외에도 매사냥, 전투 훈련과 수영을 비롯하여, 이번 가을에는 각 부락의 축제에까지 참가하여 직접 달밤에 춤을 추고 마을 사람들의 경연競演에 시상도 하곤 하던 노부나가가 소문이 난 이후부터는 한 번도 모습을 나타내지 않았기 때문이다.

음력 동짓달 초이틀 아침의 일이었다.

무사시노카미 노부유키는 일어나자 곧 삿사 구란도, 쓰즈키 주조, 노나카 산사케野中三佐를 비롯한 심복인 젊은 무사 열두세 명을 객실로 불러 보고를 듣고 있었다.

"워낙 음흉한 형이므로 방심해서는 안 된다. 각자가 탐지한 정보를 꾸밈없이 말해보라."

"예. 저는 12일 동안 계속 동쪽 시장을 지켜보았는데, 지난 달 16일부터 한 번도 모습을 보이지 않았습니다."

"저는 의사인 가미코다 우안神子田右庵의 행동을 살폈습니다. 그는 매일같이 성에 드나들다가 나흘 전부터는 전혀 성에서 나오지 않았습니다. 성안에서 대기하고 있는 듯합니다."

"저는 철포대 책임자인 히사토쿠 단바久德丹波의 인척인 아내를 시켜 알아보도록 했습니다. 단바는 발광에 대해서는 대답하지 않고, 다만 최근 얼마 동안은 철포대의 훈련에도 모습을 나타내지 않는다면서 눈물을 흘리더라고 합니다."

여기까지 보고했을 때,

"저는……"

다음 사람의 발언을 제지하듯 삿사 구란도가 미소를 띠고 몸을 앞으로 내밀었다.

"어제 고린인 님의 이름으로 사자를 기요스에 보냈습니다."

"뭣이, 어머니 이름으로 사자를 보냈다고?"

"황송합니다마는 이 역시 책략이므로 용서하시기……"

"무어라고 하여 보냈느냐, 구란도?"

"항간에서는 가즈사노스케 님이 병환이라는 소문이 자자한데 사실인가 아닌가? 사실이라면 오와리의 큰 문제, 나도 곧 문병을 하고 싶다. 또 무사시노카미에게도 문병을 다녀오도록 이를 생각이니 병세를 있는 그대로 알리라고 시켰습니다."

"뭐, 병세를 있는 그대로? 그럼, 저쪽에서는 누가 대응했느냐?"

"모리 산자에몬입니다."

"대답은?"

"참으로 고마운 말씀이다. 그러나 아직 세상에는 숨기고 있으므로 만약 문병을 오시려거든 세상에 알려지지 않도록 은밀히…… 라는 대답이었습니다."

"으음."

노부유키는 천장으로 시선을 보내며 나직하게 신음했다.

"좋아, 거기까지 확인했다면 나머지 말은 들을 필요가 없다. 구란도와 주조, 두 사람만 남고 모두 물러가라."

"예."

젊은 무사들이 물러가자,

"으음, 어머니 이름으로 알아보았다는 말이지?"

"주군! 드디어 때가 왔습니다."

"좋아. 구란도, 그대가 이렇게까지 일을 진행시켰으니 문병에 대해서도 복안이 있을 테지. 생각한 그대로 말해보라."

"실은 그것도……"

구란도는 다시 모사謀士답게 미소지었다.

"이미 계획을 세웠습니다."

"뭐, 계획을 세웠다고?"

"예. 노부나가 님이 자리에 누운 것이 사실이라면 제 책략의 채택 여부와는 관계없이 문병을 다녀오심이 당연하다고 생각했기 때문에……"

"그야 당연한 일이지. 형이 중병에 걸렸다면 물론 문병을 해야 해. 그러면 문병할 사람의 수는?"

"우선 고린인 님."

"으음, 역시 어머니를 방패로 세운다는 말이로군. 그 다음은?"

"다음은 주군 자신입니다."

"의당 내가 가야지. 그 밖에는?"

"시바타 곤로쿠 님."

"뭐, 곤로쿠도 데려간다고?"

"어쨌거나 곤로쿠 님은 가로이므로 동행하지 않으면 상대가 의심을 하고 주군을 병상에 들어오지 못하게 할지도 모릅니다."

"좋아, 세밀하게 계획했군. 그 다음에는?"

"쓰조키 주조 님과 칼을 든 고쇼 한 사람."

"그럼, 자네는 가지 않는다는 말인가?"

"저보다는 주조 님의 무술이 더 뛰어납니다. 그리고 저는 이미 기요스의 의심을 사고 있으므로 도리어 방해가 될 것 같아 사양하려고 합니다."

"주조."

노부유키는 상기된 눈을 그에게 돌리고 물었다.

"그대는 동행하겠는가?"

"예. 이 주조뿐만 아니라 이미 삿사 님과 상의하여 고린인 님과 시바타 님에게도 동의를 구했습니다."

"그래?"

노부유키의 눈이 다시 천장으로 향했다.

"으음, 그렇게 모두 형의 병상에 들어간다. 그리고 내가 형을 한칼에 처리하는 동안 주조는 형의 가신이 접근하는 것을 막는다…… 그러면 어머니가 있으므로, 내가 오와리의 주인으로 결정되면 곤로쿠도 이의를 제기하지 못할 것이다…… 정말 나는 훌륭한 가신을 가졌어."

"황송합니다."

"그럼, 문병할 날짜는?"

"오늘 여덟 점(오후 2시)이라고 기요스에 연락해놓았습니다."

"좋아."

노부유키는 크게 고개를 끄덕이고 나서 큰 소리로 웃기 시작했다.

# 숙명의 계단

"스에모리 성의 무사시노카미 님이 고린인 님을 모시고 문병하러 오셨으니 안내를 바라겠소."

기요스 성의 정문 앞에 가마 한 채를 멈추고, 안내하러 나온 하세가와 교스케長谷川橋介에게 말을 건 사람은 시바타 곤로쿠였다.

교스케는 허리를 굽히고 조용히 대답했다.

"미리 연락을 주셨기 때문에 도착하시기를 기다리고 있었습니다."

이어서 수행한 자가 가마의 문을 열자 고린인과 노부유키가 내리고는 먼저 입을 열었다.

"형님의 병세는?"

"놀라지 마십시오. 그럼, 안내하겠습니다."

교스케는 이렇게 대답하고서 허리를 폈다.

매우 숨 막힐듯 절박한 느낌이었다.

노부유키는 흘끗 주조와 시선을 교환하고 맨 앞에 섰다. 뒤이어 칼을 든 시동과 주조, 고린인과 곤로쿠의 순으로 입을 다문 채 본성의 복도를 지나 넓은 방 앞에 다다르자 다치기타 가네요시立木田兼義와 이케다 가쓰사부로池田勝三郎가 안에서 급히 마중나왔다.

"미처 나가 뵙지 못해 죄송합니다."

가네요시가 고개 숙여 인사하고 말을 이었다.

"지금 오다 미키노조織田造酒丞 님과 모리 산자에몬 님께서 마님의 거실에서 말씀을 나누고 계시므로 우선 그리로 가심이 어떨까 합니다마는."

노뷰유키는 다시 흘끗 주조와 시선을 교환했다.

"형님의 병실은?"

"예, 덴슈카쿠입니다."

"그럼, 먼저 문병을 한 뒤 형수님에게 인사하기로 하세."

"그러시면…… 마님의 분부이십니다, 고린인 님은 우선 안으로 모시라는."

"뭐, 형수님이 그렇게 말씀하셨다고? 좋아, 그렇다면 어머니는 일단……"

"그럼, 제가 고린인 님을 모시지요."

곤로쿠가 말했다.

"누군가 수행을 해야 할 테니까요."

"그게 좋겠군. 다들 모여 있다고 하니 어머니와 곤로쿠는 그리 가도록. 나는 주조를 데리고 먼저 문병부터 할 테니."

노부유키는 속으로 회심의 미소를 띠었다.

이처럼 순조롭게 일이 풀리는 것을 보면 드디어 운이 트이기 시작했다는 증거임에 틀림없다고 생각했다.

상대의 낯빛이나 분위기로 보아 상태가 심각한 것 같으나 병은 회복되는 경우도 있다.

만약 머리맡에 많은 사람이 모여 있다면 어머니를 방패로 삼으려 했으나, 모두 노히메의 방에서 의논하는 중이라면 그럴 필요도 없다. 노부유키가 노부나가를 찌른다…… 그리고 덴슈카쿠의 창에서 신호를 보내면 삿사 구란도가 밖에서 부하들을 데리고 성을 포위한다.

안에는 노부유키와 고린인, 밖에는 스에모리의 군사가 대치하고 노부나가는 이미 죽었다. 이렇게 되면 벌써 대세는 결정된 것이나 다름없다.

'그렇다, 이제 반 각(30분)만 지나면 이 노부유키가 오와리의 주인이 된다.'

"그럼 교스케 님, 귀하가 무사시노카미 님을 덴슈카쿠로 안내하시오. 우리는 고린인 님을."

다치기타 가네요시의 말에 일행은 둘로 갈라졌다.

문병을 가는 일행은 교스케, 노부유키, 칼을 든 고쇼, 주조의 순서였다.

쥐 죽은 듯이 조용한 성안, 덴슈카쿠의 복도를 지나 1층에 들어섰을 때 노부유키는 눈이 휘둥그레졌다. 여기는 정면이 노부나가의 대기실이었는데, 주위의 창가에 수많은 철포가 나란히 세워져 있었다.

'5백 자루가 넘는다.'

물론 이것도 반 각이 지나면 나의 것이 된다.

노부유키는 주조를 보며 말했다.

"철포 수가 엄청나군. 형님이 평소에 얼마나 정성을 기울였는지 짐작할 만하군."

이어서 2층에 올라가자 이곳에는 창과 활이 가득했다.

"으음. 교스케, 정말 놀랍군."

"그렇습니다. 여간 고심하지 않으셨습니다."

"자, 3층으로 올라가세."

여기서 교스케는 공손히 허리를 굽히고 뒤로 물러섰다. 노부유키는 교스케가 앞장서는 것보다 그렇게 하는 편이 유리하므로 고개를 끄덕이고 앞으로 나갔다. 그리하여 노부유키, 고쇼, 주조 그리고 교스케의 순서가 되었다.

이 부근에서부터 계단에서는 곰팡이 냄새가 나고 머리 위의 망루는 조용하기만 했다.

다만 창으로 스며드는 오후의 햇살만이 수북히 먼지가 쌓인 마루에 흰 그림자를 드리웠다.

'이미 혼수상태에 빠져 의식이 없는 것은 아닐까?'

노부유키는 천천히 계단을 올라가 3층의 중앙을 향해 날카롭게 눈길을 던졌다.

그러자 방 한가운데에 덩그러니 침구 하나가 놓여 있고, 그 위에 이쪽으로 등을 돌리고 앉아 있는 사람이 있었다.

'아, 일어나 있구나.'

이것을 확인하고 저도 모르게 뒤에 있는 고쇼에게 칼을 건네라고 손을 내밀었을 때 계단 중앙에서 기겁을 하고 놀라는 소리가 들렸다.

'주조 녀석, 벌써 뒤에서 올라오는 교스케를 죽였구나.'

이렇게 생각했을 때 침구 위에 앉아 있던 사람이 이쪽으로 홱 돌아앉았다.

"아…… 그대는 형이 아니라……"

"그렇습니다. 가즈사노스케 노부나가 님의 가신 하코바 한자에몬
箱羽半左衛門입니다."

한자에몬은 벌떡 일어나 다다미 위로 옮겨 자세를 바로 하고 침착

한 목소리로 말했다.

"무사시노카미 님, 할복하십시오. 주군의 명에 따라 제가 가이샤쿠介錯(할복하는 사람의 목을 치는 일, 또는 그 사람)를 하겠습니다."

그러고는 고개를 숙였다.

# 노부유키의 최후

"칼을!"

노부유키는 소스라치게 놀라 한 걸음 물러서며 손을 뒤로 내밀었다. 하지만 그 손은 공허하게 허공을 헤엄쳤을 뿐이었다.

이미 칼을 들었던 고쇼는 노부유키한테서 멀어졌고, 천천히 입구에서 모습을 나타낸 사람은 노부나가의 가신 중에서도 검술이 뛰어나기로 유명한 가와지리 세이바이河尻靑貝와 하세가와 교스케였다.

이들은 올라오자 나란히 출입구를 가로막고 앉았다.

"무사시노카미 님."

중앙에서 기다리고 있던 하코바 한자에몬이 다시 재촉했다.

"굳이 설명드릴 필요도 없습니다. 시노기에서의 잘못도 깨끗이 물에 흘려보낸 주군을 무사시노카미 님은 자객의 손을 빌어 제거하려 했습니다. 이제 와서 추태를 부리셔도 소용없습니다. 깨끗이 자결하십시오."

"주조!"

그러나 노부유키는 소리 질렀다.

"쓰즈키 주조, 어서 올라오지 않고 무얼 하고 있느냐!"

"황송합니다마는……"

가와지리 세이바이는 빈정대는 미소를 입가에 떠올렸다.

"쓰즈키 주조 님은 밑에서 쉬고 있습니다."

"뭣이, 주조가 쉬고 있어? 그럼, 주조까지 배신했단 말이냐?"

"원 이런, 배신했다니 섭섭한 말씀입니다. 주조 님은 충성스럽게도 끝까지 무사시노카미 님을 따르겠다고 하기에 할 수 없이 이 세이바이가 베어 한발 먼저 쉬도록 했습니다."

"으음, 그대들이 죽였다는 말이냐?"

"예. 어리석은 주군을 섬긴 가신은 불쌍합니다."

"무사시노카미 님, 어서 할복을……"

다시 하코바 한자에몬이 재촉했다.

"무사시노카미 님, 깨끗이 할복하신다면 자녀들의 신변은 무사합니다. 저희 주군께서 반드시 돌보실 것입니다. 부끄러운 행동을 하시지 말라고 주군이 부탁하셨습니다.

그러나 이때 벌써 노부유키는 거의 광란 상태에 빠져 있었다. 지금까지의 소행을 반성할 생각도 하지 않았다.

"이놈들, 나를 속였구나."

버럭 소리를 지르고는 얼른 칼을 뽑아 하코바 한자에몬을 찌르려 했다.

한자에몬은 가볍게 몸을 오른쪽으로 틀고 노부유키의 손목을 꽉 휘어잡았다.

"형제분인데도 이처럼 품격이 다르다니 믿을 수 없습니다. 무사시노카미 님, 뒤에 자녀들이 남아 있습니다."

"듣기 싫다. 피를 나눈 동생까지 간계를 부려 죽이려 드는 악당을 내가 믿을 줄 아느냐. 자결은 하지 않겠다! 죽이겠으면 마음대로 하거라. 노부나가는 천하가 용납하지 않을 냉정한 형이라고 후세에까지 악명이 남을 것이다."

하코바 한자에몬은 혀를 찼다.

"그 주군을 제거하려고 군사를 일으킨 사람이 바로 누구입니까? 아니, 주군을 찌르려고 문병을 평계로 오늘 여기 온 사람은 누구입니까? 우선 자신의 행동부터 반성하시고 조용히 할복하십시오."

"그럴 수 없다!"

"절대로 못 하시겠습니까?"

"시끄럽다. 너희들 중 한 놈을 죽여 길동무로 삼겠다."

손을 뿌리치고 다시 칼을 빼려는 것을 이번에는 한자에몬이 부채로 탁 쳐서 칼을 떨어뜨렸다.

입구에 앉아 있는 두 사람은 돌처럼 무표정하게 이 모습을 조용히 지켜보고 있었다.

"도무지 알아듣지 못하시는군. 그렇게까지 말씀드렸는데도 마다하시면 더 이상 사양하지 않겠습니다. 그럼, 실례!"

한자에몬은 그 자리에 떨어져 있던 칼을 집어들고 번개처럼 노부유키의 옆구리를 찔렀다.

"으악!"

노부유키는 허공을 붙들고 엉덩방아를 찧었다.

"이놈, 감히 주군의 동생인 나를……"

"할복하신 것으로 간주하겠습니다."

"할복이 아니야! 네가 찔렀어. 주군의 동생을 하코바 한자에몬이 찌른 거야!"

"그런 말씀은 하지 마십시오. 깨끗하게 할복하셨다고 주군에게 말씀드리지 않으면 자녀들의 앞날이 더욱 험난해진다는 것을 모르시겠습니까?"

"아니야, 찔렀어. 죽인 거야!"

"실례합니다!"

노부유키의 손에 칼을 쥐어주고 최후를 장식하도록 하고 싶었으나 이렇게 된 이상 도리가 없다. 하코바 한자에몬은 단검을 내던지는 동시에 허리에 찼던 칼을 뽑아 벼락같이 노부유키의 목을 쳤다.

목이 떨어진 시체는 그대로 먼지 위에 뒹굴고, 어두컴컴한 덴슈카쿠에는 쓰러진 물병에서 물이 쏟아지듯 핏줄기가 흘러내렸다.

하코바 한자에몬은 잔뜩 이마를 찌푸린 채 칼을 씻어 칼집에 꽂고는 노부유키의 목을 집어들고 두 사람 앞에 털썩 주저앉았다.

"두 분이 보신 바와 같이 무사시노카미 님은 깨끗이 할복하시고 이 한자에몬이 가이샤쿠했습니다. 주군에게…… 자녀분도 남아 있으므로 주군에게…… 잘 보고하여주십시오."

두 사람은 얼굴을 마주 보고 저도 모르게 긴 한숨을 내쉬었다.

# 어느 가을에

한편 고린인은 시바타 곤로쿠과 함께 찾아간 오노의 거실에서, 죽어가고 있는 줄로만 알았던 노부나가가 저번에 만났을 때와 조금도 다름없는 건강한 모습으로 앉아 있는 모습을 보고 대번에 안색이 변했다.

"가즈사노스케, 중병으로 누워있는 줄 알았는데 혹시……"

노부나가는 어머니 앞에서 눈시울을 붉히며 고개를 끄덕였다.

"어머니는 불행한 아들을 두셨습니다. 이것은 저를 가리키는 말이기도 하고 노부유키를 가리키는 말이기도 합니다. 노부유키는 이후에도 저를 없애려고 기요스에 자객들을 보냈습니다."

"뭐, 노부유키가? 아니, 그럴 리가 없어. 틀림없이 가즈사노스케가 오해하고 있는 거야."

"좋습니다. 그렇다면 어머니 앞에 산증인을 데려오겠습니다."

시바타 곤로쿠는 잠자코 고개를 숙이고 있었으나 아이치 주아미가

얼른 일어나 나갔다가,

"이리 걸어와, 이놈들아!"

하고 신랄하게 독설을 퍼부으며 손이 뒤로 묶인 무사 두 사람을 데리고 들어왔다.

한 사람은 평복이었으나 또 한 사람은 갑옷을 입고 있었다. 이 갑옷 차림의 무사를 보자 고린인은 깜짝 놀라 자기 눈을 비볐다.

"아니, 그대는 삿사 구란도……"

"구란도에 앞서 마타조又藏부터 어머니께 자세한 말씀을 드려라. 곧이곧대로 말하면 목숨을 살려주겠다."

노부나가의 말에 평복 차림을 한 젊은 무사가 먼저 입을 열었다.

"저는 다케무라武村라고 하며 원래 미카와三河의 땅 요시다吉田의 떠돌이 무사입니다마는 두 달 전 무사시노카미 님에게 고용되었습니다."

"무엇 때문에 고용되었는지 그 이유를 말하라."

"예. 가즈사노스케 님은 매일같이 시내에 나가시므로 혼잡한 시장의 인파 속에 숨어 있다가 찌르라는 명을 받았습니다."

"그래서 찔렀느냐, 어떻게 했느냐?"

"시장에서는 찌르지 못하고 동료 다섯 사람과 함께 인적이 없는 고조 강가에서 포위했습니다."

"으음, 그래서 노부나가를 습격했느냐?"

노부나가는 마치 남의 일을 말하듯 엷은 웃음을 띠고 심문했다.

"아무리 노부나가라도 날랜 무사 다섯 사람에게 포위되었다면 당할 수 없었을 것이다. 말에서 떨어졌을 테지?"

"예…… 예. 일제히 소리 지르며 포위하자 말에서 떨어진 것처럼 보였습니다."

"보였다니 그럼, 사실은 떨어진 것이 아니었다는 말이냐?"

"떨어진 줄 알고 다가갔다가 다섯 사람이 모두 생포되었습니다."

"노부나가 한 사람에게 말이냐?"

"예. 참으로 귀신 같으신 분…… 그 중에서 셋은 용서를 받고 돌아가 가즈사노스케 님이 낙마하여 발광했다는 소문을 내고, 한 사람은 그후 반항하다가 목이 달아났으나 저만은 오늘을 위해 산증인으로 억류되어 있었습니다. 천지신명께 맹세코 이상과 같은 사실은……"

여기까지 말하자 고린인은 부들부들 떨면서 큰 소리로 외쳤다.

"그만, 입 닥쳐라. 가즈사노스케, 너는 정말 무서운 사람이구나. 그런 거짓말로 혈육인 동생을 함정에 빠뜨리다니……"

"어머니, 그 다음 이야기를 들어보십시오. 저 역시 똑같은 어머니의 아들, 어찌 동생을 함정에 빠뜨리겠습니까? 그러면 구란도, 너는 어째서 그런 거창한 갑옷 차림으로 나타났느냐? 그 이유를 말하거라."

구란도는 이미 겁에 질려 입을 덜덜 떨고 있었다.

"이…… 이…… 이것은 무사시노카미 님의 명령이었습니다."

"어떤 명령을 받았느냐?"

"오늘 덴슈카쿠에서 중병에 걸린 가즈사노스케를 죽이겠다, 죽인 뒤 창을 통해 신호를 보낼 테니 군사를 이끌고 정문으로 물밀듯이 공격해 들어오라…… 는 명령을 받았습니다."

"그 말이 틀림없겠지?"

"예."

"그러나 신호가 없더라는 말이냐?"

"있을 리가 없습니다. 이처럼 새로 고용한 무사들이 체포되었을 뿐만 아니라 가즈사노스케 님은 건재하시니까요."

"노부가나를 죽이자고 한 사람이 설마 너는 아닐 테지?"

"당치도 않습니다! 만약의 경우에는 고린인 님을 방패로 삼아 반드시 형은 내 손으로 죽이겠다, 그동안 방해가 없도록 쓰즈키 주조는 철저히 감시하라, 형만 죽이고 나면 고린인 님도 계시고 하니 다른 가신들은 저항하지 못할 것이다, 오늘 중으로 내가 오와리의 주인이 된다고."

"그만 됐다."

노부나가는 점점 더 신이 나서 지껄이는 구란도를 제지했다.

"어머니, 들으신 그대로입니다. 오늘은 어머니의 아들 중에서 형이나 동생 한 사람이 죽어야 하는 불길한 날입니다."

고린인은 너무나 엄청난 일에 넋이 나간 듯이 구란도를 바라보았다.

낯도 모르는 떠돌이 무사의 말이 아니다. 노부유키를 그림자처럼 따라다니는 충신인 구란도가 무장까지 하고 고백하는 말이므로 믿지 않을 수 없었다.

잠시 후 고린인은 숨찬 소리로 말했다.

"곤로쿠 님, 어째서 그대는 잠자코 있나요? 노부유키를 위해 가즈사노스케에게 용서를 구하세요. 그대는 돌아가신 주군의 특명으로 노부유키를 보좌하게 된 가신이 아닌가요?"

"황송합니다마는……"

곤로쿠는 쓴 약을 삼킨 듯한 표정으로 나직하게 말했다.

"이 곤로쿠도 하마터면 무사시노카미 님에게 독살당할 뻔했습니다. 그렇지, 구란도?"

구란도는 깜짝 놀라 말을 얼버무렸다.

"예…… 예. 그것도 모두 주군의 명으로……"

"닥쳐!"

다시 노부나가가 꾸짖었다.

"주아미, 두 사람을 끌어내라. 떠돌이 무사는 그대로 놓아주고 구란도 놈은 목을 쳐라."

"그…… 그…… 그것은."

당황하며 무언가 말하려는 구란도의 옆얼굴을 주아미가 후려쳤다.

"주군을 나쁜 길로 인도한 불충한 놈, 잔소리 말고 어서 일어서."

두 사람이 끌려나간 뒤 그 자리는 큰 공동空洞이 생긴 듯이 조용해졌다.

어머니로서는 통탄스럽기 짝이 없는 일이지만 죽이지 않으면 죽임을 당하는 이 인륜의 파괴는 노부나가의 죄도 노부유키의 죄만도 아니었다. 난세라는 비참한 시대에 사는 사람들을 누구나 할 것 없이 함께 휩쓸어가는 처참한 바람이고 슬픈 비였다.

이윽고 복도에서 발소리가 들리고 하세가와 교스케와 가와지리 세이바이가 들어왔다.

"보고하겠습니다."

"그래."

"무사시노카미 님은 피할 수 없다고 체념하시고 모든 죄상을 인정하신 뒤 잘못을 뉘우치시며 깨끗이 할복하셨습니다."

"뭐, 노부유키가 잘못을 뉘우쳤다는 말인가?"

"예."

두 사람은 이 거짓말이 마음에 걸려 얼른 고개를 떨어뜨리고 침묵했다.

"그랬구나. 어머니, 들으신 그대로입니다. 어쩔 수 없는 일이었습니다."

노부나가가 이렇게 말하는 동시에 고린인은 얼굴을 숙이고 울기 시작했다.

그 자리에 있던 중신들은 물론 오노 부인의 눈시울도 순식간에 붉어졌다.

"곤로쿠."

"예…… 예."

"노부유키가 깨끗이 할복했다니 그 자식들에게는 기회를 보아 성을 물려주도록 하겠다."

"황송하게 생각합니다."

"그때까지 스에모리 성의 성주는 그대가 맡도록 하라. 어서 돌아가 가신 일동에게 그 뜻을 엄히 전하라. 그대의 지배하에 있기를 꺼리는 자가 있거든 지체 없이 몰아내도 좋다. 알겠느냐, 심혈을 기울여 정예를 육성해야 한다."

"예."

이리하여 끝내 형제간에 피를 보게 되었다. 그러나 이 비극의 결과로 오다 가문 내부의 화근은 종식되고, 가즈사노스케 노부나가는 총력을 기울여 외부의 적에 대항할 수 있는 기반을 굳히게 되었다.

# 봄의 포석布石

다시 봄이 왔다.

고조 강가의 갯버들이 하얀 꽃가루를 날리고 바람이 서서히 북쪽에서 동쪽으로 방향을 바꾸게 되면 기요스 성안의 매화도 생각난 듯이 입술을 열기 시작한다.

그런데 유난히도 금년에는 봄의 발걸음이 빨랐다. 3월이 되기도 전에 여기저기서 벚꽃이 피기 시작하고 여느 해와 다름없이 성안은 꾀꼬리 울음소리로 가득했다.

그리고 오늘은 3월 7일.

노히메는 아침 말타기를 끝내고 성에 돌아온 노부나가를 보자 흰 손을 다다미 위에 가지런히 놓고 인사했다.

"축하드립니다."

"무엇을 축하한다는 거야. 갈아입을 옷이나 가져와."

노부나가는 등까지 땀이 밴 고소데小袖°를 벗으면서 요즘에는 노히메가 한결 더 화사해졌다는 생각이 들었다.

세 명의 소실이 서로 미모를 다투며 가까이 섬기게 되자 노히메와 같은 강한 기질의 여자도 역시 공을 들여 몸을 가꾸고 화장도 하는 모양이다.

"호호호…… 무엇을 축하하다니요. 이번에도 옥동자가 태어났어요."

"뭐, 또 태어났어?"

"예. 이로써 아드님이 셋. 축하드립니다."

이미 작년부터 장남과 차남이 태어나고 이번이 셋째 아들이다.

'물론 기쁘지 않을 리가 없다.'

노히메는 이렇게 생각하고 있으나 노부나가는 결코 기쁜 내색을 하지 않았다.

오루이お類가 맨 처음 아들을 낳았을 때 노부나가는 마치 노하기라도 한 듯한 표정으로 산실에 찾아갔다.

"으음, 이 아이가 내 아들이란 말이지. 기묘한 얼굴이로군. 좋아, 이름을 기묘마루奇妙丸라고 지어야겠어."

"주군, 농담은 그만두십시오. 이 아이는 오다 가문의 적자嫡子입니다."

노히메가 당황하며 입을 열자,

"기묘라는 이름이 어디가 어떻다는 말인가. 기묘하니까 기묘인 거야. 인간은 누구나 기묘하지 않으면 안 돼. 기묘마루…… 아주 좋은 이름으로 알아야 해."

그리고 둘째 아들이 나나한테서 태어나자 그때도 노부나가는,

"이상하게 생겼군. 머리카락이 유난히 길어. 이대로도 자센茶筅°(남자의 머리모양. 앞머리를 밀고 나머지는 끝이 뭉툭하게 뒤에서 묶는 것)

270

으로 묶을 수 있겠군. 좋아, 이름을 정했어. 자센마루茶筅丸라 부르도록 하지."

선 채로 물끄러미 아기를 내려다보고, 내뱉듯이 말하고는 얼른 산실에서 나왔다.

노히메는 처음에는 이것에 대해 화가 났다. 질투심을 꾹 참고 세 어머니에게서 태어난 아이들을 어디까지나 자기 아들로 여겨 훌륭한 무장으로 키우려고 생각했던 노히메로서는 남편이 지은 이름이 너무 무성의해 보여 견딜 수 없었다.

그러나 지금은 그렇지 않았다.

오다 가문 일족의 결속이 이루어지자 노부나가의 눈은 벌써 오와리를 떠나 좀더 높고 넓은 곳으로 향해 있다는 것을 깨달았기 때문이다.

이대로 가면 이 세상은 언제까지나 생지옥이다. 아버지인 도산의 최후가 그렇고, 고쇼생인 무사시노카미 노부유키의 최후가 또한 그렇다. 골육상잔을 낳는 '살무사의 삶'이 고스란히 모든 인간의 삶이 되어가고 있다.

이러한 난세에서 노부나가의 눈은 분명한 초점을 갖기 시작했다.

'이 세상에 새로운 질서를 확립해야 한다.'

아니, 아직 노부나가도 자기 자신의 손으로 이룩할 수 있다고 믿고 있지 않은 모양이다.

따라서 지금까지 끊임없이 되풀이되는 죽고 죽이는 무간지옥無間地獄의 상식부터 먼저 타파해야 한다고 생각하는 것 같다.

그런 의미에서 노부나가의 생활 태도는 상식에서 엄청나게 벗어나 있었다. 그러나 이런 이탈의 근저에는 한 줄기 희망을 자식들에게 나누어주겠다는 생각이 있음에 틀림없고, 이 때문에 상식 밖의 이름을 지은 것이라고 노히메는 받아들였다.

다시 말해서 이상을 갖지 못한 인간 따위는 무어라 불러도 좋다는 극도의 익살이 담긴 이름이라고도 생각된다.

"주군, 지금 곧 산실로 가셔서 대면하도록 하십시오."

옷을 갈아입기를 기다렸다가 다시 노히메가 재촉하였다.

"오늘이 며칠이지?"

노부나가는 딴전을 부렸다.

"3월 7일입니다."

"그런가. 좋아, 그대가 대신 가서 내가 이름을 산시치마루三七丸라 지었다고 오루이에게 전하도록."

"주군."

"왜 그러나? 셋째 아들이기에 산시치마루, 게다가 생일도 알 수 있으니 아주 좋은 이름이야."

"이름 때문이 아닙니다. 주군은 자기 자식의 얼굴이 보고 싶지 않습니까?"

"그대답지 않은 소리를 하는군. 쓸데없는 말은 묻는 게 아니야, 오노."

"만나고 싶으시면 솔직하게 만나겠다고 하십시오. 아기의 행복을 빌어주는 것이 부모 된 도리입니다."

"배가 고프군. 밥상이나 내와!"

노부나가는 불쾌하다는 듯이 말하고 빙긋이 웃었다.

"좋은 세상을 만들어 물려주는 것이 가장 중요한 부모의 도리인 거야. 그리고 자식의 부모는 나 혼자만이 아니야. 바쁘니까 초이레에 만나겠어. 같은 말을 두 번 다시 하지 마라."

노부나가의 말에 노히메는 자기 생각이 맞았다는 것을 알고 얼른

272

식사 준비를 명했다.

생각해보니 노부유키가 죽은 뒤 노부나가에게는 이상하게도 또 하나의 무게가 더해졌다. 아니, 무게라기보다도 일종의 처절함이라고 해야 할 것이다.

'나는 어떻게 살 것인가?' 라는 문제가 차차, '이것이야말로 바로 나의 삶이다!' 라는 확고한 방향을 갖게 된 것이 아닐까?

현재 오와리에서 노부나가에게 굴복하지 않은 자는 이와쿠라 성의 노부타카 한 사람뿐이었으나, 그도 이번 여름 안으로 머리를 숙이게 될 것이라 보고 노부나가는 별로 문제시하지 않았다.

노부나가는 식사를 끝내자 곧 방에서 나와 북쪽 망루로 향했다.

그곳에는 시장에서 발견하고 데려온 늙은 서기인 네아미 잇사이가 지난해 가을부터 거의 방에 갇혀 있다시피 하며 병을 요양하고 있다.

병명은 '중풍' 으로 인한 반신불수.

오른손을 쓰지 못하는 중풍에 걸렸기 때문에 산송장이나 다름없었으나 노부나가는 이 서기를 버리지 않았다.

"네아미는 내 기질을 너무나 잘 알고 있다. 만약 내보냈다가 미노의 사이토 요시타쓰나 스루가駿河의 이마가와 요시모토今川義元에게라도 간다면 내 작전이 드러날 우려가 있다. 여기서 죽도록 내버려 두어야 한다."

측근과 내전의 여자들에게도 이렇게 말해놓았다.

"네아미, 몸은 좀 어떤가?"

식사와 변기를 갈아주기 위해 정확한 시간에 맞춰 드나드는 하인 외에는 아무도 이곳에 접근하지 못한다.

이들 하인이 올 때마다 네아미는 퀴퀴한 곰팡이 냄새가 풍기는 방에서 창을 향해 탁자를 놓고 앉아, 시력만은 여전했으므로 자기가 좋아하는 책을 열심히 읽고 있었다.

그런데 노부나가가 찾아와서 탁자 옆에 앉자, 말조차 제대로 할 수 없는 네아미가 책갈피에서 서신 몇 통을 꺼내 노부나가 앞에 펼쳐놓았다.

"이제 제가 할 일은 준비가 끝났습니다마는."

"어디 보세. 으음, 이것이 다케다 신겐武田信玄의 필적인가?"

노부나가가 서신 중 하나를 손으로 가리켰다.

"아주 힘차고 웅장한 필적이라 생각지 않으십니까?"

"과연 그렇군. 그러면 자네의 가짜 필적은?"

그러자 네아미는 목 안에서 묘한 소리를 내며 웃었다.

"히히히, 실은 그것이 제가 쓴 가짜 필적입니다."

"뭐, 이것이?"

"주군까지 속으시는군요. 이제 다케다는 졸업했습니다. 그리고 이것이 사이토의 필적입니다."

"으음, 과연 요시타쓰 자신도 속을 정도로 훌륭하군."

"그런데, 스루가에 갔던 첩자한테는 소식이 있었습니까?"

네아미는 능청스런 표정으로 자유롭지 못한 오른손에 붓을 들고 못 쓰게 된 종이 가장자리에 무언가를 써 내려갔다.

이마가와 요시모토, 다케다 신겐 등 모두 본인의 서명과 조금도 다름없는 필체였다.

"주군, 현재 이 두 사람이 천하를 노리고 있습니다. 그러나 이들로는 절대로 세상이 다스려지지 않습니다. 요시모토는 단지 아시카가足利 쇼군 대신 권력을 손에 넣으려할 뿐이고, 신겐은 다같이 겐지源氏의 후손이므로 자기가 쇼군이 되어도 이상할 것 없다고 생각할 뿐 전혀 새로운 내용이 없습니다. 목적 없는 무력 다툼이라면 백 년 이상을 되풀이해도 허사라는 대답이 분명히 나옵니다. 이때 민심을 새롭게 하고 힘과 내용이 하나가 되지 않는 한 난세는 계속될 것입니다."

"그 점은 나도 잘 알고 있네."

"예. 따라서 장황한 말은 하지 않겠습니다. 오다 가문에는 민심을 일신시킬 수 있는 바탕이 있습니다. 근왕勤王이라는 엄연한 대의명분이 있습니다. 그러기에 이 네아미도 성심껏 주군을 받들고 있습니다마는 여기서 이마가와 요시모토에게 짓밟힌다면 모든 게 허사가 됩니다."

이번에는 노부나가가 웃기 시작했다.

"중풍에 걸린 자가 꽤나 말이 많군, 네아미."

"죄송하게 됐습니다. 입이 너무 가벼워서 그만."

"오늘은 가사데라笠寺의 도베 마사나오戸部政直가 쓴 서신을 입수해서 가져왔네. 즉시 이 서신을 똑같이 베껴주게."

"허어, 도베의 필적을 입수하셨군요. 대단한 공로이십니다. 어쩌면 이것으로 요시모토의 상경 작전을 보기 좋게 저지할 수 있을지도 모르겠습니다."

두 사람은 여기서 또 함께 소리내어 웃기 시작했다. 여러 가지 정보를 종합해보고서 이마가와 요시모토가 이미 상경 작전의 준비를 끝마쳤음을 알게 되었기 때문이다.

물론 이마가와 군은 분명 병력을 모두 동원하여 미카와와 오와리의 국경을 돌파해올 것이다.

이전에는 미카와의 안조 성安祥城까지 손에 넣었던 오다 가문이었으나 지금은 그 국경선이 요시모토의 상경 준비로 위태로운 상태다.

안조 성을 빼앗겼을 뿐 아니라 오카자키 성岡崎城에는 이마가와의 성주 대리가 들어와 버티고 있다. 아버지 시대에는 오다 가문의 중신 이었던 나루미 성鳴海城의 용장 야마구치 사마노스케山口左馬之助 가 이마가와 쪽으로 돌아서서 오타카大高와 구쓰가케沓掛의 두 성을 점령하고, 그 중간에 있는 마루네丸根와 와시즈鷲津 등의 요새를 차지하고 있으며, 나루미 성과는 아쓰타가와熱田川(텐파쿠가와天白川) 하나를 사이에 두고 있는 가사데라 성주 도베 신자에몬 마사나오 또 한 오다 가문이 후계자 다툼을 하는 동안 이마가와 쪽에 가담하고 말 았다.

따라서 가사데라 성은 요시모토가 오와리에 박아놓은 중요한 쐐기 인 셈이고, 이곳을 발판으로 삼아 요시모토는 다시 심복인 오카베 고 로베에岡部五郎兵衛를 파견하여 감시소란 명목으로 오로치다케大蛇 岳에 성채를 쌓고 있는 형편이다.

이대로 내버려두면 오와리는 차차 동쪽으로부터 침식당할 뿐만 아 니라 오다 가문을 배신한 야마구치, 도베 등의 반역자가 번영하는 모 습을 속수무책으로 바라볼 수밖에 없다.

그렇다고 여기서 섣불리 군사를 동원하면 이것이 불씨가 되어 요 시모토의 대군을 일부러 오와리에 끌어들이는 결과가 될지도 몰라 화가 나기는 하나 손을 쓸 수 없는 실정이었다.

"주군, 아무리 주군이시지만 대책이 없으신 것 같군요."

"말도 안 되는 소리. 그 정도의 일도 해결하지 못한다면 이 난세에 무슨 일을 할 수 있겠는가."

지난번에 네아미가 물었을 때 노부나가는 호탕하게 웃어넘겼다.

그런데 이로부터 며칠이 지나지 않아 노부나가는 이마가와의 충실 한 개가 되어 매일같이 오와리의 정보를 요시모토에게 보고하는 가사데라의 도베 신자에몬 마사나오가 쓴 서신을 입수하여 가져왔다는 것이다.

　그러나저러나 유사시에 대비하여 필적 위조의 달인을 포섭해놓았다니 얼마나 빈틈없는 노부나가의 안목이란 말인가.

　"자, 서신의 내용을 말하겠네, 네아미."

　"예. 준비되었습니다."

　"문체는 자네가 나중에 생각하게. 발신인은 도베 신자에몬 마사나오, 수신인은 나일세."

　"알겠습니다. 이 서신은 요시모토의 허를 찌르려는 것이군요?"

　"잠자코 쓰기나 하게. 알겠지, 도베가 내게 보내는 서신이야. 요즘 이마가와 요시모토는."

　"요즘 이마가와 요시모토는……"

　"내정이 다망하여 상경을 위한 군사를 동원하지 못하고 있으나, 가능한 한 조속히 상경케 하도록 노력하겠다."

　"으음, 묘한 내용이군요."

　"잠자코 쓰기나 하라고 하지 않았나. 자, 받아쓰게. 그때까지는 오와리에서도 내정이 복잡한 것처럼 위장하고 성을 공격하는 일은 삼가시기 바랍니다. 이마가와 요시모토가 전군을 동원하여 서쪽으로 향할 때는 나루미와 가사데라까지 묵묵히 이마가와 군을 끌어들여 야마구치 사마노스케와 잘 상의한 뒤 명령하신 대로 퇴로를 차단하여 본대와 협공함으로써 반드시 요시모토의 목을 잘라 보여드리겠습니다."

　"으음."

　네아미도 그만 눈이 휘둥그레졌다.

　"이 서신을 그 도베 신자에몬이 주군에게?"

"그래. 이것으로 우리는 당분간 이마가와의 성을 공격할 필요가 없게 되고, 또 이마가와가 공격해올 위험도 없어지는 것일세."

"놀랍습니다."

네아미는 자기 이마를 손으로 때렸다.

"이렇게 되면 도베도 야마구치도 모두 주군의 큰 충신이 되는 셈이군요."

"공연한 소리는 말고 빨리 쓰기나 해."

노부나가는 이렇게 말하고 얼른 일어나 나가고, 네아미 잇사이는 다시 반신불수의 병자로 돌아왔다.

# 요시모토 봉쇄

노부나가에게 현재 당면한 큰 적은 이마가와 요시모토.

지금 어떤 수단을 동원해서라도 이마가와의 상경을 지연시키는 한편 방비를 공고히 해두어야만 한다.

그러나 아직 쌍방의 군사력에는 현격한 차이가 있다. 아마도 이마가와 쪽은 동원 방법에 따라서는 사만의 병력을 움직일 수도 있지만, 오다의 군사는 고작 오천이 한계다.

이 가운데서 미노 방면의 방어를 위해 병력을 잔류시킨다면 10분의 1도 안 되는 열세에 놓인다.

그렇다고 처음부터 굴복한다는 것은 생각도 할 수 없는 일이므로, 네아미가 작성한 가짜 서신은 한 치도 물러설 수 없다는 노부나가의 이른바 기사회생을 위한 기발한 계책이었다.

네아미가 열심히 가짜 서신을 쓰고 나자 노부나가는 서신을 받아 들고 즉시 근시인 이시바시 센쿠로石橋千九郎를 불렀다.

"센쿠로, 너는 걸음이 빠르다는 것이 자랑이었지?"

"그렇습니다. 주군의 말에 별로 뒤지지 않는 자는 이 센쿠로뿐입니다."

"네게 일을 하나 맡기겠다. 중요한 심부름이야."

"명령이라면 어디든지 가겠습니다마는…… 먼 곳입니까?"

"아니, 바로 코앞이야. 밀서를 가지고 우선 가사데라에 잠입하도록."

"가사데라? 가사데라는 도베 신자에몬의 성이 있는 곳, 들어가기가 용이치 않습니다."

"어째서?"

"도베 신자에몬과 야마구치 사마노스케는 주군을 배신하고 이마가와 쪽으로 전향한 반역자입니다."

"그런 것쯤은 네가 말하지 않아도 알고 있어."

"그러므로 이마가와 쪽에서 볼 때 그들은 신참자입니다. 오로치다케의 성채에 이마가와 요시모토가 심복인 오카베 고로베에를 파견한 이유도 이들 신참자가 혹시 주군에게 다시 돌아선다면 큰일이다 싶어 그것이 두려워 감시하려고 보낸 것입니다. 그러므로 오다의 영지와 가사데라의 통로에는 어디를 막론하고 물샐 틈 없는 경계를 펴고 있습니다."

이 말을 듣고 노부나가는 저도 모르게 회심의 미소를 떠올렸다.

"센쿠로!"

"예."

"내가 노리는 것이 바로 그 경계망이야. 너는 변장한 뒤 들어갈 때만 의심을 받지 않고 가사데라에 잠입하면 돼."

"들어갈 때만…… 이란 말씀입니까?"

"그래. 거기서 밀서를 전하라는 것은 아니야. 중요한 역할은 돌아올 때 하게 된다."

"예? 돌아올 때……"

"그래. 돌아올 때는 네가 판단해서 가장 의심을 받을 만한 길을 지나오는 거야. 이때 반드시 감시병한테 발각되어야 한다, 알겠느냐? 발각되면 상대는 틀림없이 밀서가 든 꾸러미를 조사하겠다고 할 것이다. 그러면 꾸러미를 내던지고 목숨만 잃지 않고 돌아오면 되는 거야."

센쿠로는 고개를 갸웃하고 생각하다가 물었다.

"그러니까 밀서를 감시병에게 빼앗겨도 되는 것입니까?"

"그렇다. 그런 뒤 무슨 일이 벌어지는지 너도 흥미롭게 지켜보도록 하거라."

센쿠로는 잠시 동안 물끄러미 노부나가를 쳐다보다가 이윽고 무언가 깨달은 듯 힘차게 가슴을 두드렸다.

"알겠습니다!"

그 역시 어렸을 적부터 노부나가 곁에서 자란 고쇼의 한 사람인 만큼 노부나가의 장난과도 같은 기발한 계책이 가슴에 와 닿았던 모양이다.

"가는 도중에 붙들리면 네 목은 없는 줄 알아라. 알겠지?"

"돌아오다 붙잡히면 그들에게 목이 달아나겠지요. 아직 이 센쿠로는 죽고 싶은 생각이 없습니다."

센쿠로는 안에 어떤 서신이 들어 있는지도 모른 채 작은 꾸러미를 받아들고 노부나가의 방에서 나와 그날 밤 안에 상인으로 변장하고 감쪽같이 가사데라로 잠입했다.

# 반역자의 주벌誅罰

센쿠로는 이날 가사데라 교외에 있는 어느 거름 창고에서 밤을 보냈다. 밤에는 사람들이 절대로 여기에 오지 않는다. 냄새만 참는다면 신사神社나 사찰의 마루 밑보다 훨씬 더 안전하다는 것은, 어렸을 때 킷포시와 들놀이를 한 덕택에 알게 된 것이었다.

날이 밝자 센쿠로는 곧 가사데라를 떠났다. 가사데라에 있는 동안 붙잡히면 만사가 끝장이기 때문이다. 이제 센쿠로는 다시 가사데라에서 온 것처럼 보여야 한다. 우선 아쓰타 강을 따라 상류로 올라가 가장 경계가 삼엄하다는 사쿠라櫻 마을의 샛길로 접어들어, 감시병의 눈에 띄기 쉬울 만한 숲과 밭 사이에서 일부러 길을 벗어나 밥을 먹기 시작했다.

커다란 주먹밥을 꺼내 주위를 경계하듯 사방에 눈길을 보내면서 두서너 개를 먹는 동안, 센쿠로는 어렸을 때 노부나가와 같이 들판을 헤집고 다니던 일을 떠올리고 있었다.

계절은 초여름이다. 여기저기 추억에 남은 풀 냄새가 가득 풍겨온다.

"이봐, 너는 어디서 왔느냐?"

센쿠로가 드디어 감시병의 눈에 띈 것은 주먹밥을 배불리 먹고 나서 지금쯤은 상대가 나타나지 않을까 하고 두리번거리고 있을 때였다.

"어디서 왔느냐 하면 저쪽에서 왔습니다."

"저쪽이라면 알 수 없다. 가사데라 쪽에서 왔느냐?"

"아니, 보고 있었군요. 그렇다면 물을 필요도 없을 텐데요."

"어디로 가느냐, 너는?"

상대는 로쿠샤쿠보六尺棒°를 가진 여섯 명의 아시가루로, 그들은 의심스러운 듯 센쿠로를 에워쌌다.

센쿠로는 천천히 일어났다.

"어디로 가느냐고 묻고 있지 않느냐?"

"압니다. 귀가 있으니까요. 이 위의 핫코八幸 마을에 들렀다가 다시……"

"다시 어디로 간다는 말이냐?"

"그것은 모릅니다. 나는 상인이니까요."

상대가 의심하려 하는데 이쪽에서도 짐짓 의심을 받고자 하니 이처럼 쉬운 첩자 노릇도 없다.

"이놈은 아무래도 수상해. 이름이 무엇이고 집은 어디냐?"

"집은 나루미 부근이고, 이름은 질풍 같은 간로쿠勘六라고 하지요."

"뭐, 질풍 같은 간로쿠? 상인이 어떻게 그런 묘한 이름을 가졌다는 말이냐?"

"하지만 그런 이름인 걸 어떻게 합니까. 다리가 길고 또 무척 빠릅니다. 오늘 밤 미카와에 있다 싶으면 내일에는 벌써 오와리에서 미노까지 달려가 장사를 하지요. 그리고 때로는 파발꾼으로도 일하기 때문에 이런 별명이 붙은 모양입니다."

"하룻밤 사이에 미노까지 달려가다니 점점 더 수상하다."

"아니, 수상할 것 없어요."

"좋아, 그 꾸러미를 이리 내놓아라."

"이것은 안 됩니다. 내 속옷인데 더러워져서…… 앗!"

모든 것은 노부나가의 주문 그대로였다.

한 사람이 어깨에 걸고 있던 밀서가 든 꾸러미에 손을 대자 다른 한 사람이 별안간 센쿠로의 정강이를 걸어찼다.

센쿠로는 걸어차인 정강이가 아픈 체 가장하고 꾸러미를 상대의 손에 남긴 채 아얏, 하는 기성과 함께 빠른 발로 오다의 영지를 향해 달리기 시작했다.

"잡아라. 분명히 수상하다, 놓치지 마라!"

그러나 순식간에 센쿠로는 멀어져가고, 감시병의 손에 남은 것은 작은 꾸러미 하나였다.

"아무튼 풀어보자."

한 사람이 말했다.

"아무래도 그놈의 눈초리가 예사롭지 않아."

이 말에 한 사람이 꾸러미를 풀자 그 안에서 나온 것은 속옷과 더러운 훈도시°였다.

"막대 끝으로 헤쳐보자."

"앗, 밀서!"

"뭐, 뭐라고 씌어 있지?"

여섯 사람이 일제히 들여다본 더러운 훈도시 안에는,

"오다 가즈사노스케 노부나가 님, 도베 마사나오."

달필로 쓴 봉투가 여름의 햇빛을 반사하며 눈부시게 빛나고 있었다.

"으음, 일부러 더러운 곳에……"

"즉시 가져가세, 오카베 님에게."

그날 정오, 요시모토의 심복 오카베 고로베에는 그 서신을 앞에 놓고 그만 숨도 제대로 쉬지 못했다.

지금까지 이마가와 가문에게 충성을 다하는 듯이 보였던 도베 마사나오도 야마구치 사마노스케도 은밀히 노부나가와 내통하고 있었다니.

"필적을 대조해보니 어김없는 도베의 서신, 이대로 내버려둘 수 없다."

서신은 그날 안으로 오카베 고로베에서 스루가의 이마가와 요시모토로 즉시 전해졌다.

요시모토는 두 사람을 믿고 상경할 군사를 동원하기 직전이었던 만큼 열화같이 분노했다.

"당장 도베 신자에몬을 스루가로 소환하여 목을 쳐라."

요시모토는 도베가 스루가에 도착할 때까지 기다리지 못하고 요시다에서 죽였을 정도로 분노했으며, 이어서 한통속으로 간주되어 야마구치 사마노스케 부자에게도 죽음의 사자가 달려갔다.

노부나가는 기발한 책략으로 직접 자기가 손을 대지 않고도 반역자를 주벌하고, 요시모토의 상경 작전을 연기시켰던 것이다.

# 도키치로의 고용

맑게 갠 하늘 아래서 기노시타 도키치로木下藤吉郎(후의 도요토미 히데요시)는 눈을 떴다 감았다 하고 있었다.

눈을 뜨고 있으면 너무 눈이 부시고, 감고 있으면 졸음이 온다.

'오늘은 꼭 노부나가를 붙들어야지……'

장소는 기요스에서 남쪽으로 30리 가량 떨어진 이나바稻葉 강 부근에 있는 떡갈나무 숲이었다.

노부나가는 날마다 여기까지 말을 달리는 것이 일과였는데, 오늘은 이 근처에서 매사냥까지 할 것이라는 정보를, 죽은 아버지의 친구이자 아시가루의 우두머리인 후지이 마타에몬藤井又右衛門에게 듣고 찾아왔던 것이다.

'나도 금년에 스물세 살이 아닌가. 언제까지나 인생 수업만 하고 있을 수는 없다.'

사실 도키치로의 방랑 생활은 너무 길었다.

물론 그동안 놀고 있었던 것만은 아니다. 무려 열한 군데에서 장소와 직업을 바꾸어가며 남을 섬겼고, 떠돌이 무사의 식객에서부터 바늘 장수며 관상쟁이로 가장하고 이곳저곳에 정보를 팔기도 했다.

노부나가를 위해서도 제법 많은 일을 했다.

일단 남을 섬기기 시작하면 그 자리에서 눈에 띄게 성장해야 한다고 생각했기 때문에 비록 자진해서 나서지는 않았으나, 강도나 말 도둑 등과 같이 각지를 돌아다니기도 했다.

그러므로 인생 경험이 풍부하다는 점에서는 누구에게도 뒤지지 않을 자신이 있었다. 한자를 늘어놓은 병서兵書는 읽지 못하지만, 그 대신 사람의 얼굴을 보면 상대가 지금 무엇을 생각하고 무엇을 원하는지 곧 읽어낸다. 아니, 인간만이 아니다. 들개의 표정도 읽을 수 있고 말 못하는 식물의 소리도 들을 수 있다.

'나를 고용하는 녀석은 황금 노다지를 캔 거나 다름없다.'

그러나저러나 오늘 도키치로가 차려입은 복장은 얼마나 기묘한지 모른다. 어디서 구했는지는 모르나 꼬깃꼬깃한 푸른색 무명 진바오리陣羽織°를 걸치고 칼집의 칠이 벗겨진 크고 작은 칼 한 쌍을 머리맡에 던져놓고 있다.

이러한 그가 일어서서 걷는다면 그야말로 희극의 어릿광대와 다름없을 것이다.

이 어릿광대는 드디어 무슨 소리를 들었는지 기세 있게 펄떡 몸을 일으켰다. 분명 대지를 통해 전해오는 말발굽 소리를 들었을 것이다.

깊은 주름살에 둘러싸인 커다란 눈, 양쪽으로 펼쳐진 부채와도 같은 귀…… 누더기 같은 진바오리의 깃을 여미고 얼른 칼을 집어 허리에 찔렀다.

그러자 바로 일고여덟 걸음쯤 떨어진 곳에 말 두 마리가 질풍처럼 달려와 뚝 멈췄다.

노부나가와 마에다 마타자에몬 도시이에前田又左衛門利家였다.

아마도 나머지 측근들은 뒤처진 모양이어서 노부나가는 직접 말을 나무에 매고는 가지런히 자란 풀 위에 앉았다.

"마타자에몬, 오늘은 정말 날씨가 좋군. 이 부근에서 잠시 쉬도록 하세. 그런데 오늘이 며칠이지?"

"예, 9월 초하루입니다."

"으음, 그래서 억새의 싹이 나오기 시작하는군. 세월이 참 빨라."

노부나가가 보기 드물게 감회 어린 말을 내뱉고 벌렁 드러누웠을 때였다.

"부탁이 있습니다."

엄청나게 큰 소리와 함께 푸른색 진바오리를 입은 사나이가 숲 속에서 나타났다.

마에다 마타자에몬은 깜짝 놀라 일어나 그 사나이가 노부나가에게 접근하지 못하도록 자기가 먼저 사나이 쪽으로 걸어갔다.

"누구냐, 별안간 이런 곳에 나타나서?"

"대장인 노부나가 공을 만나려고 합니다."

"뭐, 대장을 만나겠다고?"

그러면서 마타자에몬은 도키치로를 머리에서부터 발끝까지 찬찬히 훑어보았다.

물론 마타자에몬은 아직 도키치로를 모르고 있었다.

"단지 만나겠다는 이유만으로는 안내할 수 없다. 이름을 말하라."

도키치로는 흐흐흐, 웃었다. 마치 사람을 깔보는 듯했다.

"이상한 놈이구나, 이름을 대라고 하지 않았느냐?"

마타자에몬은 다시 한 발 앞으로 나아가 상대를 잔뜩 노려보았다.

"흐흐흐, 그대는 마에다 마타자에몬 도시이에일 테지. 그대는 날 모르겠지만 나는 잘 알고 있어. 내 이름은 기노시타 도키치로인데 위로는 천문天文에서부터 아래로는 지리에 이르기까지 이 세상의 그 무엇도 모르는 것이 없다는 지혜주머니지."

"뭣이 위로는 천문, 아래로는 지리……?"

"그야 물론. 산을 보면 산을 읽고, 강을 보면 강을 읽지. 속물들은 종이에 쓴 글자밖에 읽지 못하니까 때로는 일을 그르치지만, 나는 천지의 삼라만상 그 자체를 읽고 있으므로 절대로 실수가 없어. 원한다면 그대의 얼굴도 읽어줄 수 있어."

"아니, 이놈이!"

너무나 무엄한 말에 중후한 성격인 마에다 마타자에몬도 그만 얼떨결에 칼에 손을 대려다 말고 혀를 찼다.

"어처구니가 없군, 미친 녀석이구나."

"잘못 읽고 있군."

"잘못 읽지 않았어. 네 눈은 미친놈의 눈이다. 가까이 오면 용서치 않겠다."

도키치로는 머리를 긁적거렸다.

"원, 이런…… 성실하기 때문에 출세한다고 그대의 얼굴에는 씌어 있으나, 내 눈을 미친 사람의 눈으로 보다니 안타까운 노릇이군. 내 눈은 밤중에도 30리 앞이 보이는 눈일세. 인간의 내일도 내다보지만 천하의 앞날도 꿰뚫어보는 눈일세. 대낮이라면 나라 전체가 보이는 눈이므로 보통 사람의 눈빛과 다른 것은 당연한 일, 그 증거를 보여줄까?"

"아…… 아…… 아직도 입을 다물지 못하겠느냐!"

"천하를 위해 지껄이지 않을 수 없어."

도키치로는 다시 허풍을 떨기 시작했다.

노부나가는 누운 채 눈을 가늘게 뜨고 빙긋이 웃었으나 입은 열지 않았다.

"이렇게 손을 이마에 얹고 바라보니 시나노信濃에서는 우에스기 겐신上杉謙信과 다케다 신겐이 가와나카지마川中島에서 싸우고 있군. 그러나 쌍방의 실력이 서로 비슷하여 교착 상태에 빠져 있어. 당분간은 승부가 나지 않겠어. 그런데 이쪽에서는 이마가와 요시모토가 울상을 짓고 있는걸. 상경 작전을 펼 준비는 되어 있지만 두 가지 걱정거리가 있군. 하나는 곧 해결이 될 거야. 나루미 성의 야마구치 사마노스케 부자에게 상을 내리겠다며 슨푸駿府에 불러들여 조사도 하지 않고 할복을 명할 테니까."

풀 위에 누워 있던 노부나가의 몸이 꿈틀 움직였다.

그러나 몸은 일으키지 않고 그대로 하늘을 향한 채 눈을 감았다.

"그를 할복시키고 아마 우도노 나가테루鵜殿長照를 대신 성에 들여놓을 테지. 또 하나는 미카와의 야마가 산보山家三方 일당이 아직 요시모토에게 복종하지 않고 있다는 점이야. 그러나 이것도 오래 가지는 않을 거야. 요시모토의 병력이 막강하기 때문에 아무리 계산에 어두운 야마가 일당이라 해도 머지않아 협력을 맹세하게 될 테지. 아참, 슨푸에서 또 한 사람의 가련한 자가 고민하고 있군."

"뭐…… 뭣이? 가련한 자가?"

"암, 그래. 오카자키에서 인질로 잡혀가 이번 상경 작전에 강제로 선봉을 맡게 된 마쓰다이라 다케치요松平竹千代가 바로 그 사람이지. 다음에 서쪽을 보면 미노의 사이토…… 그는 당장이라도 오와리를 뺏고 싶을 테지만 몸이 말을 듣지 않아, 난치병 때문에. 그러나 지금은 자식이 제법 장성했으므로 가능하다면 요시모토가 상경 작전에 나서기 전에 오와리를 제압하려 할 테니 절대로 방심하면 안 돼. 마에다 마타자에몬, 아니 도시이에, 이래도 내 눈이 미쳤다는 말인가?"

마에다 마타자에몬은 상대의 놀라운 언변에 압도되어 칼의 손잡이에 손을 댄 채 멍한 표정을 짓고 있었다. 그러자 더욱 가만히 있지 못하는 쪽은 도키치로였다.

원래 기묘한 옷차림도 언변도 모두 생각한 바가 있었기 때문이다. 노부나가는 이미 알고 있으나 측근의 고쇼인 마타자에몬은 알지 못한다. 만일에 고용된다면 우선 측근들의 얼을 빼놓지 않으면 무언가 상신하고 싶을 때 이들이 장막을 칠 것이므로 노부나가를 만날 수 없다.

그렇게 되면 능력을 인정받을 수 없기 때문에 일부러 기묘한 옷차림을 했던 것인데, 이때 마타자에몬만이 아니라 곁에 측근이 네 다섯 명 있었다면 네다섯 배는 더 지껄여댔을 것이다.

"이것 봐, 마에다 마타자에몬 님. 이렇게 천하를 둘러보았으니 이번에는 대장에게 눈을 돌려보겠어. 대장은 지금 무엇을 생각하고 있을 것 같나? 현재 스루가와 도토미遠江, 미카와의 총대장인 이마가와 지부다유治部大輔 요시모토는 드디어 대군을 동원하여 상경하려 하고 있어. 이러한 때에 요시모토에게 굴복할지 싸울지 고민하는 모습을 보이지 않으면 불충不忠한 가신이라고 할 수밖에 없지. 굴복하면 영원히 지부다유의 부하, 이를 격파하면 도카이東海의 패자霸者…… 격파할 수 있는 수단은 단 하나뿐인데 알고 있는지 모르겠군."

"……"

"지부다유의 장수들은 모두 예부터 종이에 쓴 문자를 읽고 자란 성주들. 이들은 문자로 기록된 싸움의 전술에 대해서는 잘 알지만 문자로 기록되지 않은 싸움에 대해서는 알지 못하거든. 문자로 기록되지 않은 싸움이란 노부시野武士(산야에 숨어 있으면서 패잔병 등의 무기로 무장한 무사)나 무뢰한들의 전술을 말하는 것이지. 이 전술로 상대를 무찌르는 방법 외에는 다른 길이 없어. 그렇기 때문에 대장은 이 전술에 밝은 인재를 찾아 이처럼 매일같이 말을 달려 성 밖으로 나오는 것인데, 나를 만난 것은 하늘의 은혜. 나를 얻은 것은 천하를 손에 넣을 수 있는 상서로운 조짐이 아닐 수 없어."

이때 노부나가의 몸은 다시 충격을 받은 듯 꿈틀 움직였다.

"마타자에몬."

"예."

"너무 시끄러워 낮잠도 자지 못하겠구나. 그 녀석을 아시가루 책임자에게 데려가라."

"그러시면?"

"별일 없을 것이니 내 말이라도 돌보도록 하겠다. 후지이 마타자에몬에게 말해 공동주택에서 살도록 하라."

이 말을 듣고 도키치로는 별안간 얼굴이 온통 주름으로 변하면서 웃었다.

"헤헤헤헤."

노부나가는 몸을 일으켜 도키치로를 한 번 흘낏 보았을 뿐 묵묵히 애마인 '질풍'의 고삐를 풀었다.

"마타자에몬, 나는 먼저 돌아가겠다."

훌쩍 말에 올라타고 채찍질을 하면서 이번에는 노부나가가 웃기 시작했다.

"그 원숭이 녀석, 내 마음의 창을 크게 열어주었어. 왓핫핫하."

자기가 무식하다는 것을 변명하기 위해 도키치로는 종이에 씌어 있는 문자만 읽으면 때때로 일을 그르치게 된다고 지껄였다.

그러나 이 말은 무한한 의미를 담고 있어 천재인 노부나가의 마음을 두드렸다.

그림도 글자도 어차피 실재하는 삼라만상을 재현하기 위한 도구에 지나지 않으며, 재현된 것은 그림자이지 삼라만상의 실체 그 자체는 아니다.

'그렇다. 비록 이마가와 요시모토가 아무리 강하다 해도 학문이란 그림자만 추구해온 사나이다.'

그 그림자, 즉 허虛를 분쇄할 수 있는 것은 실實일 수밖에 없다.

'왓핫핫하, 원숭이 녀석이 내게 훌륭한 것을 가르쳐주었어. 정말 우습군, 왓핫핫하.'

문자를 통해 배운 병법이 승리를 거둘 것인가, 실질을 내세운 노부나가의 전술이 이길 것인가? 둘을 비교할 때 그것은 결코 겨루어보지 못할 싸움은 아니었다.

'창이 열렸어, 창이……'

노부나가는 이미 일전에 대비하여 나이 든 잿빛 돈점박이 말 대신 '질풍'이라 이름 붙인 네 살짜리 밤색 애마를 타고 문자 그대로 질풍처럼 달리며 창공 가득히 웃음을 뿌렸다.

# 도키치로 전법


노부나가가 달려간 뒤 마에다 마타자에몬 도시이에는 새삼스럽게 기묘한 푸른빛 진하오리를 입은 사나이를 돌아보았다.

마타자에몬이 옛 이누치요 시대부터 두려워하고 존경하는 노부나가가 이 광인과도 같은 떠버리를 아시가루의 책임자인 후지이 마타에몬에게 데려가라고 한 것이다.

데려가라고 한 이상 고용할 생각임에 틀림없다.

'노부나가가 고용하기로 했다면 어딘가 쓸모가 있는 사나이일 것이다.'

"이봐, 네 성이 기노시타라고 했지?"

"헤헤헤헤, 기노시타 도키치로라고 합니다마는……"

"아까 위로는 천문, 아래로는 지리에 이르기까지 세상에서 모르는 것이 없다고 했지?"

"예, 말했습니다. 얼떨결에 그렇게 말했습니다, 이누치요 님."

"또 이누치요라고 부르느냐, 건방지게……"

"아, 이거 죄송합니다. 저는 원래 오와리의 나카무라中村 출신으로 아버지 이름은 기노시타 야에몬彌右衛門입니다. 농부가 된 뒤에는 야스케彌助라 했고 양아버지는 지쿠아미竹阿彌라고 하죠. 모두 선군인 노부히데 님을 섬긴 병졸인데, 저는 병졸의 아들로 지금은 도키치로라고 부릅니다. 아까는 농담이 좀 지나쳤습니다. 말을 하다보니 그만 입이 다물어지지 않았습니다. 불쾌한 점이 있었다면 잊어주십시오."

꾸벅 고개를 숙이자 고지식한 마타자에몬은 더 이상 나무랄 수가 없었다.

'이 얼마나 기묘한 사나이란 말인가.'

아까는 기고만장하게 지껄여대더니 두 사람만 남게 되자 친밀한 태도를 보이며 웃는 얼굴로 손이라도 비빌 듯이 꾸벅 고개를 숙이는 것이 아닌가.

"그럼, 너는 전부터 주군을 알고 있었느냐?"

"아니, 모르는 것으로 해주십시오. 오늘이 첫 대면이라고 말입니다. 이 녀석, 제법 쓸모가 있을 것 같다…… 그래서 마에다 마타자에몬 도시이에 님이 대장인 노부나가 공에게 추천하셨다…… 고 하는 편이 나중에 도움이 될 것이라 생각합니다."

"뭐, 내가 추천을?"

"헤헤헤헤, 추천해주셔서 정말 감사합니다. 자, 어서 말에 오르시지요. 이 도키치로가 고삐를 잡고 모시겠습니다."

드디어 마에다 마타자에몬은 더 이상 참지 못하고 하늘을 향해 웃음을 터뜨렸다.

참으로 기묘한 사나이다. 생김새와 옷차림만이 아니라 아까는 남의 이름을 아무렇게나 부르며 반말로 지껄여대더니 지금은 꾸벅꾸벅 고개를 숙이는가 하면 위로는 천문, 아래로는 지리 운운하다가 그것은 얼떨결에 한 말이라고 정직하게 고백한다. 노부나가와는 전부터 안면이 있었던 모양인데, 마타자에몬이 추천한 것으로 해달라니 이 얼마나 놀라운 말인가.

아니, 그것만이 아니다. 그토록 마구 지껄이는데도 전혀 혐오감을 주지 않는 것이 이상했다.

원래 노부나가는 상식으로만 통하는 인물은 좋아하지 않았으나 이번 상대는 상식과는 너무 거리가 먼 기인이었다. 아마도 노부나가는 그런 면이 마음에 들어 고용했을 것이다.

"그럼, 잠시 걷도록 하겠다. 너는 말을 끌고 오너라."

마타자에몬은 어떻게 보면 사람 같기도 하고 또 원숭이 같기도 한 이 기묘한 푸른색 진바오리의 인물을 시험하고 싶은 생각에 일부러 말을 타지 않고 앞장섰다.

"너는 아까 종이에 쓴 병법과는 다른 노부시나 강도의 전술을 알고 있다고 했지?"

"예. 거기에 대해서는 통달했습니다."

"통달했다니 너무 건방지다. 그 노부시, 무뢰한의 전술과 종래의 병법과는 어떻게 다르냐?"

"말씀드리지요. 마에다 님 같은 분이 성을 가진 다이묘大名가 되더라도 종래의 병법대로 하면 쉽게 무너지지만, 이 도키치로의 전법을 쓰면 항상 난공불락입니다."

"뭣이? 또 허풍을 떨기 시작하는군."

"아닙니다. 의심이 된다면 걸어가면서 약간 설명을 드리지요. 가령 제가 마에다 님의 영지를 노린다고 가정합시다."

296

"으음, 영지를 노리고 침범한다는 말이지?"

"예. 저는 마에다 님처럼 늘 깨끗한 옷을 입고 아무것도 하는 일 없이 거들먹거리는 부하는 두지 않습니다. 제 부하는 평소에는 모두 농부와 어부, 나무꾼으로 일하고 있습니다. 그러나 일단 제가 명령을 내리면 오십 명이 필요할 때는 오십 명, 백 명이 필요할 때는 백 명이 어디서나 모여듭니다. 즉 노부시로 있는 부하들을 두들겨 깨우기만 하면 되는 것입니다."

"으음."

"이렇게 해서 그들이 모이면 제일 먼저 마에다 님의 영지에 잠입하여 불을 지르게 합니다."

"위험한 녀석이로군."

"원래 싸움이란 위험한 것이 아닙니까. 불을 보면 인간은 우선 공포심을 갖게 됩니다. 그러니까 마에다 님의 백성들을 공포에 빠뜨리는 것이 첫째입니다. 둘째는 혼란 속에서 마구 강도질을 합니다."

"더더욱 위험한 녀석이로군."

"그래서 완전히 혼란에 빠지게 되면 세번째 방법을 씁니다. 이것은 다름이 아니라 선동입니다. '너희 영주는 이미 너희들의 생활을 지켜줄 힘을 잃었다, 그런 영주에게 무거운 세금을 바쳐 호강을 시키다니 말이 되는 일이냐' 하는 식의 선동만으로도 싸움에 대의명분이 서게 되므로 이상한 일이지요. 즉 백성의 생활을 지켜줄 힘도 없이 무거운 세금만 거두는 영주는 악 그 자체가 아닐 수 없다, 그 악에 대항해야 한다, 다함께 궐기하여 영주를 쓰러뜨리자! 이렇게 생각하기 시작한 백성들이 와아, 하고 벌떼처럼 봉기하면…… 마에다 님도 아마 20일도 채 못 되어 농부들에게 목이 잘리거나 황망히 어디로 도주하거나, 어쨌든 끝장이 날 것입니다. 믿지 못하시겠다면 이 도키치로가 언제든지 실행해 보일 수 있습니다."

마에다 마타에몬은 그만 씁쓸한 표정을 지으며 침묵하고 말았다.

참으로 이 푸른색 진바오리의 말 그대로였다.

그런 방법으로 공격해 온다면 마에다의 영지는 20일도 지탱하지 못할 것이다.

'소름끼치는 놈이다, 이 녀석은……'

마타자에몬은 뒤를 돌아보면 마음이 드러날 것 같아 일부러 무시하는 체하며 가슴을 떡 펴고 걸어갔다.

# 싹트는 우정

"도키치로라고 했지?"

"예. 마에다 님이 추천하신 것으로 되어 있으니 앞으로도 잘 보살펴주십시오."

"그렇게 훌륭한 전법을 알고 있다면 어째서 전법을 구사하여 다이묘가 되지 않았느냐? 되지 못한 것을 보니 단순한 허풍에 지나지 않는 듯하군."

마타자에몬이 상대의 허를 찌르려고 강한 어조로 묻자 이번에는 도키치로가 방약무인하게 웃어댔다.

"작군요, 작아! 마에다 님의 눈에는 이 도키치로가 겨우 그정도에 만족할 사람으로 보입니까? 뭣하면 실행해 보여드릴 수도 있으나 결코 진정으로 할 일은 못 됩니다. 성공한다 해도 고작 강도 출신의 작은 다이묘. 그러므로 이 도키치로는 그런 전법을 모두 통달해놓았다가 거꾸로 그러한 책동을 방지하고 천하를 제압하는 큰 사업을 도우려고 하는 것입니다."

"으음…… 그래서 주군을 섬길 마음이 들었다는 말인가?"

"예. 나라 전체를 둘러보아도 현재로서는 이곳 대장만큼 활기찬 분이 없습니다. 그래서 우선 아시가루부터 시작하여 정성을 다해 대장을 섬길 생각이니, 이누치요 님이 잘 이끌어주십시오."

마타자에몬은 점점 더 이 사나이에게 이끌리는 자신이 우습게 여겨져 저도 모르게 소리내어 웃기 시작했다.

"하하하…… 으음, 그렇다면 안심이 되는군. 아무튼 너는 이상한 사나이야, 도키치로."

"예, 다른 사람들도 모두 그런 말을 하지요. 워낙 뛰어난 인물이어서 존경을 받아야 할 텐데도 보통 사람들은 이상한 녀석이라고 경멸합니다. 정말 세상은 장님들 천지입니다."

"허어, 그것 참 안타까운 일이군. 그대 같은 사람을 경멸하다니 속이 빈 사람들이지."

"사실입니다. 속담에도 있듯이 어찌 연작燕雀이 대봉의 뜻을 알겠습니까."

"하하하…… 그것은 대봉이 아니라 대붕大鵬일세."

"아니, 대봉이라 해도 틀리지 않습니다."

"대봉이 좋다면 그것도 상관없겠지. 그런데 무가武家를 섬긴 경험이 있나?"

"예, 단 한 번 있습니다."

"어디서 누구를 섬겼지?"

"도토미에서죠. 이마가와 가문의 히칸被官°인 마쓰시타 가헤이지松下嘉平次라는 사람을 섬겼습니다."

"그런데 왜 그만뒀나?"

"대봉의 큰 뜻도 모르고 동료들이 괴롭혔기 때문이지요. 하긴 무리가 아닙니다. 녀석들은 겉으로만 충성을 가장하며 평생 그 자리에 눌러앉을 생각이기 때문에 핑계만 생기면 일을 하지 않으려고 합니다. 그러나 저는 대봉이므로 가만히 있지 않거든요. 남보다 세 곱, 다섯 곱을 더 일하기 때문에 녀석들이 좋아할 리 없지요."

"으음, 과연 그렇겠군."

"세상은 모두 그런 거지요. 그리고 미움을 받은 또 한 가지 이유는 제게 반한 여자가 있었기 때문입니다."

"뭐…… 뭣이, 반한 여자가?"

"헤헤헤헤, 여자란 여간 똑똑한 게 아니어서 일을 많이 하는 사람을 좋아하는 모양입니다. 부지런한 사람과 같이 살지 않으면 편히 지낼 수 없다는 것을 본능적으로 알고 있거든요."

"도키치로."

"예."

"나는 네 입에서 여자 이야기가 나올 줄은 몰랐어. 어때, 그 여자는 미인이었나?"

"물론입니다. 도토미에서는 제일가는 절세미인으로 모두가 눈독을 들이고 있었지요. 그래서 어떻게든 환심을 사려고 빗이나 비녀 같은 것을 사다 주는가 하면 은밀히 연애편지도 건네고…… 정말 대단했어요. 하지만 그 여자는 다른 사람들은 거들떠보지도 않았어요. 내 남편은 도키치로 한 사람뿐…… 이라며 가련할 정도로 나를 연모한 것입니다. 그래서 나도 그만 정에 이끌려 깊은 관계를 맺게 되었는데, 이것이 미움을 받는 원인이 되었지요."

"으음, 그런데 그 절세미인은 어떤 신분을 가진 사람의 딸이었나?"

"히쿠마노曳馬野에 사는 농부의 딸로 마쓰시타 가문의 하녀였죠."

"뭣이, 주군 댁의 하녀였다고?"

"아무튼 그후부터 밥과 반찬이 달라지기 시작하고, 때로는 주군과 똑같은 음식을 주더군요. 그러자 이것이 문제가 되어……"

"하하하…… 그렇다면 처음부터 문제였군. 같은 저택에 기거하며 주군을 섬기는 몸으로서 그것은 불충일 수밖에 없지."

"그러나 제가 보기에는 전혀 그렇지 않습니다. 만약 다른 집에 사는 여자였다면 그 집에 부지런히 드나들어야 하므로 그만큼 시간을 낭비하게 되어 근무가 불성실해질 것 아닙니까. 하지만 같은 집에 있으면 일하다 말고 잠시 틈을 내어 사랑을 나누면 되므로 찾아가는 시간이 절약되지요. 근무에 차질이 없도록 그런 점까지 신경을 썼으나 연작들이 너무 시끄럽게 구는 바람에……"

"알겠어, 알겠네. 그래서 쫓겨난 것이로군."

"말하자면 그런 셈입니다. 어쨌든 모두가 미워했기 때문에 그대로 있다가는 목숨이 위태로울 것 같았어요. 그래서 오와리에 갑옷을 사러 간다는 핑계로 집을 나와 다시는 돌아가지 않았죠. 이것이 무가에서 지낸 경험의 전부입니다. 마에다 님, 앞으로도 저는 너무 열심히 일한다는 점, 여자에게 인기가 있다는 점 때문에 또다시 미움을 받게 될지 모르므로 그때는 잘 부탁드립니다."

마에다 마타자에몬은 볼수록 기묘한 이 인물에 그만 혀를 내둘렀다.

진실인지 거짓인지 알 수 없는 말을 듣다보니 일각 가까이나 말에 오르는 것도 잊어버리고 있었다.

오와리의 나카무라가 고향이라는 벽촌 출신이면서도 그 풍부한 화제에는 놀랄 수밖에 없었다. 미카와와 미노, 도토미, 이즈伊豆 등의

302

인정과 풍속에서부터 영주와 백성의 기질에 이르기까지 손바닥을 들여다보듯 꿰뚫고 있다.

그리고 이러한 이야기에 익살까지 곁들여가며 한도 없이 계속되는 언변은 이야기꾼으로도 충분히 고용할 수 있을 정도로 훌륭했다.

도중에 해가 높이 중천에 와있음을 깨닫고 깜짝 놀라 얼른 말에 올라, 두 사람이 기요스 성문 안으로 들어섰을 때는 대낮이 가까워져 있었다.

"후지이 마타에몬, 부탁이 있어서 찾아왔네."

"아, 마에다 님이시군요."

"이 사람을 자네가 데리고 있으라는 주군의 분부일세. 이름은 기노시타 도키치로. 우선 말을 돌보는 일부터 시키라고 하셨어."

"알겠습니다."

"그럼, 분명히 인계했네."

이렇게 말한 뒤 다시 한 번 도키치로를 돌아보았다.

"말과는 이야기를 할 수 없을 테니 답답하겠군, 도키치로."

마에다 마타자에몬은 이렇게 말하고는 웃으면서 사라졌다.

— 3권에서 계속 —

# ≪ 노부나가의 초기 가신단 ≫

:: 영토를 확대하면서 도자마가 늘어났다.

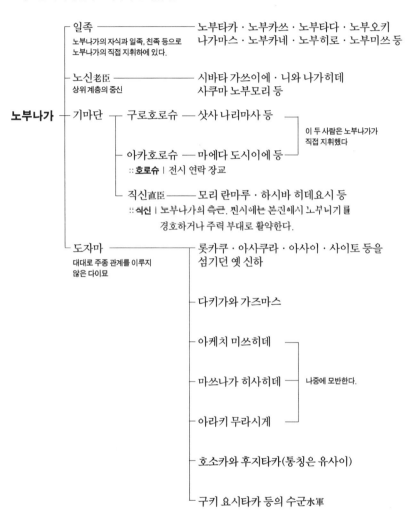

노부나가 ─

일족 ──────────── 노부타카 · 노부카쓰 · 노부타다 · 노부오키
노부나가의 자식과 일족, 친족 등으로     나가마스 · 노부카네 · 노부히로 · 노부미쓰 등
노부나가의 직접 지휘하에 있다.

노신老臣 ──────── 시바타 가쓰이에 · 니와 나가히데
상위계층의 중신            사쿠마 노부모리 등

기마단 ─ 구로호로슈 ── 삿사 나리마사 등

                                        이 두 사람은 노부나가가
                                        직접 지휘했다

       ─ 아카호로슈 ── 마에다 도시이에 등
       ::호로슈 | 전시 연락 장교

       ─ 직신直臣 ──── 모리 란마루 · 하시바 히데요시 등
       ::직신 | 노부나가의 측근. 전시에는 본진에서 노부나가를
                  경호하거나 주력 부대로 활약한다.

도자마 ──────────── 롯카쿠 · 아사쿠라 · 아사이 · 사이토 등을
대대로 주종 관계를 이루지        섬기던 옛 신하
않은 다이묘

                    ─ 다키가와 가즈마스

                    ─ 아케치 미쓰히데 ┐

                    ─ 마쓰나가 히사히데 │  나중에 모반한다.

                    ─ 아라키 무라시게 ┘

                    ─ 호소카와 후지타카(통칭은 유사이)

                    ─ 구키 요시타카 등의 수군水軍

305

## 《 갑옷의 구조 》

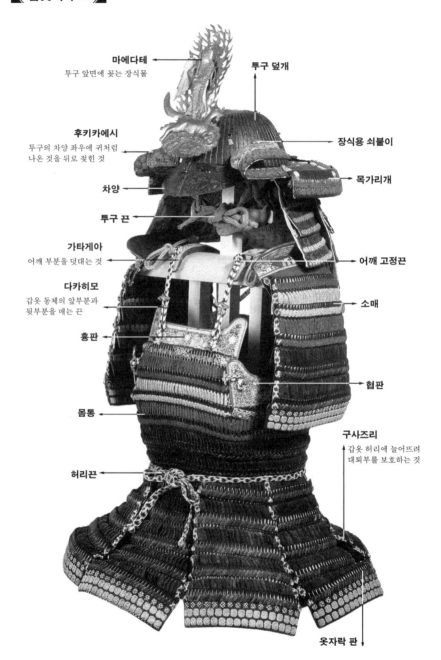

**마에다테**
투구 앞면에 꽂는 장식물

**투구 덮개**

**후키카에시**
투구의 차양 좌우에 귀처럼
나온 것을 뒤로 젖힌 것

**장식용 쇠붙이**

**목가리개**

**차양**

**투구 끈**

**가타게아**
어깨 부분을 덧대는 것

**어깨 고정끈**

**다카히모**
갑옷 동체의 앞부분과
뒷부분을 매는 끈

**소매**

**흉판**

**협판**

**몸통**

**구사즈리**
갑옷 허리에 늘어뜨려
대퇴부를 보호하는 것

**허리끈**

**옷자락 판**

**호면**
투구에 딸려 얼굴을 보호
하는 것

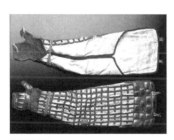

**갑옷 토시**

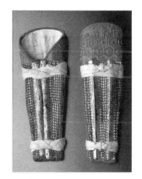

**경갑** | 정강이 보호대

**소매**

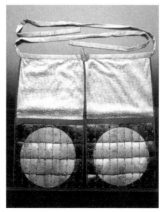

**하이다테**
구사즈리와 경갑 사이를 보호하는 것

## ≪ 갑옷의 비교 ≫

투구 | 2.1kg

몸통 | 5.0kg

갑옷 토시 및 소매 | 1.9kg

경갑 | 0.7kg

◈ —— 다이묘(무사의 우두머리)의 갑옷 | 전체 무게 9.7kg

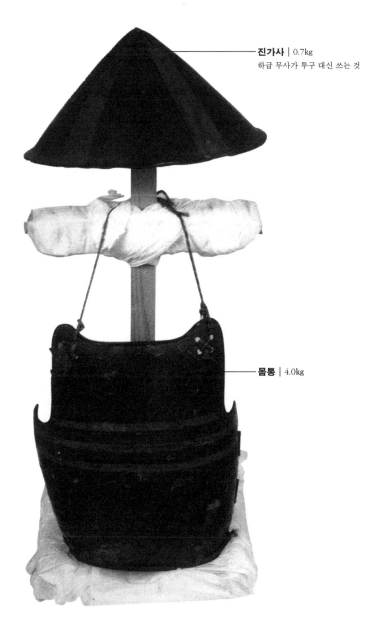

**진가사** | 0.7kg
하급 무사가 투구 대신 쓰는 것

**몸통** | 4.0kg

◈ ── **아시가루(최하급 무사)의 갑옷** | 전체 무게 4.7kg

## 《 총포의 구성 》

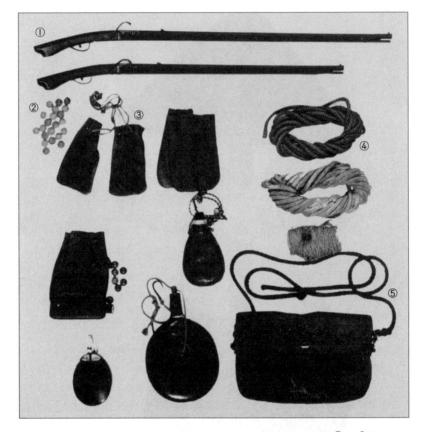

① — 총포
② — 탄환
③ — 탄약집
④ — 화승
⑤ — 수납 주머니

# 《 주요 등장 인물 》

### 오다 노부나가織田信長 | 1534~1582 |
오다 노부히데의 장남으로 아명은 킷포시. 노부히데가 사망하자 가문의 승계를 놓고 우여곡절을 겪지만, 결국 18세에 주군으로 등극한 노부나가는 동생인 노부유키 군과 스에모리末森에서 맞붙지만 오다 가의 결속과 혈육의 정을 이유로 용서한다. 이후 여전히 모반을 계획하며 기회를 엿보는 노부유키를 살해한 뒤 오다 가를 통일한다.

### 노히메濃姫 | 추정1535~ |
인근 여러 무장들에게 공포의 대상이 되어 '미노의 살무사'로 불린 사이토 도산의 딸이다. 미노 가와 오와리 가의 정략 결혼을 통해 오다 노부히데의 아들 노부나가에게 정실로 시집왔으나 살무사의 딸답게 넘치는 재기로 노부나가를 돕는다.

### 사이토 도산齋藤道三 | 1494~1556 |
마쓰나미 모토무네의 아들로 교토 니시노오카에서 태어났다. 노부히데의 아들 노부나가에게 딸(노히메)을 시집보내고, 고지 2년(1556) 장남인 요시타쓰와 후계를 둘러싸고 전쟁을 하다가 나가라가와 전투에서 패한 뒤 사망한다.

### 오다 노부유키織田信行 | ?~1557 |
오와리의 멍청이인 형 노부나가에 비해 온순하며 예의범절이 밝고, 학문도 잘 했기에 가신들부터 노부히데의 사후 가장 유망한 주군으로 받들어졌다. 시바타 가쓰이에와 하야시 형제들의 후원을 받아 형과 싸우지만, 병력 면에서 우세했던 노부유키 군이 스에모리 싸움에서 패배한다. 하지만 이 때는 어머니의 중재로 용서된다. 이후 노부유키는 여전히 기회를 엿보다 다시 모반을 계획, 결국 노부나가의 손에 죽임을 당한다.

### 다케치요竹千代(도쿠가와 이에야스德川家康) | 1542~1616 |
도쿠가와 이에야스德川家康의 아명으로 오카자키의 성주인 마쓰다이라 히로타다의 장남이다. 어머니는 미즈노 다마사의 딸인 오다이. 후에 관례를 올리고 마쓰다이라 지로사부로 모토노부라는 이름을 얻고, 다시 마쓰다이라 지로사부로 모토야스로 개명한다. 오다 노부히데의 인질이 되었을 때 오다 노부나가와 처음으로 만난다. 오케하자마 전투에서 요시모토가 전사한 후 오카자키로 돌아와 오다 가와 동맹을 맺는다.

### 히코고로 노부토모彦五郎信友
기요스 성주로 오다 족의 반 노부나가 세력을 규합하여 오다를 손에 넣으려 하나, 노부나가와 연합한 노부미쓰의 공격으로 야심을 이루지 못한 채 비참한 최후를 맞이한다.

### 오다 노부미쓰織信光 | ?~1555 |

오다 노부히데의 동생. 모리야마의 성주였으나 조카인 노부나가와 동맹하여 기요스 성을 점령하는 데 큰 공로를 세운 뒤 나고야 성으로 옮김. 정실 가리하 부인의 불륜으로 불의의 죽음을 당한다.

### 사카이 마고하치로坂井孫八郎

기요스 성의 성주인 히코고로 노부토모의 명령으로 모리야마 성에 잠입. 노부미쓰에 대한 충성과 노부미쓰의 정실 가리하 부인과의 연정 사이에서 갈등한다.

### 시바타 가쓰이에柴田勝家 | 1522~1583 |

오다 가를 대대로 섬겨온 가신이지만, 노부나가의 아버지인 노부히데가 죽자 노부나가의 동생 간주로 노부유키를 섬기며 노부나가 군과 전쟁을 벌인다. 후에 용서를 받고 노부나가의 가신으로 돌아온다.

### 사쿠마 모리마사 佐久間盛政 | 1554~1583 |

노부유키의 부하였으나 노부나가에게 용서를 빌고 노부나가 형제가 일전을 벌인 스에모리 전투에서 큰 공을 세운 뒤 노부나가의 가신이 된다.

### 도키치로藤吉郎 (도요토미 히데요시豊臣秀吉) | 1536~1598 |

오다 노부히데의 아시가루인 기노시타 야에몬의 장남으로 아명은 히요시마루. 이후 도키치로, 하시바 지쿠젠노카미 등으로도 불렸다. 처음에는 오다 노부나가의 하인으로 출발하여 겐키 원년에 부장의 지위에 올라 성을 하시바라 칭한다. 노부나가의 아사쿠라 · 아사이 전에서 활약하였고, 덴쇼 원년에는 오미의 아사이 가가 멸망한 후 그 영지를 받는다. 오다 노부나가의 명에 의해 주고쿠 공략에 전력을 기울인다.

## 《 용어 사전 》

**가로家老** | 가신 중의 우두머리.

**가미시모裃** | 무사의 예복으로 소매 없는 가타기누와 같은 색의 바지로 이루어짐.

**가이샤쿠介錯** | 할복하는 사람의 뒤에 있다가 목을 치는 일, 또는 그 사람.

**고소데小袖** | 옛날 넓은 소매의 겉옷 안에 받쳐 입던 속옷. 현재 일본옷의 원형.

**고쇼小姓** | 주군을 측근에서 모시며 잡무를 맡아보는 무사.

**고지弘治** | 일본의 연호(1555년~1558년). 덴분天文 후, 에이로쿠永祿 전이며 고나라後奈良·
오기마치正親町 천황의 시대

**구사즈리草摺** | 갑옷 허리에 늘어뜨려 대퇴부를 보호하는 것.

**노부시野武士** | 산야에 숨어 살면서 패잔병 등의 무기를 빼앗아 무장한 무사나 토민의 무리.

**다메토모爲朝** | 궁술이 뛰어난 12세기의 무장.

**다이묘大名** | 넓은 영지와 많은 부하를 둔 무사의 우두머리.

**덴슈카쿠天守閣** | 성의 중심부 아성牙城에 3층 또는 5층으로 높게 쌓은 망루.

**로닌牢人** | 주군이 몰락하여 주종관계가 끊어지고, 집안 대대로 세습되어 물려받던 녹과
은전을 잃고 떠도는 무사.

**로쿠샤쿠보六尺棒** | 죄인을 잡거나 할 때 쓰는 6척 길이의 막대기.

**몬가쿠文覺** | 12세기 진언종의 승려로 원래 무장이었으나, 미나모토 와타루의 아내를 실수
로 살해하여 불문에 귀의하였다.

**무사시보 벤케이武藏坊弁慶** | 거구의 승려로 무술에 뛰어났으나 고조 다리에서 어린 우시
와카와 겨루다 진 뒤 평생토록 그를 섬기며 충성을 다함.

**물미** | 깃대와 창대에 끼우는 끝이 뾰족한 쇠. 깃대와 창대 따위를 땅에 꽂거나 잘 버티게
하는 데에 쓴다.

**쇼군將軍** | 무력과 정권을 장악한 바쿠후 최고의 실권자. 정식 명칭은 세이이다이쇼군.

**아시가루足輕** | 평시에는 막일에 종사하다가 전시에는 병졸이 되는 최하급 무사.

**자센(가미)茶筅(髮)** | 남자 머리 모양의 한 가지. 머리카락을 뒤로 모아서 묶고, 끈으로 감
아 올려 짧은 막대처럼 만든 뒤, 그 끝을 흐트러뜨린 것.

**조리토리草履取り** | 무장의 짚신을 들고 따라다니는 하인.

**진바오리陣羽織** | 싸움터에서 갑옷 위에 걸쳐 입는 소매 없는 겉옷.

**하타모토旗本** | (진중에서) 대장이 있는 본영, 또는 그곳을 지키는 무사.

**하타사시모노旗指物** ┃ 갑옷의 등에 꽂아 표지로 삼는 작은 깃발.

**호로母衣** ┃ 갑옷 뒤에 장식용으로 걸치거나 때로는 화살을 막기 위해 입는 옷.

**훈도시褌** ┃ 남자의 생식기를 가리는 데 쓰는 좁고 긴 천.

**히나마쓰리雛祭り** ┃ 3월 3일의 명절에 여자 아이들이 지내는 축제. 여자 아이가 있는 집에서 제단에 히나 인형 등을 진열하고, 떡과 술, 복숭아꽃을 차려 놓는다.

**히칸被官** ┃ 다이묘 직속의 무사.

# 《 오다 노부나가 연보(1534~1570) 》

| 일본 연호 | | 서력 | 주요 사건 |
|---|---|---|---|
| 덴분<br>天文 | 3 | 1534<br>1세 | 5월, 오와리의 나고야 성에서 오다 노부히데와 정실인 도다 마사히데의 차남으로 출생. 아명은 킷포시. |
| | 5 | 1536<br>3세 | 1월, 기노시타 도키치로(도요토미 히데요시), 오와리의 나카무라에서 출생.<br>4월, 이마가와 요시모토가 가문을 이어받는다.<br>7월, 덴몬홋케天文法華의 난. |
| | 6 | 1537<br>4세 | 이해에 미노의 사이토 도산이 사이토 사콘노타유 히데타쓰라 칭한다. |
| | 7 | 1538<br>5세 | 7월, 야마나 우지마사가 오우치 요시타카大內義隆에게 패한다. |
| | 9 | 1540<br>7세 | 6월, 오다 노부히데가 조정에 외궁 건축비를 기증. |
| | 10 | 1541<br>8세 | 1월, 모리 모토나리毛利元就가 아마코 하루히사尼子晴久를 격파.<br>6월, 다케다 노부토라가 아들 하루노부에게 추방되어 이마무라 요시모토 밑에서 은거한다.<br>7월, 호조 우지쓰나北條氏綱(소운早雲의 아들) 사망. 포르투갈 선박이 분고에 표류. |
| | 11 | 1542<br>9세 | 1월, 아사이 스케마사(나가마사의 조부) 사망.<br>8월, 오다 노부히데가 미카와의 아즈키사카小豆坂에서 이마가와 요시모토를 격파. 사이토 도산, 주군인 도키 요리나리를 미노의 오쿠와 성에서 쫓아내 오와리로 추 |

| 일본 연호 | 서력 | 주요 사건 |
|---|---|---|
| 덴분<br>天文 | | 방한다.<br>12월, 마쓰다이라 다케치요(도쿠가와 이에야스), 오카자키 성에서 출생. |
| 12 | 1543<br>10세 | 2월, 오다 노부히데가 조정에 히라테 마사히데를 보내 궁전의 보수를 위한 영조비를 기증.<br>8월, 포르투갈 선박이 다네가시마에 표류하여 총포를 전함.<br>11월, 모리 모토나리의 삼남 다카카게隆景가 고야카와小早川 가문을 계승. 노부나가는 이 무렵부터 파격적인 행동을 하여 멍청이라는 별명이 붙여진다. |
| 15 | 1546<br>13세 | 4월, 우에스기 도모사타上杉朝政가 호조 우지야스에게 패배. 이해 노부나가는 후루와타리 성에서 관례를 올리고 오다 사부로 노부나가라고 개명한다. |
| 16 | 1547<br>14세 | 7월, 모리 모토나리의 차남 모토하루元春가 깃카와 가문을 이어받음.<br>8월, 모리 모토나리가 은퇴하고 장남 다카모토隆元가 모리 가의 주군이 된다.<br>9월, 오다 노부히데가 미노에 난입하여 사이토 도산을 공격하다 패배한다.<br>10월, 다케치요가 인질로 슨푸에 호송되던 중 납치되어 오다의 인질이 됨.<br>11월, 사이토 도산이 기후 성을 공격하다 패퇴. 이해 노부나가는 히라테 마사히데의 도움으로 처음 출전한다. |
| 17 | 1548 | 2월, 노부나가가 히라테 마사히데의 주선으로 사이토 |

| 일본 연호 | 서력 | 주요 사건 |
|---|---|---|
| 덴분<br>天文 | 15세 | 도산의 딸 노히메와 결혼.<br>12월, 나가오 가케토라長尾景虎(우에스기 겐신)가 가문을 계승한다. |
| 18 | 1549<br>16세 | 7월, 프란시스코 사비에르가 가고시마에 상륙하여 그리스도교 포교 시작. |
| 19 | 1550<br>17세 | 5월, 제12대 쇼군 아시카가 요시하루足利義晴 사망.<br>9월, 선교사 사비에르 상경. 이 무렵부터 노부나가는 이치가와 다이스케에게 활을, 하시모토 잇파에게 철포를, 히라타 산미에게 병법을 배운다. |
| 20 | 1551<br>18세 | 3월, 오다 노부히데 사망. 노부나가가 가문을 계승한다.<br>9월, 오우치 요시타카가 스에 다카후사陶隆房의 공격을 받고 패하여 자결한다.<br>10월, 선교사 사비에르가 일본을 떠남. |
| 21 | 1552<br>19세 | 1월, 우에스기 노리마사上杉憲政가 호조 우지야스에게 추방되어 에치고의 나가오 가케토라에게 의지함. |
| 22 | 1553<br>20세 | 윤1월, 히라테 마사히데가 노부나가에게 간언하고 자결한다.<br>4월, 노부나가가 사이토 도산과 쇼토쿠 사에서 회견.<br>9월, 나가오 가케토라와 다케다 하루노부(다케다 신겐)가 시나노의 가와나카지마에서 싸움. 다케다 신겐이 무라카미 요시키요를 에치고로 몰아낸다. |
| 23 | 1554 | 2월, 쇼군 아시카가 요시후지가 요시테루로 개명. |

◆—서력의 나이는 오다 노부나가의 나이

| 일본 연호 | | 서력 | 주요 사건 |
|---|---|---|---|
| | | 21세 | 이해 노부나가는 내란으로 고민하나 진압할 방법이 없음. |
| 고지 弘治 | 1 | 1555 22세 | 4월, 노부나가가 숙부 노부미쓰와 제휴하여 오다 노부토모를 치고 기요스 성의 성주가 된다.<br>7월, 나가오와 다케다의 제2차 가와나카지마 전투.<br>10월, 모리 모토나리가 이쓰쿠시마에서 스에 하루카타를 죽임.<br>11월, 나고야 성주 오다 노부미쓰가 가신인 사카이 마고하치로에게 살해되고, 노부나가는 나고야 성을 하야시 미치카쓰에게 지키게 한다. |
| | 2 | 1556 23세 | 4월, 사이토 도산이 노부나가에게 미노를 물려준다는 유언장을 쓰고 이튿날 요시타쓰와 나가라가와에서 싸우다 전사. 노부나가가 원군을 보냈으나 이미 때 늦음.<br>8월, 동생인 노부유키와 하야시 미치카쓰 등이 노부나가와 이나후에서 싸워 패하고 항복한다. 이해 이복형인 쓰다 노부히로가 사이토 요시타쓰와 제휴하여 기요스 성 탈취 시도. |
| | 3 | 1557 24세 | 4월, 모리 모토나리가 스오와 나가토 두 지방을 평정.<br>11월, 동생 노부유키가 슈고 다이 오다 이세노카미 노부야스와 짜고 다시 노부나가에게 반역. 이에 노부나가는 병을 핑계로 노부유키를 기요스 성으로 유인하여 암살한다. |
| 에이로쿠 永祿 | 1 | 1558 25세 | 9월, 기노시타 도키치로가 노부나가를 섬김.<br>*엘리자베스 여왕 즉위(영국). |

| 일본 연호 | | 서력 | 주요 사건 |
|---|---|---|---|
| 에이<br>로쿠<br>永祿 | 2 | 1559<br>26세 | 2월, 노부나가가 상경하여 쇼군 아시카가 요시테루를 알현.<br>3월, 노부나가가 이와쿠라 성을 공격하여 오다 노부야스를 추방하고 오와리를 평정.<br>4월, 나가오 가케토라가 상경하여 쇼군 아시카가 요시테루를 알현.<br>5월, 가케토라 입궐. |
| | 3 | 1560<br>27세 | 1월, 바쿠후가 가스팔 빌레라에게 포교를 허락.<br>5월, 노부나가가 이마가와 요시모토를 오와리의 덴가쿠하자마에서 기습하여 죽인다(오케하자마 전투). 가을, 노부나가는 '구마노 참배'를 구실로 상경하여 도키치로에게 철포의 매점을 명한다. |
| | 4 | 1561<br>28세 | 5월과 6월, 노부나가는 미노에 침입하여 사이토 다쓰오키의 군사와 싸운다.<br>9월, 나가오와 다케다의 양군이 가와나카지마에서 싸운다. 이해에 기노시타 도키치로가 네네와 결혼. |
| | 5 | 1562<br>29세 | 1월, 노부나가가 마쓰다이라 모토야스와 동맹한다.<br>4월, 농민 반란이 일어나 롯카쿠 요시카타가 교토 지역에 덕정령德政令 포고.<br>*종교 전쟁(프랑스). |
| | 6 | 1563<br>30세 | 1월, 모리 모토나리가 이와미 은광을 조정에 헌납.<br>3월, 노부나가의 딸 도쿠히메와 마쓰다이라 모토야스의 적자 다케치요(노부야스信康)가 약혼. 호소카와 하루모토 사망. |

| 일본 연호 | 서력 | 주요 사건 |
|---|---|---|
| 에이<br>로쿠<br>永祿 | | 7월, 노부나가가 고마키야마에 요새를 쌓고 미노 공격<br>의 근거지로 삼음. 마쓰다이라 모토야스가 이에야스로<br>개명.<br>8월, 모리 다카모토 사망. 미카와에서 잇코一向 신도의<br>반란이 일어남<br>*명나라의 척계광戚繼光, 복건성에서 왜구를 격파(중국). |
| 7 | 1564<br>31세 | 3월, 노부나가가 아사이 나가마사와 손을 잡음.<br>7월, 미요시 나가요시三好長慶 사망.<br>8월, 가와나카지마의 싸움. 노부나가가 이누야마 성의<br>오다 노부키요를 죽이고 오와리를 통일한다. |
| 8 | 1565<br>32세 | 5월, 쇼군 아시카가 요시테루가 미요시 요시쓰구, 마쓰<br>나가 히사히데 등에게 살해됨.<br>11월, 노부나가가 양녀를 다케다 하루노부의 아들 가쓰<br>요리에게 출가시킴. |
| 9 | 1566<br>33세 | 5월, 노부나가가 조정에 물품을 헌납.<br>7월, 노부나가가 오와리노카미가 된다.<br>윤8월, 노부나가가 사이토 다쓰오키와 싸워 패한다.<br>9월, 기노시타 도키치로에게 명해 미노의 스노마타 성<br>을 쌓는다.<br>12월, 이에야스가 마쓰다이라에서 도쿠가와로 성을 바<br>꾼다. |
| 10 | 1567<br>34세 | 3월, 노부나가가 다키가와 가즈마스에게 북부 이세의<br>공략을 명한다.<br>5월, 노부나가의 장녀 도쿠히메가 이에야스의 적자 |

| 일본 연호 | 서력 | 주요 사건 |
|---|---|---|
| 에이<br>로쿠<br>永禄 | | 노부야스와 결혼.<br>8월, 노부나가가 이나바야마 성을 공략, 사이토 다쓰오키는 이세의 나가시마로 퇴각한다. 노부나가는 이나바야마를 기후로 개칭하고 고마키야마에서 옮긴다.<br>9월, 오다와 아사이의 동맹이 성립되어 노부나가의 여동생 오이치가 아사이 나가마사와 결혼.<br>10월, 마쓰나가와 미요시의 동맹군에 의해 도다이 사의 불전이 소실된다.<br>11월, 오기마치 천황이 노부나가에게 오와리와 미노의 황실 소유 토지의 회복을 명한다. 노부나가가 가신인 가네마쓰 마타시로에게 주는 임명장에 '천하포무'의 도장을 사용한다. |
| 11 | 1568<br>35세 | 2월, 노부나가가 북부 이세를 평정. 삼남 노부타카를 간베 도모모리의 후계자로, 동생인 노부카네를 나가노 씨의 후계자로 삼는다.<br>4월, 고노에 롯카쿠 씨의 가신 나가하라 시게야스와 동맹함. 이 무렵부터 아케치 주베에(미쓰히데)가 노부나가를 섬긴다.<br>9월, 노부나가가 오미를 평정하고, 상경함.<br>10월, 노부나가가 셋쓰, 이즈미, 사카이, 야마토의 호류 사에 과세함. 아시카가 요시아키, 15대 쇼군이 됨.<br>12월, 다케다 신겐이 슨푸를 침공, 이마가와 우지자네는 엔슈의 가케가와로 도주한다. |
| 12 | 1569<br>36세 | 1월, 노부나가는 미요시의 3인방이 쇼군 요시아키를 혼코쿠 사에서 포위했다는 보고를 받고 눈을 헤치며 상경하여 셋쓰의 아마자키에 불을 지른다. |

◆──서력의 나이는 오다 노부나가의 나이

| 일본 연호 | 서력 | | 주요 사건 |
|---|---|---|---|
| 에이로쿠<br>永祿 | | | 2월, 노부나가가 쇼군 요시아키를 위해 새로운 거처를 신축.<br>4월, 궁전을 수리하기 위한 비용을 헌납한다.<br>8월, 노부나가가 군사를 이끌고 북부 이세에 침공.<br>9월, 기타바타케 씨가 노부나가와 화친하고 가문을 노부나가의 차남 자센마루(노부오)에게 물려주기로 약속한다. |
| 겐키<br>元龜 | 11 | 1570<br>37세 | 1월, 노부나가가 쇼군 요시아키에게 5개 항의 글을 보내 간언함.<br>2월, 오미의 조라쿠 사에서 씨름 대회를 개최.<br>3월, 노부나가가 쇼코쿠 사로 이에야스를 방문.<br>4월, 노부나가가 에치젠의 아사쿠라 요시카게를 공격. 아사이 나가마사, 롯카쿠 쇼테이 등의 반격으로 노부나가 군이 교토로 철수한다.<br>5월, 노부나가가 기후로 돌아가던 도중에 지타네 고개에서 저격을 받는다.<br>6월, 노부나가가 이에야스와 함께 아사이, 아사쿠라 양군과 아네가와에서 싸움(아네가와 전투).<br>9월, 혼간 사의 미쓰스케가 궐기하여 셋쓰에 출진중인 노부나가와 싸움. 아사이 나가마사, 아사쿠라 요시카게 등은 혼간 사와 호응하여 오미에 진출. 노부나가는 히에이잔을 포위하고 불을 지른다.<br>11월, 이세의 나가시마에서 잇코 신도의 반란. 노부나가는 오와리의 고키에를 공격하고 동생 노부오키를 자살하게 한다.<br>12월, 오기마치 천황의 칙명으로 노부나가가 아사쿠라, 아사이와 화의한다. |

옮긴이  이길진李吉鎭

1934년 황해도 출생. 1958년 서울대학교 사회학과를 졸업하였다.
일본 문학 작품 및 일본 문화에 관련된 많은 책들을 유려한 우리말로 옮겼다.
주요 역서로는 가와바타 야스나리의『설국』, 이마이 마사아키의『카이젠』,
오에 겐자부로의『사육』, 기쿠치 히데유키의『요마록』,
야마오카 소하치의『도쿠가와 이에야스』,『사카모토 료마』등이 있다.

## 오다 노부나가 제2권

1판 1쇄 발행  2002년  8월  7일
2판 3쇄 발행  2023년  8월  1일

지은이  야마오카 소하치
옮긴이  이길진
펴낸이  임양묵
펴낸곳  솔출판사

주소  서울시 마포구 와우산로29가길 80(서교동)
전화  02-332-1526
팩스  02-332-1529
이메일  solbook@solbook.co.kr
블로그  blog.naver.com/sol_book
출판 등록  1990년 9월 15일 제10-420호

한국어판 ⓒ 솔출판사, 2002

ISBN  979-11-86634-60-8 (04830)
ISBN  979-11-86634-58-5 (세트)

나가시노 전투 병풍도
오다·도쿠가와 연합군이 철포를
이용하여 다케다 군을 격파하는 모습